文　学　有　大　益
Literature benefits, tae fashion

细语

Whisper

陈鹏 主编

大益文學

SPM
南方出版传媒
花城出版社

图书在版编目（ＣＩＰ）数据

细语 / 陈鹏主编. -- 广州：花城出版社，2021.12
（大益文学书系）
ISBN 978-7-5360-9529-8

Ⅰ．①细… Ⅱ．①陈… Ⅲ．①中国文学－当代文学－
作品综合集 Ⅳ．①I217.1

中国版本图书馆CIP数据核字(2021)第244181号

出 版 人：肖延兵
总 策 划：吴远之
统 筹：陈 鹏
策划编辑：程士庆
责任编辑：李 谓 曹玛丽
特约编辑：阮王春 马 可 寇 挥
技术编辑：薛伟民 林佳莹
装帧设计：刘 涵

书 名 细语
XIYU
出版发行 花城出版社
（广州市环市东路水荫路 11 号）
经 销 全国新华书店
印 刷 云南美嘉美印刷包装有限公司
（昆明市盘龙区郭家凹金香巷 191 号）
开 本 787 毫米 × 1092 毫米 16 开
印 张 19
字 数 250 千字
版 次 2021 年 12 月第 1 版 2021 年 12 月第 1 次印刷
定 价 78.00 元

如发现印装质量问题，请直接与印刷厂联系调换。
购书热线：020-37604658 37602954
花城出版社网站：http://www.fcph.com.cn

目 录
Index

视觉 Vision ‖ 199

散文 Prose ‖ 215

诗歌 Poetry ‖ 251

不可消亡的罗曼蒂克（序言）

陈　鹏

细语，小声说，如泣如诉，耳语。

以此命名，不是本辑所选诸篇什软而粘腻，不，大益文学向来强调在场——细节的丰盈和饱满，足以撑起一座或精美或壮阔的小说华厦。对，不贪大求多，这关乎一种纯粹的小说叙事学，关乎小说的真正伦理，这一内在性支撑唯有给予它们应得的位置，给予它们足够的重视，小说，方成为小说。

所以小说写作一定是关乎细节的写作。我们对待细节的态度和方法论也将在很大程度上决定小说质地。当年老普鲁斯特，老海明威，老福克纳，老契诃夫，都在细节上煞费苦心，都想牢牢抓住细节，像泥瓦匠一样搭建出一个惊人的让人五体投地的世界；这个世界的存在，必然是细节的交融、较量和对话，必然是细节的呼吸、呵斥和倾诉，是安娜·卡列尼娜的火车，是带哈巴狗的女人，是一小块马德兰蛋糕，是乞力马扎罗峰顶上风干的豹子……文学的气味和体温，由此散发，令读者感叹屏息，即便，那完全是一个陌生神奇、荒诞凄惨的世界，像卡夫卡永远不得其门而入的城堡或周而复始的马孔多村庄，永远挺立在荒凉的世界尽头的大地之上。

文学，只要是文学，必须有细节，有温度，有头发丝般细弱的瞬间，有光，有呼吸，有一种自由自在的节奏，换言之，像细语，喁喁细语，它会为你推开一部杰作的大门。

细语，另一层意义是文本之外的。也许是同情心，也许是悲悯；富有同情心的一切的悲悯一定是柔软如婴孩的，一定知道人心是可体验恐惧、悲壮和崇高的，所以文学的意义无非在那片柔软的羽毛般的场域中轻盈转圜，为我们捕捉爱和恨，失意和骄傲，流浪和坚守，为我们抓住最细小的你根本想象不到的神经丛，为我们掐断和接上一次次感叹一簇簇电流，为我们抓住发生过的或未曾发生的，帮我们抵达你没法抵达的，这才是文学的价值，是文学之所以为人学的原因。

今天的文学，"呼喊"也许充足，"细语"仍嫌不够——低吟，一种站在荒野之上的低吟，充满悲悯和梦想的低吟，都退却了。

想起一部电影的名字，《罗曼蒂克消亡史》，与我所言，恰当不过。

是时间消失太快还是人类越来越面目相近？或，二者互为因果？总之，现在很多写作者不太在乎细节，不太在乎质地（语言），更有甚者，突然冒出一种文学，一种非常直给的文学，当年福克纳们花一页纸的工夫描写荒野之寂静，现在某些文学干脆以"寂静"二字僭越成功，这种省略细节的写作，直接端出概念的写作挣脱了细节的束缚受到不少习惯了麦当劳肯德基读者的追捧。我想说的是，如果写作只剩下概念本身，如果写作只是写出常识而不是常识之下的丰富性，就不该称其为文学——文学不是在发展变化吗？诚然，手机短信，微信，段子，都在打造一种更简单直观的文学样式，它们，这些"新文学"通常短小，观念新鲜极富创意，从不缺少启迪和对生活真相的揭示，甚或很好的揭示，但，如果扔掉细节，如果我们不再需要那些我们认为是冗余的东西，如果我们已经荒芜到仅仅需要几个概念就称其为文学，我还是宁愿调转车头，向着古老的18世纪19世纪，向着所有的笨重和繁复，向着浩瀚的俄罗斯大地英格兰大地疾驰而去……

概念只是干巴巴的概念。我想要的是，沼泽和水藻，海浪和礁石，以及礁石上斑斑点点的海鸟的粪便和羽毛。

"细语"才关乎浪漫，浪漫才是文学。所以罗曼蒂克不可消亡。怎么能消亡呢？

本辑，马原拿出六万言的童话，好看，好读，到处是精彩的细节；黑丰、林苑中、唐朝晖诸将也炮制了细节丰沛的佳作。秋末了，时间飞快。希望朋友们慢下来，用心聆听这些饱满的仿佛来自大地深处的精彩呢喃。

对垒 Confrontation///

科伦·麦凯恩，1965年生于爱尔兰都柏林，1986年为小说创作来到美国，之后的一年半里，他骑车穿越了北美，为其之后的小说累积了大量素材。1988年至1991年，他旅居得克萨斯州，在得克萨斯大学获得文学学士学位。目前在纽约市立大学亨特学院教授创意写作课程。自1994年出版短篇小说集《黑河钓事》起，麦凯恩已出版七部长篇小说、三部中短篇小说集，包括《佐利姑娘》《舞者》《转吧，这伟大的世界》《隧道尽头的光明》《飞越大西洋》等。其中，《转吧，这伟大的世界》获2009年度美国国家图书奖、2011年度国际IMPAC都柏林文学奖。其作品已被翻译成三十多种语言。他最近的一部作品为长篇小说《无极形》（2020）。

现在几点，你在哪里？

科伦·麦凯恩

马爱农　译

一

　　他答应为一家杂志的除夕特刊写个短篇小说。起初他以为是一件很容易完成的任务。五月下旬，他坐下来草拟了几个也许能用的片段，但很快发现自己是在漫无目的地扑腾。初夏的两个星期，他苦苦求索，寻找灵感和段落，对其中一些举棋不定，发现自己在拖延这个任务，把它搁置脑海一角。偶尔，他会把笔记拿出来看看，然后又弃之一旁。

　　他不知道怎样进入一篇除夕小说的意境——比如创造出次第绽放的烟花，让城市耀眼的霓虹灯熄灭，或者让雪花慢慢飘落在一辆汽车的车窗？

　　他尝试了一个个开头——草草记在本子上——最后它们都遁入了黑暗。

二

初夏时节，他产生一个想法，也许可以不去理会自己关于一篇除夕小说的种种想法，而是去讲述一个军队的故事，也许可以描写远方的一位士兵，比如，一位年轻的美国人，一位普通的海军陆战兵，在一个遥远的地方。比如，他在除夕之夜发现自己在阿富汗的营房里——比如说那是个年轻的女人，被战争弄得有点疲倦，冒着严寒，坐在山谷的边缘，周围都是沙袋，空旷而寂寥，她脸朝东边，头顶上是星星编织的铁丝网，四下一片沉寂，甚至没有机关枪的突突声从远处传来，士兵生存的严酷环境抵消了别处会发生什么的可能性，比如南卡罗来纳州的家里，比如某处毫无特色的严酷郊区，比如一根破排水管悬在车库上，比如一个男孩在车道上，一个小男孩，穿着条纹衬衫和破牛仔裤，一辆自行车恓惶地躺在他脚下，那是她的弟弟，或者她的表弟，甚或是她的儿子，是的，也许是她的儿子。

三

将视线投向阿富汗的夜晚——不过最好具体一点，她可以面对科伦加尔山谷的哥特式黑暗，甚至可能在俯瞰洛考雷村的山脊上——她让自己适应所有的战争前哨都会出现的野性荒蛮，层层叠叠的黑暗压在已然暗黑的山上，在那片地方，就连那些矮小的树似乎也想离开悬崖，坠入山谷的深处，一层白霜覆盖一切，使黑暗中的事物又显现出来，沙袋，钢筋，机关枪，一支勃朗宁M-57，辽阔无垠的荒野，无限广袤的黑色夜空，到处都这么冷。这位年轻的海军陆战兵，我们姑且叫她桑迪，头盔下的脸上蒙着一个大绒帽，桑迪的睫毛尖冻住了，肺里沉甸甸的，好像结了冰，她透过沙袋间的小缝隙往外窥视，牙齿"的的"地打战，她真担心会把它们咬碎，内心暗暗恐惧，因为桑迪肥臀、平胸，觉得自己毫无姿色，她活了二十六年，每天对此都很敏感，但是她很为洁白坚固的牙齿感到自豪，所以把大绒帽的翻盖拖下来蒙住嘴巴，绒布纤维碰着她的舌头，坚硬、粗糙，有一种化纤的味道。

四

桑迪独自坐在怪石嶙峋的前哨。当然这不太可能，可是他在纽约认识几个海军陆战兵，听过他们的故事，清楚地意识到现实经常胜过虚构，因此他把桑迪的独守前哨解释为下面村里的营房正在举办除夕晚会，桑迪让另一位海军陆战兵放假休息，她独自站岗一小时，直到午夜过去，远处的舞会结束，因为桑迪的队友们都知道，桑迪很正派，桑迪很冷静，桑迪通情达理，而且，实话实说吧，桑迪喜欢独处，他们专门给她配了部卫星电话，午夜时分可以使用，不然谁会愿意除夕夜独自一人？好歹得有办法给家里打个电话，说——桑迪会说什么呢？

（他必须承认，自己仍毫无头绪。）

他只知道，在寒冷中离群索居的感觉很重要：不仅因为这是一篇除夕夜的故事，而且这使桑迪被冻结在她寂寞的方寸之地，像我们大多数人一样，在一年即将开始时，看看身前，看看身后。不仅如此，读者还必须开始感受到桑迪在三百零八米高的山坡上感到的那股寒意：如此感同身受，读者仿佛就栖在那些想要跳崖的矮树上。我们应该感到自己的眉毛被冻结，我们捂住面颊，不让牙齿"的的"打战，因为我们像桑迪一样，在遥远的地方有我们必须看见、理解，或至少想象出来的东西，而且我们也有一种渺茫的希望，希望桑迪对着卫星电话说些什么，也许不是最终的决议，但至少是某种决定，是一点点意义。

（虽然他仍不知道桑迪具体会说什么，但是对他而言，桑迪开始变得复杂了一点，他对此松了口气，因为交稿日期近在眼前，他必须至少在十月中旬完稿。九月底，他在纽约第八十六街的公寓里枯坐三四天，但不知怎的，他仍能感到阿富汗山坡上渗出的那股寒意，现在他想抓住精髓是"远离家乡、同时置身于两三个地方"的感觉，以及那个简单的想法：除夕夜真正需要的是归宿感，不管是回归他的故乡都柏林，还是桑迪的故乡查尔斯顿，还是他的纽约，还是桑迪的出生地，还是，比方说吧，俄亥俄州，当然啦，其实桑迪可以出生在任何地方，但俄亥俄州感觉不错，那就说是托莱多吧。）

五

现在他知道：桑迪·朱厄尔二十六岁，来自托莱多，住在南方，是一位海军陆战兵，她穿着迷彩服，戴着盔式大绒帽，身处使人浑身乏力的严寒，埋伏在三百零八米的高地，在新年的前夜，眺望阿富汗的黑暗，准备用身边的卫星电话拨通某个心爱的人的号码。（他暗自猜测，也许瞭望哨有三台小型取暖器，漏出一点亮光，也许一年前有一次，一名狙击手瞄准三台取暖器的中间开枪，取走了一位海军陆战兵的性命，那是一道完美的数学三角题，一次意外事故。桑迪主动请缨站岗时可能对此早有意识，这给小说增加了一份恐怖感——也许惨剧还会上演，这次是她的卫星电话漏出一点亮光？过了几天，他否定了这个构思——通过狙击手来拥抱死亡的安逸未免太过简单，那究竟会是怎样的一篇新年故事呢？）桑迪故事的本质已经开始一层层堆砌，但他仍不知道那个心爱的人是谁，不知道他们之间最终会怎么样。不过，某个秘密已经开始把碎片拼在一起。

六

桑迪看见了什么，或者，他想象桑迪能看见什么：男孩把自行车放倒在车道，在郊区的某个地方，一片类似乐高乐园的房子，位于查尔斯顿的外围。那是美国中部的中午，跟阿富汗有八个半小时的时差。他是个又高又瘦的帅气男孩。姑且说他确实就是她的儿子（交谈的欲望那么强烈，潜在的悲剧那么真实：如果她没能跟他通上话，会发生什么事？如果断线了，会发生什么事？如果黑夜里突然响起枪声，会发生什么事？）。他十四岁，当然啦，这不好解释，因为前面设定桑迪的年龄是二十六岁。（他真的是她的儿子吗？那能说得通吗？有可能吗？）男孩抬起车库的瓦楞铁门，他的心在蓝白条纹衬衫下面怦怦地跳，他听见房子里传来一声喊叫，一个女人（姑且给她取名金伯莉）颤着声叫他（姑且给他取名乔尔），说道："快，乔尔，你妈妈要来电话了。"乔尔回来晚了，他知道自己回来晚了，他已经长大——实际上快十五岁了——有了自己的心上人，对于各种的不如意也略知一二。那天他和心上人在兰开斯特街的学校露天看台附近消磨了一下午。他已经对她表白，那天晚上，当午夜的时钟（美国时钟）敲响时，他要和她在一起，但是他必须先在第一位母亲家的厨房里，跟远在阿富汗的第二位母亲通话。

（乔尔把桑迪称作"第二位母亲"，他刚认识她四年，但已经在手腕内侧纹了金伯莉和桑迪名字的首字母K&S的字样。）

乔尔在房子里匆匆奔走，把外套扔在厨房桌上，拉过一把椅子，朝金伯莉扫了一眼，然后盯着硬木地板的缝隙，说："现在几点，她在哪里？"

七

桑迪坐在黑暗中，等待倒计时，她手腕上戴着一块表，绑在棕褐色防火手套的外面。以前电话信号曾出过故障——掉线，没完没了地响铃，卫星失控。

现在打电话为时过早，但她还是把电话摁亮，触摸那些凸起的号码，作为一种练习。

前哨外面，只有沉沉的黑暗和大地上的白霜。头顶的星星就像一个个弹孔。

八

他拼命想在阿富汗的山上制造枪声，或者看见一道不仅仅是比喻的亮光——也许是一颗火箭弹，或者听见一枚真实的子弹射进沙袋的尖啸声——在读者脑海里强行印上一道轨迹，在除夕夜点燃一些不同的焰火，让可能发生的心碎更加惨烈。

然而，不管他如何想象，简单的事实是阿富汗的夜晚一如既往地寂静，甚至没有流浪狗的叫声，也听不见前哨隐隐传来的说话声。

午夜还差两分，桑迪松开咬在唇间的大绒帽，再次探身拿起卫星电话。（他现在隐约知道她会对儿子，准确地说是金伯莉的儿子，说些什么。）桑迪拧亮头盔前的手电筒，用力打开手机。显示屏亮了。他们告诉过她一个密码。她摘掉手套，想把号码一个个摁对。她拇指和食指间的皮肤上有个粗糙的文身，是很久以前某个人名字的首字母，如今她已不再想他。

阿富汗已是午夜，而南卡罗来纳刚刚是下午。

九

现在他写下这（几乎是）最后的一部分，他在法国，参加完一个图书活动后继续旅行。已是九月中旬，交稿日期一天天逼近。有几件事他很确定——桑迪不会死，她只会拿起电话，拨出号码，她会跟她的恋人及恋人的儿子通话，她会以最普通的方式，简单说一声"新年快乐"，他们也会向她致以问候，然后生活继续，因为这就是我们除夕夜的意义——我们的关系，我们的联系，不管多么无关紧要，而我们的故事将会悄然无声地滑入新的一年。

十

在北默里大街的厨房里，金伯莉站在操作台边，双手十指张开，等待电话。她面前摆着一顿家宴的食材——辣椒末，洋葱，半磅牡蛎，一杯煮熟的小虾，西红柿，百里香嫩枝，柠檬，酸橙，橄榄油，盐，三个蒜瓣，她准备做浓味海鲜汤。金伯莉已经在桌首放了第二个红酒杯。她三十九岁，高挑，苗条，漂亮，是一名大学教授。她渴望这个电话。她已经一星期没有跟桑迪说话了，圣诞节时她们为了桑迪行期的长短吵过一架，之后就没有再说话。这个电话成了一种遥远的记忆，一次快要被淡忘的心跳。金伯莉听着酒水汩汩流过杯壁的声音，对她来说这是这个季节的本质：孤独，思念，美。她拿过一把勺子，开始搅拌。

十一

眼看九月底了，交稿日期近在眼前，但是他被困住了，担心这个故事没完没了。他可以留在金伯莉这里，也可以返回阿富汗，也可以悄悄回到过去，也可以跟随乔尔，那天晚上和他的心上人（我们姑且叫她特蕾西）去露天看台，或者，他可以下山，到其他海军陆战兵正在聚会的地方，也可以追随卫星的轨迹，也可以回到桑迪最初的恋人那儿，也可以召来雪花，让它们在茫茫黑夜里飘舞。

他在海边的诺曼底。埃特勒塔海滩上的海浪如同丝带和搭扣。

十二

这句话在他脑海里挥之不去：生者与死者。

十三

一个声音粒子是怎样顺着电话线传输过去的？桑迪是怎样刚说出一个简单的句子，喉部肌肉就缩紧了？金伯莉是怎样一听见铃声，手就已经在空间移动，去拿那部白色的厨房电话？乔尔是怎样感到对特蕾西产生了强烈的欲望？（午夜的露天看台到底会是什么样子？）（顺便问，乔尔的父亲到底是谁？）（金伯莉在大学里教什么？）（她是在校园里认识桑迪的吗？）（桑迪当时在学什么呢？）（桑迪是什么时候搬离俄亥俄州的？）（她是分手之后加入海军陆战队的吗？）（她认识金伯莉之前结婚了吗？）（她文在手上的字母代表了什么？）（她想要自己的孩子吗？）人的声音是怎么穿越半个世界的？是通过海底电缆，还是通过卫星发射？一个夸克是怎么传输至另一个夸克的？金伯莉的声音和桑迪的声音之间有多少秒延迟？在她们不知道的情况下，是否会有一颗子弹穿越那个距离？这个故事的结尾是否还会有人死亡？（科伦加尔山谷有女子作战队吗？）（真有勃朗宁M–57这样的东西存在吗？）打电话有多么私密呢？有谁会在监听呢？我们能不能创造一个全新的人物，比如坎布尔的一个特工，阴险歹毒的化身，正在窃听桑迪说话？我们能不能看见他在那儿，戴着耳机，残忍，恶毒，充满敌意？

或者说说他自己童年时在都柏林的那些除夕夜？他能不能重新隐入其中？父亲以前经常唱的那首歌叫什么？或者说说他时常半夜跑到科伦基路，敲响平底锅迎接新年的那些日子？或者说说一月总是给他童年带来的那种希望感？

然而更重要的，也许最重要的是，桑迪打通电话后发生了什么？当她听见金伯莉的声音时，她的血液里会激荡怎样的情感？她们之间会形成什么强烈的欲望？或者，什么样的沉默会使电话线出现空白？如果她们又吵起来会怎么样？桑迪会描绘她所在的沙坑吗？她会试着表述这种黑暗吗？那些漂亮的牙齿会在寒冷中"的的"打战吗？

金伯莉会立刻打开话匣子，让她的年轻恋人哈哈大笑吗？玻璃杯里的白葡萄酒会消失吗？她会谈到那锅浓味海鲜汤吗？她究竟会不会使用"爱"这个字眼呢？乔尔对桑迪说的第一句话是什么？他会把特蕾西的事告诉她吗？他会告诉桑迪他今晚要去露天看台吗？乔尔的父亲（我们姑且叫他保罗，住在北边，新罕布什尔州的一座大学城，是生物学家，一名反战活动家）听说过这些事吗？他和金伯莉已经疏远了多少年？桑迪有没有见过他？这通电话最终会持续多久？如果卫星突然失控会怎么样？

这个除夕之夜，他自己的孩子会在哪里？

我们怎么回到最初那个十分简单的想法？我们怎么和桑迪一起坐在她孤独的前哨？我们怎么眺望茫茫的黑夜？

（还有，那个死去的海军陆战兵到底是谁呢？）

重回十三

电话铃响了：响了又响，响了又响。

《现在几点，你在哪里？》（*What Time Is It Now, Where You Are?*），选自科伦·麦凯恩短篇小说集《十三种观看方式》〔Copyright © 2015, Colum McCann, used by permission of The Wylie Agency（UK）Limited.〕，译文由上海九久读书人授权发表。

林苑中，原名张华。男，1973年10月生，小说家、诗人。江苏扬州人。1997年毕业于南京师范大学中文系。大学时代开始写作诗歌，曾和李樯、朱庆和、轩辕轼轲等人创办文学同仁刊物《中间》。2000年正式写作小说，著有长篇小说《孤岛疑云》，中短篇小说集《沙发上的月亮》《跑步的但丁》《婚后的卡夫卡》等。2005年移居北京，从事影视与出版工作。大益文学院签约作家。

鳊鱼

林苑中

寂然不动，感而遂通。
——（南宋）惠开

山静似太古
一日如长年
——某古诗

太阳增强了
它内在的影响
——（西）鲁文·达里奥

第一章

站台上，看得见的几个人，在阳光里走动着。在往出口的相反方向上，一座一座山连着身子，看过去波浪一样的山峰呈现出青黛的颜色，其内部有树、有木、有花、有草，还有水，但离得比较远，这其中的一切只能被青黛色涵盖了。另外还看得见的茫茫的颜色一条一缕地在峰尖绕来绕去，显然那是雾霭，据说，这些山头萦绕的雾霭常年不散，给一年四季的日落时分增添了不少色彩，但是时间还早得很呢！此刻，每个人都踩着他们短短的投影向出口的方向走去。

教授N在阳光里蹲下身子，去打开放在地上的包，这是S省三革厂生产的其中一只，厂家标签就贴在很容易看见的地方，它以前属于三革厂，但是现在它只能属于教授N。那天买下它时，他一眼就喜欢上了，喜欢灰略斑白的牛仔布，喜欢它放在任何一个地方呈现出来的挺拔，自然也喜欢那个人工的拉链。拉链被有意地漆成紫色的了，他掏出钱后，它更属于他了，他这时心里甜蜜而安静地一边想到了这些，一边拉开包，拉链的声音脆嘭嘭地仿佛尚未消失，当初自己之所以喜欢它，自然也少不了对拉链开合的较好的声音产生了好感。

教授N这时正看着地图，现在这里是罗镇，在镇中心略偏西的地带上，火车由此贯穿而过。从地图上一些图片看来，罗镇还有不少名胜古迹，而且保存程度也相当好。三三两两的人群在图片上兴致勃勃地游玩着，阳光的光亮在他们的脸上形成了一个又一个光斑。教授N想道，等待下次机会吧，这次没有那个雅性了。罗镇街道格局的美学规范完全符合教授N本人的审美观。他决定在找旅店的过程中，稍稍留心观察一下，况且有足够的时间，现在理理自己的路线：从罗镇西站—察哈尔路—渭河路青年旅社。青年旅社在渭河东路中段地带上，它的门口是一条小街，背后则是绕过来的渭河，听人说过，一时想不起是哪一位了。朋友凯？妻子？还是？不管它了，他们这样说过，青年旅社价格便宜，干净，服务态度又好。

这时，一个瘦削的男子向这边走了过来，挎着一个红色的帆布挎包，灰色的工作服略微使他的脸色发暗，他正是辞职者Z。

"先生，能不能借用一下您的地图？"辞职者Z说。

教授N轻轻把叠好的地图展开，微风吹了吹犹如一片树叶那样轻盈，上面那些树脉经络一样的线条忽忽地闪了闪。他把地图递给这个三十岁上下的青年人，辞职者Z感激地看了一眼教授N，埋头看起地图来，他不知他该走哪条路线。显然，他和教授N一样是初次来到罗镇。

"旅社什么的，还不太好找呢。"这个青年人眼睛离地图很近，头发有点卷了起来，但比较干净，没有脏兮兮的感觉，只是工作服上有一两处斑点，要不是靠得很近的话，根本看不出来。教授N向他推荐了青年旅社，他说，"那前面有条小街，后面的窗户一打开，就可以看见一条河，再说价格是很便宜的。"

第二章

往青年旅社的路，其实是很好走的，一路上有这样的路标：青年旅社向前1500米、青年旅社向前1000米、青年旅社向前500米、青年旅社向前50米……字体漆写得很鲜亮且很高明，看得出其中的功力。箭头符号所示的方向，正是他们二人所遵循的。渭河路上的人比察哈尔路少得多，察哈尔路上的多是那些刚从西站下车的人，他们成群聚集着，来回逗留，看上去有点踟蹰不安的样子。在这条道路上饭店诸类的生意特别好，堪称生意兴隆。邀客上车的车辆大大小小，声音嘈杂得十分厉害。

渭河路上就清静多了，阳光照耀在街道上，静谧平坦的街道做出反光，这是一家百货店，这是一家婚纱店，这是一家钟表店，这是一家面包店，这是一家服装店，这是一家……他们俩一路看去，标着形形色色图案字母的广告在橱窗里，被密密的彩色柳苞似的彩灯们所环绕、映衬。尽管是在白天里，但它们仍像碎晶片一样，闪闪发光。

你喜欢这条街道么？我喜欢，我真喜欢这，嗯，这铺满静谧的阳光的街道，两旁的店铺，还有一种类似桂花的香气，对，类似桂花的香气。我真喜欢一直这样走着，真的，走着，一直这样，一直走着。假如就这样走下去那真好啊。

桂花么，我看不像，倒有点像玫瑰香。

我认为是淡淡的玫瑰香，他们边走着路，边这样说道。偶尔有一两个本地人与他们交肩，于匆匆之中投向他们一瞥：这两个说笑的是外地人，可以肯定。

他们拐弯了，向右拐弯走上了一条小街，这条小街的街面不十分宽，宽度大约及刚才所走过的街道的二分之一，据路口指示牌的提醒，离青年旅社不远了，果然，不远处就看见了青年旅社的招牌，在阳光里闪烁了，他们觉得这幢房子保留着明清时的格局，远远地就可以看见它的檐角翘起，它的琉璃小瓦，还有它蹲踞门两旁的石狮，……他们估计对了，确实如此。若干年前，它是一幢明清时代的赫赫私宅，正如我们在电影电视里见过的一样，这里曾住过一位朝廷命官，他可能曾经妻妾成群，而且有一位倍宠至极的千金，极有可能。这位千金曾经有过一段传奇美妙的婚姻，这里曾经发生过各种各样的事情，以及众多事情中生存的声音。它们难以磨灭，继续跳动着，颤巍着。两年前它还是准文物，申请报告打上去，一直没有批复，据说这样的建筑在罗镇不止一处的，更何况全国呢，人们决定把它稍略修理，改造成今天的青年旅社了。

河面上有几艘平底船泊在一起，远处还有三三两两的几只，从高高的桅杆、低矮的篷席看来，应该是几只渔船，阳光照耀着，船上几乎没有人走动，只有一两岁的小孩蜷在那儿，似打盹，他们是读不成书的。河里的水倒是很清，清得可以看见倒影，甚至还可以看见对岸的房屋的一些棱角和颜色。河在东南角徐徐地拐了进去，马上看到的河岸像一下子堵住了它，像一个人拦住另一个人说，这儿不准走，你往那儿走，这条河就这样不情愿地拐了过去，继续流向前方。

青年旅社的窗户有点奇怪，它比别处的开得低点。天气有点燠热，只要轻轻地将手按在那凹进去的按槽，手指钩住一拉，哗的一声滑轨的声音，这样窗户就打开了。外面的景物尽收眼底。教授N说，这个窗户有点奇怪，是不是。然后继续讲起一次阻击战来，那是一次够戗的阻击战。是的，他断断续续地说过了一些。

辞职者Z坐在床沿上，脸朝着窗户，朝着立于窗口的教授N，他的姿势像是透过面前这个人身体的一侧去看风景，他的身子微微地斜着。这里有几株难得一见的柳树，其中他的视野里似乎真的就有这么一株柳树，那些枝枝条条纷披的垂柳在摇荡，不过他又像一直认真听着。几乎不放过一个音节。

那是一次够戗的阻击战，因为小分队只剩下五六个人了，敌人的炮火很猛烈，旗手的手臂受伤了，伤口很大、很深，包扎是来不及的，他咬着牙，死死忍住。但是因为失血多了，又几乎断了骨头。他的左手就不着力了，旗手旗手，拿旗的手嘛，小队副坚决要换了他，小队副的衣服上有几处血斑，有的甚至未干呢，但不是他的，是107高地上替别人包扎时溅上的，那自然是别人的血，他一点也没伤着。可是旗手无论如何也不肯答应，搂抱着旗帜就向前冲呀，他是誓死要把大旗插上三盆山了。他们几个人都相当坚强的，坚持就是胜利，他们打胜了这个仗，打得很艰苦。大概一个月的光景，一座白皑皑的雪山就挡在了他们的面前，没有想到的是他们竟全军覆没了。

那才真叫无力回天，没有办法。天终能胜人。

一条棕灰色的狗来到船板上，在刚才小孩蹲下去的那部位，用鼻子着地很细致地闻了一遍，它这时抬起头来，尖尖的双耳扇动了两下耸得更高了，显然是哪儿有一声响动吸引了它，它听到了什么声音呢？它狭长的面孔正向着这边，难道听到我们的谈话了么？不会，它身处的那条渔船足足在二百步开外，其间还有一段修窄的河面，它现在又埋下了鼻头子，几乎快着地了，又闻了一阵。然后拨掉过狗头，朝向舱口。舱的敞口略显得有点黑暗，这条狗很快地窜进了那方方的黑暗里去了，像有人召唤它。紧接着，这条船开始动了起来，那块狭长的河面受到了一丝惊颤，机器的引擎声响开来了，但没有击碎这边的安静，传过来的声音已经变得小多了，蜜蜂嗡嗡似的。

这条船离开了这里，渐渐行了好远下去。

第二天晚上，河面灯光交错闪烁着，一团团密聚着。到了晚上的时光，这里完完全全是一个很好的港湾了，有的灯火还一点一点地移动着，向这边靠拢，灯火里明显有人晃动着，还有轻轻细细说话的声音。大约晚上10点以后，可以说是比较热闹的了，如果风大一点的话，声音里面就可以辨清了：有喝酒划拳行令的声音，有嬉闹谈笑的声音，有小孩子啼哭的声音，有女人叫卖的声音，甚至还能听得见一两声鱼儿泼喇入水的声音，还有人微微地用什么敲着船帮，其音脆脆，等等。大概近子时，这里归于平静，大部分的灯全熄了，这些船和人全消失进黑夜，稀稀少数几盏灯还亮着，有点孤寂，模糊中将点到明天曙光爬上桅杆。

室内的灯早就熄了，他们还没睡着觉，离子时的安静还远，白天这间还显得似乎窄小了点的房间，这时是很宽敞了，现在这里面宽敞的黑暗，几乎淹没了他们，黑夜是不容人们去挣扎的，人们安于在黑夜中睡眠和享受了。他们沉在各自看不见但能明显感受到的一种水中。教授N能够想象到这个卷发的年轻人，头枕着双臂，黑暗的眼睛，应该是一直睁开着的，闪亮着亮晶晶的光泽。

你睡着了么？这是一个略显苍老的声音。

没有，没有，我眼睛还没合上呢！睡不着，好像。

他的想象得到了证实。

你说你在街头碰见了一个熟人？这是一个明显年轻一点的声音。

嗯……到底熟到什么程度？

保密，暂时还保密。嘿。

是昔日情人抑或情敌？

教授N翻了一个身，脸朝黑暗，床响过一阵后。

他说：保密，这确实是一个苍老的声音。

第三章

这是一条逼仄的小巷，巷道上的石板路面铺设了青苔，墙壁上的草择缝而生，踩着这脚下的路，觉得清风滑腻，还有丝凉爽。这条路回溯一百二十米左右，左拐路过一家钟表行，一家罗镇小吃铺，二家南北杂货店，再左拐一下，一下子就看见了青年旅行社的招牌，在阳光里闪着了。现在，它的特征除了逼仄外，愈发变得迷离起来，完全是这样的。他现在的面前一堵墙立在那儿，如果图示的话，是"大"，事实上他开始一惊，因为面前没路了，这是一条死胡同，再朝后看看，同样有一堵也略灰暗的墙立在身后。此时，这多么像一个陷阱，前后左右都封死了，天高高在上，哪儿也甭逃掉啦，待他走到前面的墙跟前，路又生了出来，路死了。陷阱。多么逗人的一个心理游戏。路又生了出来，路死了，陷阱。路又生了出来，路死了，陷阱。

就这样走了好久，他站到巷口，面前躺着一条宽阔的街道，宽阔的街道，空阔的空间一下子使人眼前一亮，他定住脚步。他轻轻地吁了口气。好，出头了，他心里说道，随即他走上街道去。他的步子也似乎变得很有弹性起来。

街道上人流动起来，一张张面孔呼呼地向他而来，然后又弃他呼呼地而去，他们骑着自行车赶着时间。一个人站在自行车道的缘沿上，似乎是早晨起床时发现但又无可奈何的一簇翘发，脸儿方形，眉毛很浓，狮子鼻，他站在路牙上回首看了一下，行动的身影总是阻碍了他的视线，他们赶着时间，没有闲暇顾及，他们互不相识。但他们眼中这个人的身影一瞬间就记住了，这是一个穿戴整齐的外地人，看样子不难判断可能他还是一个知识分子，甚至可能是高级知识分子，其实，他于他们中的任何一个的记忆又有何益呢。他们仅此相遇而已。

人们看见这个人的上衣口袋上金属钢笔套的熠熠光辉，他在路边缘上回首看了一下。

有人在这条"曲直巷"出没，他停下来，一回首便看见了那个刚刚涉足的小巷，巷口的青灰色左墙壁上钉有一长方形的牌子（大约20cm×10cm），已经看不出来是木板还是铁皮做的，时间的尘埃早就淹没了其属性的最初的标志，不过隐约可辨的是它漆成蓝底底色，和白色楷体字身，这样写着三个字：曲直巷。东方射过来的阳光照着这小块，大约两三巴掌大的牌子面，斜斜地打在左壁上，使得这里充满了神奇的光亮。

此刻，就是此刻，他看见一个女孩子在面前走动着，距离不是很远，大概只要五十来步，就能赶上，她齐耳短发，黑色的衣饰。显然是料子和做工都很好的套装，手臂摆动，衣角能随之掀摆，并且有刮刮的声响，她的臀部姣好地出现在裙子凹凸有致的姿态上。香君，是她，尽管这么多年过去了，基本上保持着那少女的骨架和走势，这是很难改变的，也是难能可贵的，下垂的眼角，辐射的鱼尾线，这是岁月留痕。这仅仅是岁月的留痕。想象中它们是极容易恢复的。岁月在想象的面前是一步、二步、三步、四步、五步、六步、七步，但他马上镇定了下来，恢复正常行走，小小的冲动像一阵微火慢慢地平息了下去。二十三年前的春天，一个铁路局小职员最终带上她去了一个很远的地方，离开了他们恬静生活的城市，以及N的视野，事情的进展是出人意外的，所以教授N对他们二人的私奔，一无所知，当他知道了这件事，已为时过晚。

这白皙且摆动在阳光里的手臂，这微微向前的头颅，这身体在走动时所保持的模样，这在整齐发茬之下微微显露的耳垂，包括着圆润而小巧的臀部，都像香君。……他，那个年轻的铁路局职员，牵着她的手，他们边走边观看着四周的一切。他脸朝向了她，马上她也拨过脸面，朝着他，泛着鲜花气息的阳光照耀着他们，他们的脸庞，他们的身体。

怎么样？喜欢这儿么？他问。

喜欢，她说。

随后，他脸朝向前方又说了一些什么，她笑了，咯咯地笑了，她的丰满的胸脯像一串葡萄般被笑所筛动，他说，怎么样？她欣然地答应了他，他们相拥来到了省铁路局罗镇铁路局分管处，他们在这里安了家。

可能的物质是假想一步一步地被证实。

有没有这种可能，很难说定，到了前面再看，倘若她进了售票大楼，她定是去找那个铁路局职员，现在的丈夫，那么她就有了是香君的可能，如果真是这样的话，下面就好办了，香君，他这样想。他还记得自己早年给她的诗句：

呵，你这棵年轻的杉树。

全身闪着亮亮的风花。

售票大楼恐怕是罗镇最显眼的建筑，雄踞这条南北向的政府大街上，镇政府就在它的对面，反而稍显得有点寒碜，斜对面的绿色门扇窗户的邮电局，还有银行字样的银行建筑，与它都不堪一比。它高高在上的避雷针下面，那方形的大钟，有着四个钟表面镶嵌在那个鼎立的正方体上，有一种君临天下的感觉。四周的人们在很远，在不同的地点，只要稍略抬一下头，便可以看见时间。现在那根稍长的分针向12点的位置靠去，角度趋向90度，紧接着，九点钟声敲响了。

香君消失在售票大楼熙熙攘攘的人群中，无疑她是进去了。

他似乎有了点兴致，他决定沿着这条大街走下去。

第四章

十点钟的时候，政府大街上人迹较少，只有在镇政府、售票大楼以及邮电局的门口有少量的人影出没，来回，与此相毗连的小店铺、商场都显得较为冷清。他走到一家小酒吧门口时，时间已到了十点半，小酒吧间彩色斜条纹装饰的玻璃门，门里闪亮着桌椅，井然有序，一动不动，一个浓妆的小姐穿着时髦地倚在一张吧台的背上，腰肢柔软得很。她的眼睛眺望着外面冷冷清清的大街。他向里射了一眼，看见她稍稍欠了一下身子，预备走出玻璃门来招呼她的客人，但是，他似乎没有要进去的意思，边走边张望着只表明一个好奇的外地人路过而已，所以她又把身子欠回，吧台的桌面上立即映出她的身影，一团白光映衬在背后，其实，这时政府大街已走到了尽头，一条东西向的街道横在面前，中国大街。

中国大街。路牌上赫然的四个汉字。

大街上，人迹也稀得可怜，数得过来的几条人影，几辆飞驰而过的车影，和数得过来的几辆自行车车影，他们像鳊鱼一样晃尾，一滑而过。还有譬如那边数得过来的几幢建筑，则始终停泊在那儿，泛着灰泡。街道的左侧，渭河的河水静谧不动，看不出来流向，水色模糊，还飘有数不清的杂物，偶尔有一两只机板船，发出的轰轰的引擎声打破这里一份寂寂的平静，往前走吧，渐渐地，酒吧、小茶馆、商店多了起来，它们在这条街道上簇拥着一个新奇的景观，那就是：凹形批斗台遗址，可以毫不夸张地说，中国大街的著名来自于它的著名，现在它已经改成了音乐台了，这是一种特殊的低圆台，可以容纳一个四重奏乐队。

　　"队伍来到中市口广场，这一露天广场有别于其他，它优美地旋转着台阶，一层一层直下到中心的圆周台，它的圆周形建筑的特色在于汇集了台阶上的人群的目光，聚集于万人之下，从而享受清高的惩罚，青年孙光荣日后才体会到它的高明，在当时孙光荣是被人群的一片喧嚣而引起的恐惧所困扰，他离开了中市口广场，此后的时光中不谙世事的青年孙光荣一直在孤独中行走着，破旧的灰衣服在他四周翻飞，翻弄着早晨阳光。"

　　一位小说家对此曾经有过这样的描写（如上述），他是对此记忆犹新的，现在它就在自己的面前，是那么纯粹和真实，甚或是坚硬的。

　　……台阶上密集的人群，一张面孔紧挨着一张面孔，他们都有自己的位置，没有重叠，谁都能观望得到中心，他，那个古文字学家，头埋得很低，声音嗡嗡地向他飞去，人们的视线交织在他伶俐的身上，他始终没有抬起头来……一只赭色大烤薯挂在胸前……

　　他和少数几个游人，一步一步地踏着水泥斑台阶，向下走着，走着，能捕捉到足间有着一种轻旷的回响。……他肯定被这纷至沓来的声音所淹没所困顿……正如现在体验的一样，声音有时也是一种灾难，成为强烈声讨的工具，它们是灾难横至的声音，它们曾经是有序的，令人舒畅的，成为交际中美妙的不可少的工具，有时却显得那么庞杂，混乱无序，以排山倒海之势压来，水泥斑白的台阶，他边想边又转身向上走了起来。

　　刚才站在圆台中心位置上，心有点余悸，因为他装着若无其事地抬起头来了，马上看见了无数的视线，耀眼。迫不得已，因为这几乎灼人眼目，你得低下头去。

　　这是一种别样的创造，他想，这家小酒店的门正对着那个著名的批斗台，从这里看过去：它就在那个不远处陷了下去，形成了这号筑有阶梯的巨大的凹地，有三三两两的游人，他们的身影，三寸、二寸、一寸……一寸一寸地下去。缩短。缩短。丈量它，继续，那里没有任何东西，没有一棵树影，没有一根什么柱子，没有一丝视线可攀附的物体，一块碑石正面朝向这里，像一本竖着的课本，上面的字不甚清楚。"椭圆凹形批斗台遗址"，它左半侧，狭长的门框的黑影直直地横向那里，挡住了视线：一条黑色的弧弦阻于其上。此刻，就是此刻，宝应大曲酒在肚内像一团火正悄悄燃起，它来劲了！脑门上汗珠一颗颗地跳出来，他以掌抚额，感觉到手心都潮湿了，同时他明显地感觉到皱纹的存在……手指轻轻地像在琴弦上拂过……

"红烧鳊鱼。"一位小姐说。

这条鱼正被紫酱色的汗液所浸润，所包围，鱼头小小的，尖喙，嘴巴微微地开着，开成一条狭长的缝隙。一支绿色葱叶插在其中，它整个身躯较盘具还稍略顾长一点，尾巴正展露在空中，尾刺仍然不失坚硬，眼珠已经枯涩，不再灵活转动，死死地镶在圆圆的眼窝里。有一种迟钝的白色光芒，筷子稍用力，一挑，残剩的狸白的鱼皮，它曾经很有用很有力的鳍，轻轻地一挑，便离开了进香熟透了的身体，死亡来临，一切有用的东西都会变得无用。他想，味道应当不错，鱼肉鲜嫩得很，它的色泽观感几近象牙。鱼肉被剔了下来，一根根细细的鱼刺被剔了下来，它们白森森的。再看，这一根根细细的鱼刺弯着一道弧，整齐划一，它是掩盖和保护内脏的屏障，现在它丰盈充实的内脏大概往下水道里去了，一排白净骨刺的弧内，一根葱横向在里面，一清二白，很显眼。

游人们一个个地身影上升，变长。变长。愈来愈近。

他们陆续地进了这家小酒店，他站起身，付过钱之后，离开这里。

第五章

他掏出一支烟，点上，吸了一口，然后悠悠地吐了，烟雾在空中展开身子，他的岁数不大，大概也就三十出头吧，脸型瘦削的线条分明，眼睛望着火车即来的方向。扳道工的小砖房门上沾有一处处油腻的斑渍，看上去有一火柴盒子那般大，扳道房左侧（他现在看过去那样）那盏临靠得很近的信号灯亮着，跳动着红光。现在路暂被切断了，火车还在老远，不过肯定很快会降临到面前的，火车就是这样，由远及近，然后再由近而远，如此往复环环不息。此刻，此刻实际上是眨眼的一瞬间，但是他凝眼看清楚了，信号灯的绿光上蹿了一下，变成了红色，同时电动力驱使两道铁栏杆，一阵机械转动的骨节声，铁栅栏被推向了路中心，横阻在路上，火车带着巨大的轰响愈来愈近，强烈地感觉到地面微微跳动和两侧相挨的房屋的低鸣。

栅栏移动停止，晃动了一下，一动也不动了。

他俯身在栏杆上，闪亮亮的钢轨在视线里，铺开，延伸，延伸出去，它似乎在跳动起来。

这里是城西部地带，火车由此贯穿而过。回青年旅社，应该由察哈尔路回去再到渭河路，到了渭河路一看到拐角上那个临河的小旗，就到了青年旅社，但是，倘若返身走过，要穿过三条大街方能到达察哈尔路，如此返回到达那儿的话至少得需45分钟，相当于一堂课的时间。到了那其实还仅仅是察哈尔路位置的西半截上，离火车站倒是很近，只需5分钟，再从察哈尔路到渭河路起码比一堂课的时间长得多，看来这样不划算。从昨天来时在月台上跟人借来的那份地图留有的深刻印象看来，这一段的线条要比现在走的这条长，且还有不少弯要绕，倘若弯路拉直长度的话，简直有二倍还不止，粗是粗点，也就是说大路倒全是大路，宽街道，但现在已经是下午四点钟了，他必须在六点半钟之前赶回去。这是与教授N事先约好的时间，他们说好先各自出去逛上一逛，"这是一个不错的地方啊。"然后七点钟准时在青年旅社斜对面那家罗镇南北小吃聚聚餐，这可不能违约，人家第一次邀请，又那么热情。

火车的躯体，黑黝黝地驰近了，近了，他直起身子，抽了口烟，悠悠地吐出，马上烟雾的身体变幻着，它越来越薄，越来越淡，慢慢地向远处消散，直到最后不见了。

地图上那标着粗线（铁路线标志）的，路线斜压在现在的这条路线之上，无疑便是眼前的这条铁路了。因为，这是贯穿罗镇的唯一一条铁路线，晚上七点钟二人吃饭时，可以好好聊一聊了，在闲聊过程中可以向他透露一下他来罗镇的实际目的。推销商品大楼在一条名曰青春的路上，现在想来，从青年旅社出门向左拐，走金口路—凤凰街八一路—青春路，是跑了不少冤枉腿的路，如果原路返回的话，六点半之前赶回青年旅社或许还很危险呢。怎么会放着眼前的捷径不走呢。上午八点钟就出门了，颇费了一番周折后，十二点才摸到了目的地，偏偏事不凑巧，十二点又是下班时间，他站在一棵树的阴影里，茫然地眺望着大街，其实是因为腿跑累了，他开始坐在路牙上的一块方石上。"你要等到下午两点半他们上班。"他在传达室老头的指引下，就在附近买了两个葱花烧饼填了一下肚子，坐等他们下午上班，他有什么办法呢，只能这样。招聘启事是在《S城晚报》上登出的，他当时一看到后没有过分迟疑。他其实是一个迟疑惯了的人，这回他的果决令自己也很是吃惊的。就这么着，他果决地来了。事情似乎并没什么难度，起码不如他想象的那样，而是出人意料很快地就办好了，他将自己的个人材料递给接待人，接待的人身材粗短，留着平头，眼睛布满了血丝，像是熬了夜。他煞有介事地浏览了一遍材料，随手便放进了一个浅黄色的牛皮袋里，牛皮袋上面写着红色的楷体二字：档案。归档了，归档了就好。"你填一张表。"他递给他填了一张表格。就行了，他成了一名推销员了，他让他等候最后考核决定的消息，他把青年旅行社的电话号码：41364-207，写在一张纸片上，递给有着胖身子的接待人。

他们没有食言，如他们在那份报纸上登出的那样：工资优厚；

能力强者多劳多得，基本薪水近千元。这些可以跟他讲一讲的。

他弯着肥胖丰满的手指压住那一页表格纸，低擦着桌面移到他的面前，接待人胖胖的身子，声音来得很遥远。你填一张表格。

火车庞大的身躯飞逝而过。哐当。哐当。人还在两米开外，就十分强烈地感受到火车挟带而来的飓风，人如置在一台高压鼓风机跟前，气都快喘不过来了。面前先是忽地一暗，过后，随之豁然一亮，街道，亮锃锃的钢轨又在眼前，阳光像麦穗扔了一地。

红白相间的铁栅栏，缩了回去，它们移动着，路被解放了出来，它们像两条铁胳膊一样拦在钢轨之上。在一瞬间，绿灯亮了起来：顺利通行，火车黑影愈来愈远。那困兽一样的声音也逐渐小了下去，他跨过路基，向前走去。

第六章

他们坐定了下来，天却下雨了。一星半点地滴在行人身上，风儿还往玻璃上扔了几滴。但他们没有以此为然，他们喝着水，一个继续说着阻击战的故事，一个盯着水滴在窗玻璃上往下滑，不说话，偏着脸在听。雨下着下着，很有耐性地下着。随它吧。第一道菜终于上来时，雨已完全停了，这样的天气看来，肯定是暂时的。下还是不下，都随它。菜迸发着香气和热味，靠近了他的嗅觉。马上他，也就是教授N，先主动地做一个邀请的手势。于是，两双筷子先后扎向青椒炒肉丝，堆得老高的它们瞬间倾倒下来。

味道不错，他们这样称赞道。

的确不错。一个说，另一个这么附和道。

第二道，红烧鳊鱼。小姐低低地报了一下菜名，声音细亮甜美。但是鱼较之中午品尝的那条，也就是在"凹形批斗台遗址"对过的那家小酒店里端上来的那条，从颜色看上去，不怎么令人满意，还有少许黑苦蚂蚁沾在其上，显然是时间匆促所致的迹象，酱

汁显得有点黏糊，基本上浇盖了一层在它的身体上，难以看见鲜肉
粼粼的，但这汁的香味还是相当诱人的。不过话又说回来，无论在
色泽上，还是在它的身体所呈现的观感以及长度上，还是什么其他
方面，眼前的这条远远比不上中午的那条，那是一条贯穿地插了一
根绿葱的红烧鳊鱼。物质的面貌和物质被操作改造后的面貌，他都
十分重视，其中他也明明知道这可能形成思想的局限性，事物总是
会这样的，玫瑰在五月才能走进"玫瑰"，作为花，随时随地而起
的局限会使之难以走进"玫瑰"。比喻或象征物的出现，就表明局
限已经降临，譬如人也是这样的，死亡是生命之局限，向死而生，
谁不是一样呢。炊烟是家乡的诗歌载体，同时，它又成了环境的局
限了，广袤，渺音的虫唱正在于其柔小，不堪一惊。

不想了，陈词滥调，想这些干什么呢？又有什么意义呢？谁也
不能说这次寻旅是没有局限的了，甚至还是虚妄的呢，打住，不想
了，真的不想了，吃菜。

第三道菜，宫保鸡丁，据说慈禧曾御用过，从宫廷里传出来
的，其特色在"爆"，花生和鸡丁异常有嚼头，饱满有味，故谓之
宫保鸡丁，曾经是皇宫贵族用的，现在若干年过来了，老百姓也能
尝上，这是时间的造化。

第四道菜，茼蒿汤，这可是很难得的一道菜，也是很有营养的
一道汤。

酒杯里的酒，刚下去三分之一，清尿样的颜色的啤酒，中间
和杯壁四周泛起了一个又一个小小的气泡。二氧化碳汽从一个又一
个爬出水的泡中，释放了出来，味似一阵腥臭淡淡地隐匿进空气之
中。静静地，要绝对静静地，一阵阵滋啵滋啵的泛泡声，清晰可
闻。他们呷着酒，时不时打个饱嗝，要么教授N要么辞职者Z打，
一个接一个，陆续不停似的，但他们对此闻无所闻，因为它一点也
不能打断他们。他们用心地谈着话。

收音机里正在放着一支脍炙人口的《茉莉花》，那是流传久

远的扬州民歌，"好一朵茉莉花，好一朵茉莉花啊……""我有心采一朵戴哎，哎又怕看花的人儿将我骂啊……"收音机正放在对面的柜台上，那可能是老牌子红灯，形状很像，在一排调谐旋钮的灰色装置上面，一块长方形的花色布兰绒，有些旧了，颜色有点褪了，尚未褪尽，但正在衰退的过程之中，唯独让人欣喜的，是上面那些闪跳着的金丝缕线，声音从蒙住的音响传出来，缕丝会银光闪耀，他现在将头稍稍偏了一下，果真是红灯牌子的，一枚红灯的标志赫然在目，猩红色，银币大小。辞职者Z猜想是对了。倘若教授N不无意之中将头这么稍偏一下，无疑他还要这样猜测下去，期待下去。

老板坐在柜台里面，从这里的角度看过去，他的发、他的眼睛、他的鼻子，包括他较引人注目的胡子，是完全清楚地看得见的，下巴和颈子以下很难看到了，处在被掩护起来的阴影里，他埋着头，像在打瞌睡，也有点像在计算点什么。譬如账目。他的椅背离墙还有一拃之距吧。他头顶上方，几乎是正上方位置的墙上端正地挂着一方电子石英钟。从它的四周镶框边缘和它的透过玻璃平面清晰度很高的仿金色针芒看来，显然，是不久前刚刚挂上去的。

在钟的右斜下方，有一张粉红色的纸在贴着，上面写着清一色的菜单和价格，上面这样写道：

宫保鸡丁　11.00

葱花鸡蛋　8.00

红烧鳊鱼　12.00

青椒炒肉丝　5.00

蚂蚁上树　10.00

……

东北角沿墙壁的一长条桌上，一溜顺儿的水瓶放着，整整齐齐的，静静地立在那儿，显得相当安详，瓶的身体上发出闪光，此时室内亮起了灯，夜晚在不知不觉中由室外闯进来。渐渐中，灯吞并了这里的黑暗，电力似乎不太足，很微弱，可以看得见灯泡中的钨丝被一簇红光拥抱着。我们在一张浅黄色的照片里喝酒并且吃饭，辞职者 Z 这样奇怪地想道。

邻座的人正在谈着话，脸面在这不太足的光线里不太周全，喁喁的低语，模糊的阴影割裂了一张张脸庞，它们由陌生走进更加陌生，自始至终，皆互不相干。

教授 N 说着话，他又谈及了那场确实够戗的阻击战来，炮火，猛烈，五六人，旗帜，雪山，那真是一场艰苦卓绝的阻击战，胜利之后，最终的胜利并没有属于他们，一场大雪崩不期而至，其实他们爬过雪山，一切就好了，你想，这是来的很快的，才感到脚下一抖，劈头盖脸地已经掩埋了你，就这么快，灾难无可抵挡。人类可以战胜人类，然而在大自然面前，让你无能为力时，你终将无能为力，他这样说道。

而他想到的是那条鳊鱼，那根贯穿始终的葱。

这时候，薄薄的灯影已斜斜地投向了门外，在隐隐约约的光亮之中，看见了雨点的下滴，一滴、二滴、三滴……一瞬间，亮了下去，雨脚着地的叮叮叮叮之声，似乎也已清晰可闻。青年旅社门前的两盏高挑的灯笼透出暖暖的红光，看得见那对石狮子正蹲踞在阴影中呢，偶尔有一二位旅客擦身石狮子的黑影，在一团红光的照拂下，走进旅社。

第七章

他的背还是比较宽阔的，他此时坐在桌案前的姿势使他的双肩端平了，他年轻时肯定是魁梧英俊的男人，他的魅力可以从他的脸庞上看得出来。他说话和微笑在昨晚，也就是二十九日的席间得到了佐证。应该说，他本人年轻的影子从这一切之中可以窥视，它尚未消失殆尽。他除了健谈、爽朗等很好的性格，使人一下子可以倍加亲切起来外，他还是一个较细微的人，这样说完全是有根据的。

窗外的天色七八层黑，初夏的天气白天是已经热起来了，早晨的时光还是比较令人愉快的，因为这样的早晨谁都愿意被一层凉快惬意所裹挟。他的白衬衫由于风偶尔来临瑟瑟抖动着，看过去，像平直的双肩在耸动一样。他的头发大概是夜晚缩进被窝所致，头放进被窝睡是不良习惯之一，但人睡着的时候是无法知道自己是什么样子的。这一小簇头发便鹤立鸡群般地翘动了，有凹形按槽的窗户拉开了半扇位置，窗户的那条竖线条（它属于铝合金属质地窗棂框框），正垂直在他的左肩上，据此可以判断，他是比较细致的人哪。

视线从他的左右两肩出去一下子消失在刚启的晨曦中，那里空白一片，只有寂寥的楼顶隐没着，三三两两地点缀在那片安静之中，就这下方，应该有条河，河上应该泊着船，也许船桅杆上悬挂的灯此刻还亮着，但这根本看不见的，这个角度的视野只有一片空荡荡，河、船、灯火和尚在或不在睡眠的人们仅仅存在一种常识之中。

他左肘作支撑点，缓缓地将胳膊抬举起来，下巴卡在叉开的虎口上，他的拇指食指的指骨和双颊骨相触着，然后，他看见微张的手掌，滑动着划抚过脸面，指头迅猛地斜斜插进发丛中，头发犹如惊扰的草丛，它们受到了一下挤压，右手肘停止了动作。显然，他思考着，并且思考暂时被什么阻隔了。移动的钢笔帽上金属闪光停止了移动。

这是Z从床上醒来，一眼就可以看出的情景。

他没有打扰他，也没有必要。他静静地扣上纽扣，静静地穿衣，他去盥洗间洗漱完毕回来，一切都静静无声。可以想象得到，他的笔顺畅起来了，并且被激情所驱，沙沙声，愈来愈响，也愈来愈烈。好了，他的思绪重新像水一样流动起来了。此刻天气还早呢，即使七八层的亮已经亮到了大概七层，但又怎样呢，离吃饭时光还有一段距离，他不便打扰他，于是，他把视线移向窗外，看起这真实的早晨来。

这时，楼群、河流、船、人影重新来到常识应验之中，那么鲜亮地闪在晨光里，真实而具体，加之天蒙蒙亮所具有的灰蒙蒙的色彩，使内心的疲乏和难言的沉醉升起来，透过身体中的神经、淋巴、泪腺，升出了体外，此刻正朦朦胧胧地抹上他的观望，船只甲板上空荡荡的，像是一切都已空荡荡，平敞得很，舱口逐渐在他的注视下，退却，一步一步地在退却中明晰起来，再看那些垂柳无精打采，垂手而立，它们灵魂尚未飞回似的没有一点精神。

他猛然地记得了一本书，那是一本法国人的小说，他从自己那个红色的小挎包里把它翻了出来，折叠的那个印痕还在，他抓住书脊轻轻地在早晨的光亮里一抖，他便找到了原先读的那个位置。他坐在床沿上，翻看起来，书页哗哗作响。这本书一直放在挎包里的。它几乎被一些泛着肥皂味的衬衣所缠裹着。

他一口气看了好几页，他静静地端坐着，挺着脊梁，神情肃穆，这是后来教授N告诉他的，他那个时候是浑然不觉的，他被完全吸引了。

他们二人在七点钟时吃了早饭，大概七点钟吧，他们将吃早饭的地点就定在那家斜对过的罗镇南北小吃铺，他们二人走近时，阳光已经洒满了街道，洒满他们全身，并且已经具有热度，街上还显得冷清，阳光明媚而宽广无量。偶尔有一两人与他们擦肩向这边走。谁也搞不清去向何方。那空标着太阳社的小照相馆，一个伙计正在努力地卸下门板，按着黄漆写成的阿拉伯数字依次靠墙放着，稍远的另一家也打开了门户。一个叫万顺花店里的鲜花们，一朵又一朵，在那个透明的大玻璃窗口争相怒放。

他们走进小吃铺，那个年轻的姑娘正抹着桌子，她的脸颊上微红，睡眼惺忪，显然，她也刚起床不久，那沾有星星点点油污的白大褂掩盖不住她丰满的线条，她在这两位早客坐定后，背过身去打了一个哈欠，她用丰满的手罩住嘴的动作和声响，令人着迷，从桌子的成色看，那至少是件古董，从紫酱色桌面的反光，桌腿所支出的形态，桌的镂空图案，可以一眼就做出判断。

一人一碗豆浆，两根油条，是很惬意的，我的早餐一直都是这样。教授N这样说道。

Z表示赞同，他稍稍地说明了一下，当然他可以不说，但是他还是说了，这就和多年的习惯一样。他早晨一般只喝牛奶，而似乎只有一次喝豆浆的记忆，那次基本没有加糖，或者根本就没有加，因而让人觉得有点苦味，还有点腥味。此时此地，牛奶是没有的，他只得将就点了。他现在喝了至少加了二三汤匙糖的豆浆，和他习惯喝的甜牛奶不相上下了。大概是过去腥苦的豆浆还停留在他的味蕾上，他微微蹙着眉，又加了一汤匙的白糖。

他喝着甜甜的豆浆，想起他早晨临窗而坐的事，他对对方说，你还记日记么？

回答却是否定的，人的猜测力是有限的，教授N这样告诉他，我在写一封信，一封长信。

Z看见教授端起那只蓝花纹滚沿边的碗，喝了一口后，教授问及了他刚才在看一本什么样的书，那么入神。他如实地告诉了他。

《鼠疫》。是讲鼠与人大战，讲老鼠之死殃及一个城市的故事，主人公是一名叫里厄的医生。小城名叫奥兰。

第八章

阳光已经开始强烈起来了，照在青年旅行社的铜字招牌上，那对门口一直蹲踞的石狮子，显得有点刺眼。鳞片状的卷毛雕刻，那愤愤睁得圆圆的大眼睛，那方底座基上踏着的有力的腿，有力的脚爪。在第二章里，我就曾经交代过这里以前有过许许多多的事情，在门口稀薄的空气里进进出出地进行着，事情倏忽而过，它们擦过俩狮子的石身，还有事情里生存的声音，已经落在了卷毛的鳞片深处（像雪落进梅花）。这一点很重要，闲暇中对此假设一番，编一些自己也会慢慢可以相信下来的故事，用以打发时光，也未曾不好，今天是三十日。

Z踱到窗前，一下子就可以看见那条小街，静静地卧在视野之下，将近八点钟的街道上有几个胸系红领巾的小学生走过，如花笑脸般的他们腰间斜挎着书包，三五成群像小鸟一样叽叽喳喳地交谈着，边谈边走一会儿不见了，叽叽喳喳的声音也消失了，店铺里的货架、货架上的物件和柜台的服务员还可以模糊辨见，倘若不是眼睛稍有点近视的缘故，那儿还可以再仔细点，拿以前的好眼来衡量的话，店铺货架上的物件——商标都会赫然在目的。自然这是不可能了，他只能这么看着它们，模模糊糊，晃来晃去。

那家名曰罗镇南北小吃铺，他们大约两个小时前还坐在那里吃早饭的，现在看过去也一清二楚。这时，一个马脸的且有一把大胡子的人向这边走来，由于他的五短身材使他那张马脸更加显长起来。他正是这家南北小吃铺的老板，昨晚，见他一直低着头在柜台里盘算着什么，早晨吃早饭时也没有见到他的人影，大概他的宿处不在店铺里，而且还可能就居住在离这不远的一个什么深巷子里，或者有一个拥挤阳台的鸽子笼里。他想象着他在阳台上像是伸懒腰，又像是甩动胳膊锻炼的样子。有一间自己的房子不错，阳台窄小点又怎么样呢。将晾的衣服收起来。将一些舍不得的乱七八糟的杂物彻底扔掉，那会宽敞许多，只要你自己愿意。

他猜测他的住处应该不会很远，否则，应该会骑自行车来，骑自行车来的话就不可能像他现在有的这样的情况：睡眼惺忪、明显睡眠不足，脸上似乎都没好好地抹净，一副尚未睡醒的样子。他定然是一个经常拖着松松垮垮的五短身子，脚上随便拖着一双什么鞋子过了街的人，白天他对老婆可能会用语粗暴，一说话，粗脖子可能会很红，但是在夜晚却显得温柔无比，脖子同样也很红吧。或许就是这么个人。

他眼睛瞥着窗外，这么胡思乱想着。

这里确实比较安静。安静得很。教授N在站台上介绍这家青年旅行社时，他就是这么说的。所言不虚，教授N现在出去了，他是去寄一封信。对于这封信，他没有多问，据猜测，大概是晨间伏案写就的那封吧，他们那会儿立在街心，教授面对着Z，同时也偶尔地将眼睛的余光投向门口那对石狮子的他，举起手中的那一封信，扬了一扬，嘴角微笑了一下，隐含了一个秘密一样，他说，我去寄信。从这一点可以说明，他肯定是去寄一封十分重要的信。如此看来，应该是给情人的信，他不是说在街上碰见过一个熟人么？很有可能。

由别人的浪漫很容易联想到自己，这可以说是人之常情，Z想起他的那一位，是理所当然的事情了，不过，他没有情人，在他思念中的是他的妻子，据自己日后经验和别人的经验的综合，他逐渐地证明了一个微妙而有力的等式，那就是他的妻子正好等于他的情人。这就是说，迄今为止没有人能够统一地做到这一点的，她统一地做到一身了，而他统一地拥有于一身，所有的男人都会羡慕起Z的，这是一种难求的幸福吧。事实上也确实如此。

……灯颤颤巍巍地点着，光朦朦胧胧的，儿子在母亲的摇篮之中慢慢地入眠，她一边摇晃着小窝床，一边哼着眠歌，床轴轻盈地发出和弦的声音，一边她正把美丽似水的目光投向窗外，皎洁的月亮照着她的眼睛，漆黑整齐的刘海被风拂动了一下，窗外有一颗亮亮的星子也抖忽一动。

他用想象勾勒，再用无言去补充。他喜欢这样。平素里，在他昔日同事的眼里他一直是一位沉默寡言的人，不怎么说话，甚至懒得去做应酬式的交谈，这可以算是他多年来的一贯作风，他想起在哪儿一本书里有着这么一句话，沉默的时候，你便是上帝的孩子，一开口瞬间就变成了人。事实上，喜欢沉默是他的天性吧。至于要正式成为一名推销员，这无疑要改变过去，尽管里面多少有些不大愿意的成分，然而优越丰厚的薪水和嗷嗷待哺的妻、子组成的事实，不是人所愿意不愿意的。硬邦邦的现实，你总要碰一碰的。你不想，它也会找上门来，碰一碰你。

闲暇当中，他会做些犹如栖在石头上的一些甜梦。那是一些多么惬意的遐想呵，至少到现在，他乐于这样，或者说他已惯于如此，譬如，对这座曾经赫赫有名的私宅里的人和事物，对里厄医生日夜穿梭忙碌于期间的奥兰小城，还有教授N时时提及的阻击战，等等等等。对故事之外的现实，同样也可以做到如此，对教授N穿街过巷寻找绿色邮筒而不得最终走上政府大街的情形，甚至对他至爱至美的那位心上人来一段婚外恋的假想，可以为之平淡，也可以为之缠绵，全由自身。假想毕竟是假想，尽管假想不乏被现实发生所证实的实例，但在一些事物的身上，假想永远置于墙外，例如，自己的妻子。这些甜梦般的物质，让他怀起一颗坚柔的心，他相信，生活会一步一步地好起来的。

N回来了，他正兴冲冲地从小街上走来，不一会儿他穿越过这条小街道，径直向有石狮子把门的旅行社走了进来。

第九章

树叶繁茂的梧桐巧妙地在空中相交接，犹如一道精妙的屋檐一样，它们葱绿一片低掩着路面的上方，阳光从树叶的间隙漏了下来，像白花花的耀眼的金币，跳动一地，梧桐们经过时间的琢磨和人工的修缮处理之后，这儿形成了一道可观的封闭式走廊。

这样的路除了与其相接壤的青春路之外，很难再找出同样的第二条来。八一路的由来是这样的，就是在若干年前解放罗镇那阵子，人们从渭河大底湾登陆后一脚踏上一条较宽敞的滩道，从而长驱直入敌巢中心，然后很快就占领了这里。人们大抵还能想象到狮子一样的军队，由于那个特殊的日子在老皇历上标明是八月一日，据说是一位成姓军代表的建议，才得以把这条道路命名为"八一路"。继后人们就以这条路为中心干道，加强了对这个小镇的改造与建设并在它的两旁都种植上了法国梧桐，因此，这里一些老人在你探寻的时候总会这样对你说，你问它解放多久了，去看看八一路上的梧桐就够了。这样说来，完全不无道理。

一辆公交车向这边驰来，从远处看来，它刚刚从绿色的窑洞开了出来似的，茂盛的枝叶无限笼罩着，它的楚楚上翘的电鞭子在其中出没。似乎还有火花，蓝色的，星星点点噼里啪啦地响个不停，公交车喘着断续难定的粗气，咣当咣当的声响表明这辆公交车像是不久就会散架，成为一堆无用的残骸，像这样废弃不用的就有这么一辆，它整歇在八一路与青春路的交界线上，也就是说，两条路的交界就是以这辆弃车作为标志，既然说到了青春路，那就稍加交代一下吧，青春路，它的前身叫昌隆里大街，多少年前上面来回走动的多是旧昔达贵，伪政府正是在这条路上。现在它被新的事物的硝烟所驱赶，只剩下一座空空如也的躯壳，现在只得改做为一个历史博物馆了，其中在众多的资料图片与实物当中，就有小镇解放那一章节，以资料全面翔实，教训深刻，一代又一代地教育着后人，它之所以更名为青春路，原因不难得知。

哧、哧——4路公交车车门随着声打开了，里面的座椅排列得相当整齐，只见脚板地面到处散乱一些瓜子壳，还有一两瓣橘子，橘子壳皮绽裂开在一拃之外的距离上，它们都显然处于被人无意间踩上后的状态，一小摊汁水洇化进脚板的尘埃之中，司机直着腰板，一手置在方向盘上，一手抓住一侧的笔直的操纵杆，眼正视前方。引擎声低低的轰鸣着，布满凹凸钉纹的脚板轻微抖动，忽忽……车开出去后不久，他就正好看见对面的那辆整歇的破车了，有人在跟前忙碌着，人们正把它改造成一家商店。一个年轻人正举笔粉刷着绿油漆，他的胳膊白皙，湿漉漉的一节暴露在阳光里。博物馆的西门出口正好对着，离这儿不算很远，西门口的游人正一拨一拨地出来，他们每个人的脸面十分静谧，阳光给他们的衣裳，或者脸上一个榆钱斑大的光亮。他们谁都有的，一个也不少。刚参观博物馆后的印象还在，所以脸面显得相当庄重。

历史的硝烟光点在人们虔诚平静的脸面上一闪而过，是一件多么有意思的画面啊，Z这样想道。

博物馆正门上悬挂的那一块匾额，这时显得引人注目起来，上面的字，为这方的一大名人所手书，字迹遒劲。时至今日，他的形象已凝固了并重生在一座青铜塑像中，塑像放置在中心街口上，作为瞻仰物，人们似乎很难疏忽掉他。因为他的手迹芳泽随处可见，除了街心口的那座青铜塑像外，作为纪念的方式和途径还有很多，譬如故居、读书处、生平资料馆，几年一度的研究会，还有因他而命名的模特赛、选美诸类，等等。他的形象散布着，消融进镇上的各个角落，以及小镇人们的记忆深处，使人弥望不尽。

浓荫掩盖大大地削弱了人们对推销大楼的高度的判断。事实上，大楼的高度要高出人们想象中的许多。它高高在上，通过葱茏树冠，设想一下，在顶楼上稍稍下瞰，完全可以看得清这条道路所属的梧桐上空是怎么回事。

传达室那位老头隔着窗玻璃与他点了一下头，便让他进去了，在大楼底厅里的四壁上贴满了广告，各种各样的花色，各种各样的不同程度裸露的女郎，正在墙上闪光，并且朝人媚笑，他在一边等电梯的时候，一边就环视着它们，它们似乎如一阵风，夹有一阵阵果馨味要从墙壁上刮下来，墙壁上的梯间显示器出现"1"时，随后门便向两边坚硬地撕开了，他一个箭步走了进去。

似乎在一念间，就到了四楼，事情所经历的时间愈短，记忆的影响就会越深，现在对于长期共处的东西记忆就明显地模糊了，零碎了。而刚才的一念间的那感受，它所带来的体验是甚深的，他可能一直会牢牢不能忘记这种心脏仿佛出了体外漂浮水面的强烈感受，它要么不出现，要么一出现，肯定会完整地在短暂的时间里一下子就抓住他。

他开始听见自己的脚步声，在装潢较好的光鉴照人的水门汀上响开来，又响开去。

第十章

他伏在栏杆上有好一会儿了，河面上很不干净，一只旧的塑料拖鞋被一些草核所围拢，不时轻微地如一只小船随波荡漾，河水看上去黄黄的，是因为有一段黄色大楼的投影的缘故。那几只平底驳船紧紧相挨着，人可以在上面串连着来回走：船头靠船头，船尾挨船尾，船头紧紧挨船尾，甲板上是没有人影出没的，但在看得见的舱口里，有人影正在那儿恍恍惚惚地坐着，午间的饭菜香味已经弥漫开来，飘荡在近午的空气中。

阳光的炙热加快了这种气味的诱惑，肚子里随即闹起了空城计。他似乎还听得见他的脚步，在水门汀上响彻云霄地响过来响过去的脚步声。空荡荡的，真实而又虚无。这同现在肚中饥饿的回声相像，他直了直一直欠着的身子，缓缓地吸了一口烟，憋在嘴里好久了，一直没吐出来，现在一口吐了出来，那么浓浓的，像一块阴影弥漫上他尖削的面容，接着，慢慢地变幻着身子的同时也逐渐愈加稀薄，直至在眼前倏忽不见。

去静安农庄推销化肥，只要动一动嘴皮子就可以了，能将征订单发完，表格的数目也就差不多了，这明显是要试试他的口才，如果要完全作为一名口才家，或许于他明显是吃不开的吧。这对自己应该算是一个不小的考验了，也就是意味着，他将由一个不善言辞的人一跃而成一个言语练达的人，甚至不排除昧着良心说谎的可能。当然他想起了一个笑话，这是此前早就听说过的，现在想起来了，那是一个人问另一个人是干什么的，对方回答他说，是推销员，另一个就说，哈，难怪你的鼻子这么扁，大抵是因为吃闭门羹多了的缘故。其实这不是很好笑，但是当时听后，他倒是笑得很厉害。此刻他倒有点心酸了。并且下意识地摸了摸自己的鼻子，自己的鼻子还算高挺得很。

且说沉默寡言，能说会道，这一变化的过程，在想象中已经面对过好几番了，现在就在面前摆着，似乎心情倒已经遁去无影了，人有时需要这种木木的感觉去做事的，想起与昔日同事朝夕相处的时候，他的沉默的底线是什么，不就是良心么？交际圈中谁能如鱼得水，谁最擅长辞令，就笃定有昧良心呢，现在，这道防线必须由此崩溃了，拿现在时髦的一句话来说，就是良心能值几毛钱啊？是啊，你要良心呢，还是要妻儿，对于他这样一个一度固执的人来说，这种选择无疑要付出惨痛的代价，事实需要他面对惨淡人生，总要豁出去一点东西，有得必有失嘛。他这么安慰着自己。

说是自嘲也罢，总算这个疙瘩解开了，然而他的眉头又不得不蹙了起来，他的额头甚或整个面部，在静静的风中，像一块暴露的巧克力，香醇的凹凸纹路清晰可触。因为风，头发跳动了那么一下，又是一下。嗯。接着的问题又来了：静安农庄具体在什么方位都尚未摸清，更不用说能将那儿熟悉如掌股。据所掌握的资料显明，静安农庄在罗镇东北角毗边的土壤上，但对方向的确定还没过关，在这么个小小罗镇他就俨然陷进了迷途，他打算再从那条所谓的捷径走回去，也就是跨越铁路线的那条行路之径，可眼前事物与体验中的越来越模糊，也越来越不相符了。这些事物如楼房、小巷、街道、路标给他的印象甚为模糊，但经验已初具。他想念它们第二次来到眼中，有能力做出辨别与判断。因此，现在摆在面前的问题，倒不是良心不良心的问题，而是是否能够在此时此刻拿出足够的勇气去面对人生的第一次。第一次和不相为谋的若干张脸面的声音交谈；煽动他们对他手里的货物的兴趣。显而易见，这需要足够的本领，况且他在这方面还是一位新手。

他再次吐出一口浓烟，重复着刚才的吐烟动作，一边这样吐着，一边猜度着自己将怎样第一次面对陌生的农庄，以及陌生的农庄里那些散落如星辰的鸡群、如水云一样的条条田埂，以及其他尚存在于梦幻上空的事物。

那个平头圆脸、肥胖身子的接待人，弓着丰满的指头，反把一张表格推到他的面前，边说边藐视着四楼窗外空荡荡的天空。你把这个表填一下，声音依然显得遥远，他于是在"推销去向"后面写上"静安农庄"这四个字。推销项目：化肥。他刚刚填好，一张表格和一沓推销单擦着光滑的桌面，推了过来。

咣当咣当，似乎是电梯的撕裂声，然后又是低低的一阵水上的汽笛声。

这时，一只棕灰色的狗来到那只漆有红窗绿扇的甲板上，它散了两三步，然后在舷边位置立定下来，它很轻浮地翘起右后腿，开始往水里撒尿，水里立即响起淙淙的击水声，它并拢后腿后，在甲板上转悠了一下，它把狭长的脸面朝向他，双耳有力地耸动了两下。像人尿后打了一个寒噤，然后掉转头去，嘴里不屑一顾地哼了一声，走进了船舱里。

他把视线上移，调整，继而定位在那扇开得较大的窗户上，在那有琉璃小瓦当、尖耸翘檐建筑的后墙壁上有三四个这样的窗口，他觉到自己所寻找的那扇窗户应该是左起第一个。因为，当时他们被服务员领向右边的那间房时，207室的门是与廊间的右壁为邻的，据此完全可以判断出来，但是，他又觉得不对，因为倘若他们是在那个窗户里的话，他踱到后窗可以见到眼前的景致，可是当他踱到前窗，同样也可以看到了小街的情况，譬如早晨见到N寄信回来后，在阳光里穿过街道一样。按理来说，似乎不太可能。

这样，他把刚才的注意力转移到这个问题的思考上来。其实，问题不难解决，答案应是那条走廊，想到这就不难知道了：他们住的是一间较为宽敞的通间房，如此而已。

太阳正在日头上，河水静谧得很，像一块完整的镜面。那上面因为草沫还有一些其他的杂物，所起的波纹似乎还带着七彩，但终究阳光闪耀，灼人眼目，他的眼睛是不能再盯下去了。他的视线向上移去。尽管有一棵树荫庇护，但阳光的热度使汗还是蹦了出来，它们跳出了皮表。一颗一颗的，如珠玑滚滚。阳光焦烤着西窗们，他看见一个服务员纤细的身影正将百叶窗放将下来。教授N此时还没有回来。

他要沿着河岸向南边的方向走去，然后在这条河的拐弯之处会有一架小桥，只有绕到那儿去，才能走回青年旅社。

这个人的身影正愈来愈远，愈来愈小。

李海英，女，河南尉氏人，文学博士，中国现当代文学专业，云南大学文学院副教授。攻读博士期间，尝试文学批评工作，多在《诗刊》《诗探索》《新诗研究》《扬子江评论》《扬子江诗刊》《星星诗刊》《光明日报》《江汉学术》《南方文坛》《上海文化》等报刊发表作品，偶有文章被《新华文摘》转载。大益文学院签约作家。

失败：一种生气勃勃的空气

李海英

《现在几点，你在哪里？》与《鳊鱼》这两篇小说形体虽有异，内里却有着相似性：都有明显的互文性，科伦·麦凯恩的潜文本不只是史蒂文斯，林苑中的潜文本也不只是阿瑟·米勒。第二，都有一种"失败"，借用贝克特，科伦·麦凯恩的主人公包括"一个作者"与"一个士兵"，两人都被冻结了：作者掌控不了写作，士兵被孤寂；林苑中的人物是"教授N"与"辞职者Z"，N右转90度便是Z，一个是另一个的镜像，或反镜像，或什么都不是。第三，都是让读者通过文本中人物的眼睛去看这个世界，赋予事物以意义或无意义。

《现在几点，你在哪里？》选自科伦·麦凯恩在2015年出版的集子《十三种观看方式》。这本精品集包括一个中篇小说和三个短篇小说：中篇小说《十三种观看方式》讲的是一桩发生在纽约的命案，《现在几点，你在哪里？》写的是一位作家试图写一个阿富汗女十兵的故事，《sh'khol》讲的是一个中年离异的爱尔兰母亲遭遇的意外，《协议》写的是一位修女回忆几十年前在南美洲强奸和折磨她的人。四个故事看起来并无必然的联系，每一个故事都有十三个部分组成，分别以纽约、阿富汗、戈尔韦和伦敦为背景，观看（或想象）我们生活中最微小的角落里的无限可能。据说这本集子在美国评价很高，当然他的每部作品都曾引起或大或小的轰动。它延续了科伦·麦凯恩之前热衷的"互文"的写法，其互文通常是通过对前人文本的质疑、批判和改造来评论我们的当代生活。这一次选的是史蒂文斯的诗作《观察乌鸦的十三种方式》，该诗中不仅提出了一种技术手段，再现了创作的思维过程，也开启了一种新的美学与新的视角，"观看的十三种方式"也成了有特殊寓意的说法，不断地有作家或学者借用它表明一种姿态，比如"我们如何写作：观看一张白纸的十三种方式""观看拉丁艺术的十三种方式""观看小说的十三种方式""观看一个胖女孩的十三种方式"等。

对于像科伦·麦凯恩这样处于巅峰写作状态的作家，其目标恐怕不止是互文一下这么简单，其一，虽然《十三种观看方式》的每个章节开头处都在用史蒂文斯诗作的相应一节作为"引子"，确实可以从语言、文体或主题上考察二者之间的深层关系，但是他的互文要广阔得多，除了文本与源文本之间的呼应，还会涉到爱尔兰与英国、美国、俄罗斯、阿富汗、智利等国家的互文。其二，也不纯粹是为了讲故事，虽然故意使用抽象和碎片的手段将对生活的认识简化，类似于将预言解读为偶然事件，还原了一种"迷失的视角"，聚焦于对创伤的密切观察，强迫自己（可能也包括读者）去发明新的观看方式，并重新定位读者的功能。

《现在几点，你在哪里？》外表上看就是一个元小说，比较详细地描述了一位作家受杂志邀约写一篇以"New Year's Eve"为主题的小说，由此而展开了：开端的难题、可选的路径、发展的不确定，基本上遵循元小说的写作原则，从作家的创作视角叙述了创作过程。如果从元小说的创新性和实验性来看，实在不能与纳博科夫、卡尔维诺、戴维·洛奇或库弗等人相比较，只能说是他的一个小实践而已，技术手段上无甚难度。引起我兴趣的也不在于对史蒂文斯诗歌的重新演绎，而是他表现出的"无意识的选择"。起初：他认为这个主题很容易，五月下旬：漫无目的，初夏：举棋不定，尝试了几个开头皆遁入黑暗，就像茫茫二十座雪山中那只唯一的乌鸦，你看到了它，却无法描画出它的踪迹。于是，这位作家开始跟随自己熟悉的方式，虚构一个在中东战场上渴望与家人联系的女士兵，以一种让人能够注意到的虚构人物的创作方式来讲述，这一做法无甚新意。我好奇的是，科伦·麦凯恩为何又一次地选择了"战场"与"士兵"？一如他以往的数部作品那样，必须将日常生活中的任一时刻放置在特殊的场景中才有意义？爱尔兰现代作家似乎有着相似的命运，出生于爱尔兰，由于某种原因被迫流亡他国，他们也有着相似的抱负，热衷于把全球性与地方性、个人性与民族性、历史与现实、传统与革新等涵括起来，意图开创出其时代的"新的开端"，曾经的王尔德、萧伯纳、乔伊斯、叶芝、贝克特、希尼等人如此，当下写作很活跃的约翰·班维尔、科尔姆·托宾、科伦·麦凯恩、克莱尔·吉根等人还是如此，虽然不再被迫流亡（exile），却是主动选择流离（displace），他们有一脉相承的精神特质，更有特立独行的个体之光。

就这篇小说来看，优点与不足都显而易见，科伦·麦凯恩再次发挥了他对"随意性细节"的组织能力，比如，他把文本中的作者与文本外的读者都放进"桑迪"的身体里去体验节日前的多重"寒冷"：身体之冷与情感之冷，自然之冷与隔离之冷。故意让我们看到，"作者意图"并不完全代表"文本意图"，呈现出一种含糊的局面，似乎给读者参与其中做出不同选择或者进行不同演绎的机会，一种开放性的假象。我说假象，一是因为整个文本中的博弈是轻浅的，即便作者将创作过程和盘托出，却并不能引导读者参与意义建构，"新年前夕"与"打电话"这件事情对于每个人来说，既是重要的也可以是平常的，我们（读者）关心的人物，他们在我们眼前被创造出来，我们已知他们的命运，却不能参与他们的生活。二是文本有意设定出一种"未完成"，桑迪的电话能否打通能够称得上是悬念吗？文本中的"作家"不能对文本中所隐含的多种信息给出明确的答复，文本外的作者也不能为文本诠释的有效性提供依据。

一开始，我说两篇小说的内里有着相似性，巧的是，林苑中亦是热衷于先锋实验，亦尝试写过元小说类的作品《田埂上的小提琴家》，更巧的是，《鳊鱼》开篇也是用"诗"作为引子，只是我尚未寻得它们与正文之间的神秘关系。但是，林苑中的《鳊鱼》带来的阅读感受是迥异的，我对《现在几点，你在哪里？》的挑剔主要是针对它的过于清晰，每一节推进的内容几乎都能猜到，而《鳊鱼》则需要极大的耐心，如周公度所言，林苑中的小说中有极大的耐心，可以不厌其烦地对眼目所及（不止是眼目）的一切进行描摹，阅读中需要时不时地回溯一下，才能从一个接一个的片断中清醒过来，找一找所谓的"草蛇灰线"，否则就会迷糊，忘记在读的这一片段究竟是写的"教授N"，还是写的"辞职者Z"。

叙述与形象的关系真是难测，林苑中写到的每一事物都足够详尽，可我基本难以重建出明确的形象，小镇、街道、青年旅馆、河岸或者人物，每一个图片都有模糊感，就如随着高铁晃过的风景。没有办法，我只能尝试勾画出一个行动简图：第一天的故事是：教授N与辞职者Z到达罗镇，相遇，共住青年旅馆，浅谈。第二天的故事是：教授N去寻找过去的爱人，穿行于罗镇的标志性建筑火车站与主街，扫描眼前之景与心中旧事；辞职者Z上街，应聘销售员职位，回想自己的家庭（有一些细节很像推销员威利，他是否会走向威利的命运）；晚上一起吃饭，其中有一道菜是红烧鳊鱼。第三天的故事是：教授N写信、寄信；辞职者Z读书、想心事、签下销售工作。也可以说，两个陌生人分别以陌生之眼观看生活中的他者。当行动简图浮现后，发现是作者在文中安置了无数个摄像头，拍摄着"罗镇"的分分秒秒，"教授N"或"辞职者Z"自踏入那一刻起便进入到这分分秒秒之中，与罗镇的空气、阳光和风一起被纳入拍摄之中，他们自身也作为一个摄像头，被作者安排去观看、去捕捉、去留影。林苑中在做的似乎是，用小说去呈现生活在我们身体里的质感、真相和深刻的诚实。词语造就了声光色影，声光色影又淹没了一切，像极了我们的日常，没有什么清晰的故事线索，有的只是碎片以及碎片组成的声光色影，晃动，模糊，越来越小。

参考文献：

[1]Joseph Lennon，"A Country of the Elsewheres": An Interview with Colum McCann，New Hibernia Review, January 2012.

[2]（美）科伦·麦凯恩：《十三种观看方式》，马爱农译，人民文学出版社2021年版。

童话 FairyTales///

马原，中国著名作家，当代"先锋派"小说开拓者之一。代表作品有《冈底斯的诱惑》《虚构》《上下都很平坦》《纠缠》《牛鬼蛇神》等。大益文学院签约作家。

勐海童话（节选）

马原

0卷　别样吾遇见马老师

99岁的怪老头

在中国地图上，偏南偏西的角落有一个小地方叫勐海。勐海是因了近年普洱茶的火爆逐渐为外部所知晓，之前知道勐海的人不多。人们知道的是西双版纳，勐海只是西双版纳以西的一个小小的县。

勐海在云贵高原的最南端，植被茂密，有成片的热带雨林与原始森林交替覆盖。但凡林深茂密的地方总会有诸多神秘的事物，有树妖，有怪兽，有妖魔鬼怪，有各种神奇的存在，当然也有奇奇怪怪的很老很老的人，有他们的故事，也有他们讲的故事。勐海就是这样的地方。

勐海有一片大山叫南糯山，南糯山有一个哈尼族傻尼人的寨子叫姑娘寨，姑娘寨就有这样一个奇奇怪怪的很老很老的人叫别样吾。别样吾是南糯山的人瑞，南糯山三十来个寨子中属他的年龄最大。据他自己说，他九十九岁，可是寨子里的人说他自己说自己九十九岁已经好几年了，所以他自己的话不足为凭。

老人家的儿子已经死了许多年，他一直一个人住在孙子家的旁侧。他有什么事情需要人照料，孙子家都会来人帮衬。好在老人家耳聪目明，人虽瘦小，却手脚灵活，生活完全可以自理，并不是很需要别人帮忙。更多时候，寨子里的人会忽略他的存在。

老人的曾孙和曾曾孙在儿时都听过老祖宗的故事，老祖宗喜欢跟孩童在一起，喜欢讲一些在孩子们听来奇奇怪怪的事情。孩子长大以后，回忆起老祖宗的故事会觉得莫名其妙，那些故事更像是糊里糊涂的老人在编瞎话。

差不多十年之前，寨子里新来了一户人家。大家都叫这家的男主人马老师，都说马老师是上海的一家著名大学的老师，又说马老师是个病人，得了绝症，来南糯山休养生息。马老师不来，寨子里的人几乎忘了别样吾，是马老师频繁地造访别样吾，令寨子里的人重又关注到这个老人家的存在。

马老师说别样吾是南糯山现存唯一的祭司，也是末代祭司。马老师说祭司是僾尼人文化的传承人，是僾尼的国宝级人物。哈尼族虽然有自己的语言，但是没有文字。僾尼人的民俗传统仪式仪轨的执掌，古往今来都是由祭司家族传承传递的。没有文字，也便没有了可以参照执行的依据。哈尼族也便没有了自己确凿无疑的历史，一切只能由祭司以口口相传的方式来描述和确认。

非常可惜的一件事是历史本身，六十多年之前，哈尼族的祭司制度被人为地中断，被定性为封建迷信，而封建迷信当然要被取缔。六十多年了，整整一代人从生到死。倘若别样吾没有反常的长寿，恐怕南糯山人没有谁还会知道这里曾经数百年里存在着一类人叫祭司。祭司掌管了这里人们的生老病死所有仪式，僾尼人过往的今生往事都来自于祭司之口。

今天的僾尼人与外部世界打交道的时候说的是汉话，他们自小上学读书学的是汉字，他们要了解外部世界是通过汉语汉字，他们已经觉不到没有祭司有什么不方便和不可能。所以像别样吾这样的祭司，有他没他，南糯山人照样繁衍生息喜怒哀乐生老病死。

祭司毕竟是祭司，不管别人需要他还是不需要他，不管他是二三十岁还是不止九十九岁，他都不是凡人，他都有常人所没有的敏锐。别样吾在某一天，听一个曾曾孙说寨子上面那片废墟里住着一个怪人。到了这个年纪，他已经很少出门，无论谁跟他说话都要说上两三遍，所以晚辈们都不愿意跟他聊天。上了年纪的人不知不觉便染上了爱打听的毛病，别样吾也爱打听，尤其爱打听那个怪人。偏偏曾曾孙对那个怪人仅止于听说，不能够满足老祖宗的好奇心，这就更增加了老人家心中的迷惑。越问不明白越想问，越问就越问不明白，纠缠在这样一个怪圈之中，老人家寝食难安。别人很难明白他为什么如此关心那个怪人，因为没有谁会关注一个很老的老人家的心思，也没有谁关心废墟和怪人，双重的忽略导致了老人家的焦虑。差不多七十年之前，他是个祭司，差不多已经没有人记得他曾经是个祭司。

现在事情可能清晰了许多，一个昏聩的已经忘了时间和年龄的老人，到处打听一个乞丐一样蜷缩在废墟中的怪人，那情形很像是痴人说梦。一个老祭司会关心什么样的人呢？

祭司制度尚存的年代里，祭司有一个搭档，就是巫师。祭司自己是从父辈那里继承的知识，包括历史传说风俗民俗，口口相传的法典和各种仪式仪轨。这些知识并不能帮助他获取超能力，但他的职业需要他连接人间和冥界的通道，他需要将活人的信息传递到先人那里，又要把先人的信息转达给活人。他自己做不到，所以他需要一个能够走通两界的具有超能力的伙伴，就是巫师。

别样吾不做祭司凡六十几年，他当年的巫师伙伴去世也超过五十年了。但是他有一种直觉，废墟里的怪人应该就是巫师。因为六十多年之前，他就是在那个地方遇见他的老伙伴巫师的。那时候，那是个规模不小的茶厂，听说是几个从法兰西回来的小伙子建起来的。在那以前，勐海这里的制茶都是手工作坊式的，即所说的茶叶初制所。这家茶厂是勐海茶业历史上第一家现代化意义的茶厂，也是中国最早的茶厂。

祭司就是祭司，他的职业特长和职业敏感性不会欺骗他，他要自己去找那个怪人。他是个年龄奇高的老人家，走山路已经不是他力所能及的寻常事情了。他居然一个人走了超过两千步的山路，上上下下两三个两人高的台地，当真找到了那个怪人。那人其实也没有什么特别，也是两只眼两个耳朵一张嘴，只不过头发久没梳洗显得蓬乱，脸也有些脏，这些老人家都没觉得有什么特别。

他年龄不大，在一个很老的人眼里，他简直就是个孩子。他眼睛很亮，别样吾只是记住了他的眼睛，很亮的眼睛。他说他叫贝玛。

布朗人贝玛

贝玛很有把握他从没见过别样吾，可是别样吾见到他的第一面就叫他贝玛。他同时自我介绍，他叫别样吾。他叫他贝玛，同时把自己的名字告诉他。这样，他也可以叫他的名字。有了名字的好处，在于那个人就有了称呼，提到那个名字的时候说的就是那个人。每个人都有一个名字，不是他自己需要名字，是别人，是所有与他相关跟他打交道的人需要，如果他不与他人打交道，他与任何人无关，名字对他则毫无意义。

祭司是寨子里最聪明的一个人，所以寨子里的人家经常会请祭司给新生的婴儿起名字。哪怕祭司不再是祭司了，他也仍然肩负着起名字的责任。给别人取了几十年名字的别样吾，从没想过有哪一个人自己不需要名字。一个人有一个属于自己的名字，在别样吾漫长的一生中理所当然地认为是天经地义，所以，遇到一个陌生人，他要做的头一件事就是告诉对方自己的名字。我叫别样吾。

昨天夜里，奇力告诉我你今天会来。

奇力这个老家伙死了几十年了，他死的时候还没有你呢，你怎么听说的奇力？

为什么你要说奇力死了？我们每天都会见面。昨天他说你会来，他说你来，你果然来了。

别样吾不做祭司太久了，他早已经忘记了巫师是能够走通两界的奇人。他们说的奇力是别样吾当年的搭档，是南糯山七十年前的巫师。对于别样吾，奇力早已经是故人往事，早已经翻篇儿了。

贝玛说昨天夜里，也就是说奇力和他刚刚见过面。而他别样吾上一次见奇力，已经超过半个世纪。他很好奇故人奇力会对贝玛怎么说他，贝玛知道他是谁吗？

看贝玛的样子，比他的几个曾曾孙还小，他也许也是奇力的曾曾孙，有什么是不可能的呢？老奇力这个调皮的家伙，他有过好多个女人，他一定会有好多个子孙留在南糯山上。

他说没说我来找你做什么？说没说老别样吾为什么还活着？当年他就说过，我是个长寿相，我会活得比儿子和孙子还久，若是见到他，我一定要问他，这是个比天还大的秘密，他是怎么知道的？

你来找我，应该是你来告诉我做什么。一个人活多久算不上秘密，每个人都有自己的命数，他活多久是他自己的事。

算不上秘密？那你能告诉我，我还能活多久吗？我已经活得太久了，我已经厌倦了。

不用厌倦，没多久了。

布朗人贝玛，你没有骗我吧？

布朗人不骗人。

当年老奇力也说过布朗人不骗人。那时候整个南糯山只有他一个布朗人。

现在南糯山也只有我一个布朗人。

脸上只有浅浅皱纹的别样吾狡黠一笑。

未必吧。你的老祖宗当年可是个风流小子，不可能只留下你一根独苗。

我没有老祖宗，我就是一个人。

没有老祖宗怎么可能有你呢？你以为你是孙悟空吗？你是从石头里面蹦出来的吗？

孙悟空是什么？他是石头里蹦出来的吗？

别样吾想象贝玛会这样反问他，可是贝玛没有。他心里很有把握，贝玛一定没听人讲过西游记，当然也就无从知道孙悟空是何方神圣。

贝玛，我知道你经历过的一切，你都会记得很清楚。用他们汉人的话说，叫过目不忘。我找你，是想请你帮我做一件事。

你是奇力的朋友，你说，我会帮你。

我跟奇力不是朋友，我们是搭档。

我说了我会帮你。

你连我要你帮什么忙都还不知道，你本来可以先问清楚了再答应。也许你对我的事不感兴趣，也许你会嫌我的事太麻烦，你可以不那么快就答应我，你可以在我说了什么事之后再告诉我你愿意帮还是不愿意帮，我都会接受你最终的决定。

你一定要说的话你就说。对我来说，我已经决定了帮你。你说吧，你说。

别样吾的小秘密

你知道傀尼人没有文字，你们布朗人也没有，基诺人也没有，傈僳人也没有，佤人也没有，可是他们汉人有汉字，傣人有傣文。所以他们的祖先留下了很多故事，他们管那些故事叫历史。我们很吃亏，我们没有历史。我们祖先的故事被我们忘了，我们只记得住父亲的故事、爷爷的故事，再往前的故事就记不得了。

我的一个叔叔不是祭司，他比我阿爸聪明。他是一个专门讲故事的人，他会把他听来的故事变着花样讲给别人，别人都喜欢听他的故事，也都喜欢他。在我小的时候，他是我的偶像，我希望长大了成为像他那样的人。

告诉你个小秘密，我其实不喜欢我阿爸，不喜欢祭司这个职业。我最后成为祭司，是因为我是家里唯一的儿子，我没得选择。如果我可以选择的话，我会选择做一个讲故事的人。可是我没得选择。

我小的时候最喜欢的事情，就是听老辈人讲故事。我喜欢跟在叔叔的屁股后面，一天到晚求他，再讲一个，再讲一个。我这样子让阿爸很烦，因为我没有心情去关注他要我关注的那些事，那些日后可以让我继承祭司的知识。

祭司尽管受到大家的尊重，活得却很无趣。从我出生到阿爸去世，我就从没见阿爸笑过，阿爸是个不笑的人，我想他也不懂得笑会让人开心。叔叔刚好相反，所有跟叔叔在一起的人常常会大笑，叔叔带给别人最多的是笑声，我知道叔叔自己也很开心。

我们做祭司，都是以家族方式传承，一个别人家的孩子没办法整天跟在祭司身边听祭司说，看祭司做各种仪式，讲述为什么仪式要这么做，讲解仪式的步骤和道理。祭司受到大家的尊重，在人群中是尊贵之人，而贵人都是不笑的。不笑的人一定是不快乐的，所以我认定阿爸这一辈子一定不快乐。但是我命中注定要做祭司，谁让我是祭司唯一的儿子呢。所以我命中注定了不快乐。

我的小秘密就是我不想做祭司，不想做一个不快乐的人。也是我运气好，我三十岁的时候遇上了改朝换代，不再需要祭司了。我从苦海里上了岸。我想换一种活法，我想去做一个叔叔那样的人，一个给别人讲故事的人。

我那时候已经娶了我女人，也生了儿子，我不想在自己的家乡变成另一个人，那样会让熟悉我的人很奇怪，当然也很别扭，我就出门了，到处流浪，听各式各样的故事，讲各式各样的故事。我走遍了勐海各地，挣到一点钱，都带回家里。我不能陪伴家人，但我不能不承担养家的责任。我的大半辈子都在给别人讲故事，我讲，他们听。我讲完了，他们听也听过了，他们当时会笑，有时会笑得很开心，但是笑过以后便什么都没有了。

我年龄很大了以后，回家了。儿子先走了，后来孙子也走了。孙子的儿子没有不认我，他们帮我在他们家旁边盖了房子。我有事情了，他们也会过来帮我。

可是现在我想让你帮的事，我的曾孙曾曾孙们他们帮不了我。我的话他们不懂，他们不会理解我的想法。他们虽然也是我的血脉，但是他们自小没受到他们父亲的指引，没机会开窍，天眼没有打开。他们没办法理解我。

其实你不说，我心里也都清楚，我的时间不多了。也许只有几天，也许一年两年，那也没有什么分别。到了我这个年龄，几天和几年都是一回事，反正我知道我的时间不多了。有一件事我不甘心，我不甘心就这么结束了。

我阿爸走了的时候也不甘心。他不甘心的是我不成器，没能成为他理想中的继任祭司。他自己是一个称职的祭司，他知识渊博，能为大家解决各种各样的难题，他受到村民的爱戴，他希望我成为像他那样的人。我让他失望了。

我的不甘心跟他不一样。我活得比他要久，久很多，我是我的家族里活得最久的一个。阿爸活了五十来岁，叔叔也活了五十来岁，他俩的寿命加在一起也不比我一个人活得更久。可以不谦虚地说，我的心智不比他们差，我比他们见到的听到的都要多得多。一个人最初的二十年是成长期，之后才是完全由个人支配的生命期。阿爸和叔叔他们的生命期都是三十年，我的生命期已经超过了八十年。

我说的这些，我相信你会懂。我在我的八十年里积攒了太多的东西，我不甘心这些东西就这么跟着我走了。我的意思你懂了吗？

我就知道你懂的。因为你懂，所以我才来找你。我要找懂我的人，只有懂我的人才懂我的话，我要把我的记忆交给你，我知道你不会让这些宝贵的东西白白流失掉。

你不认识我，你要找的人可以不是我，你可以找一个读书人，让他把你的记忆写成书。我没读过书，我不会写书，我不是那个最适合帮你的人。你知道我没读过书。

读过书的人读的是汉语或者傣文。我是个僾尼人，和你们布朗人和拉祜人和佤人和傈僳人一样，我们都是没有文字的人，我们的传统很像，我们能够彼此理解。汉人和傣人很难理解我们。对我来说，奇力从来就不是外人，他知道我，我知道他。在我眼里，你就是七十年前的奇力，我认定你是那个唯一能帮到我的人，这就是我来找你的缘由。

我已经说了我会帮你。但是我不肯定我能够帮到你，我会尽力帮，但也只能帮到多少是多少。有一点你一定要清楚，我不是奇力。

有一点我还是不明白，我能帮你什么。前面的意思我明白了，你要给我讲你的故事，你个人的故事，你要讲的别人的故事。你把故事讲给我，我又能做什么？我看不出你的故事能让我对你有什么帮助。

是这样，你知道姑娘寨的马老师吗？不知道没关系，这个马老师是我的朋友，我相信他很快会去找你。马老师跟我一样，也是一个讲故事的人，一辈子都在讲故事。马老师知道你之后，会来找你，因为你背后有他感兴趣的故事。他是我的朋友，但是我不能去打扰他，他很忙，他的时间很宝贵。一个真正的朋友，一定不可以去占用朋友的时间。对于忙碌的人，时间是他最宝贵的财富。马老师也是一个懂我的人，但是我不可以找他。

你的话很绕，我还是听懂了。这个马老师时间宝贵，你不能找他说话。你知道他会来找我，想把你的故事通过我转给他。

他时间宝贵，你找他是耽搁他的时间。而他找我，是他使用自己的时间。我把你的故事转给他，你既没有打扰他，他又用自己的时间去得到你的故事，所以你需要我的帮忙。

你真是个聪明的家伙。

聪明的老家伙！现在你都知道了，我找你帮我，是要把我的故事给他。我知道我的故事对你没什么价值，可是对他就不一样了。他的故事都变成书了，我可以通过你转给他，让我的故事通过他也变成书。变成书就不一样了，书就在那里，不会变来变去。我的故事也就变成了历史，它们再也不会因为我的消失而消失。

我的底都被你扒掉了，你还愿意帮我吗？

愿意。我愿意。

头上是天　脚下是地

和汉人傣人他们不一样，我们都是在山上。我们脚下的地就是山，和他们的地也不一样。所以俸尼人的世界，更多时候是云雾缭绕的世界。云雾让俸尼人不能够看得很远，但是我们知道我们的东边和北边是汉人，西边和南边是傣人，更远的地方还有些什么人，我们就不清楚了。

有一天，那些更强壮的汉人忽然聚在一起，齐心协力向空中吹气，力图将那些云雾吹开，能看到远处，能看到天空的样子。可是那些云雾太浓太厚，即使被吹开一点，又重新聚拢到一起。也许是神灵感应，那些不那么强壮的傣人也聚到一起，同时挥动硕大的芭蕉叶子扇风，同样是想将云雾扇开，力图看得更高更远。他们同样白费力气。

汉人没有气馁，他们想方设法造了一块巨大无比的蓝色巨幕，从东向西铺在云雾中间。傣人也没有闲着，造了一块黄色的东西，从西向东铺在蓝幕的下方。汉人傣人齐心协力，造了许多巨大的柱子顶在两块东西之间，云雾终于被分开了。汉人造出了蓝色的天，傣人造出黄色的地，那些顶在中间的柱子，也变成了耸立的高山。

　　有了天，又有了地，天地之间便有了风，地上也便有了水。有了水的滋养，各种植物开始茁壮生长。水里有了鱼虫，也便有了鱼，神龙成了水中的主宰。上天给了神龙神奇的力量，于是神龙造出了飞禽走兽，造出了鸡鸭牛羊猪马。世界有了今天的模样。

　　我们的祖先留下了这样的故事。有一点我不懂，为什么造天造地的不是偬尼人，是汉人和傣人呢？我们有我们的世界，有我们的天我们的地，为什么我们的世界不是我们自己造的，而是外人造的呢？

　　基诺人的故事不一样。他们没有我们这么多的云雾，他们那里最初只有洪水。在滔天的洪水中，出现了一个巨黑的怪物，它在水中嬉戏，上下翻滚漂浮。某一天，它忽然裂开了，从里面出来一个同样巨大强壮有力的女人。她居然把原来那个大怪物的一半身体高高举起，另一半身体被她踩在脚下。这就是最初的天空和大地。她是基诺人的创世女神。

　　女神不想一直由自己来支撑天地，她有许多事要做。她要把自己解脱出来。于是她将天和地做成了蛋壳一样的拱形结构。她发现虽然不用她支撑了，但是下凹形的地面并不适合站立和行走，于是她向不同的方向扯动地面，试图把它拉平。大地太大了，想拉平太难了，于是她东扯西扯，将大地扯得皱皱巴巴。那就是后来的高低起伏的山丘。

　　女神用双手造出大地。她觉得大地光秃秃的，于是将沾满泥垢的双手来回搓动，散落的泥垢落地后长出了青草和树木，大地上满是青翠。女神满心欢喜，吐出口水，让茂盛的植物更加郁郁葱葱。她发现泥垢是好东西，索性将浑身上下的泥垢搓洗干净，用这些泥垢捏成各种各样的大小生灵。于是天上有了鸟，地上有了各种动物，水中有了各种鱼虾，世界一下子热闹起来，热闹之后便是混乱不堪。弱肉强食的法则让世界充满了争斗和杀戮。这样的情形令女神很不爽，她于是造了七个太阳，她要终止这种混乱，她要晒死它们全体，她要七个太阳永不休息。太阳很快完成了它的使命，所有的生命都被晒死。

　　女神自己也不能够忍受无边无际的炎热，于是她发动了一场大水，淹没了世界。但她有一个弱点，怕寂寞，她决定留下人种，把一对男孩女孩放到一面大鼓里，漂浮在洪水之上。洪水退了，男孩女孩走出大鼓，他们发现鼓里有三颗种子，他们知道这是女神给他们重生的礼物，那是葫芦的种子。男孩女孩是人类的祖先。

那粒种子被种下，最后长出了一个巨大的葫芦。葫芦向山下滚落，所经过之处，首先长出了青草花卉和各种小树。有了这些可以做食物的植物，也就有了各种各样的动物，同时有了各种各样的鸟类，世界恢复了生机盎然的模样。男孩女孩做了男人和女人，繁衍出后来的基诺人，形成了基诺人的三个大的族群。

相比之下，我更喜欢基诺人的故事。基诺人的世界是由女人造就的，女人生来便是母亲，女人生养了我们全体。女人太像是大地了，所以我们也会将土地称为母亲。

我们布朗人的故事有一点不一样。这个世界最初既没有蓝天，也没有黄色的大地，和你们傻尼人的世界很像，到处都是雾，大雾无边无际。

有一道光从上面下来，向四面八方蔓延，将浓雾赶上了高空，化作白云在空中飘荡。大地升起蓝色的烟，铺满了我们的头顶上方，那就是我们看到的蓝天。我们脚下的地方一直在沸腾，很久很久以后，沸腾停止了，脚下变得又冷又硬，呈现出它本来的黄色，那便是最初的大地。

当初的沸腾，使大地在冷却之后凹凸不平，那也是最初的山地和土地。大水顺着地势向低处汇聚，大地上有了河流湖泊和海洋。

主宰一切的天神，先是在十七层天上造了一座天宫，让天神天仙们陪伴着住在天上。天神向下俯瞰，海洋中的各种妖魔鬼怪彼此争斗厮杀，于是派了龙王下海，为他造了一座龙屋，由他管理海洋中的虾兵蟹将和各种鱼类。海里有了生气，天神转向了大地，他扔一把种子下去，大地长出了各种各样的植物，马上变得草木葱茏。

天神最后撒下了一群飞禽走兽，每种动物都有对应的植物作它们的食物，同时他还规定了那些繁殖速度很快的动物作为另一些动物的食物。一个秩序井然的世界完成了。天神终于可以在天宫中尽享天伦之乐了。

老人家，你觉得我们布朗人的故事比基诺人的怎么样？你还是更喜欢基诺人的故事吗？

两个不识字的智者

贝玛，你不觉得我的故事和你的故事都缺点什么吗？天神造了天和地，造了人，造了一切，是吗？你不要急着点头。无论天神还是女神，他们又是谁造的呢？如果别的东西都是被造出来的，那么造他的东西又是谁造的呢？

为什么天神一定是谁造出来的，天神不可以原来就有吗？也许天神是与生俱来的。

这么说的话，别的东西也可以是与生俱来的呀，别的东西也没有必要一定是被造出来的。比如说，有了水，就自然有了水里的一切，水草，鱼，虾和蟹；有了大地，就自然有了庄稼，有了草原，有了森林，有了各种美丽的花。

或者你也可以说，是土地造就了它们，是水造就了它们，是天空造就了鸟类和飞虫。可是又是谁造就了水、土地和天空呢？我都被自己说糊涂了。

那你又为什么要问这些会让你糊涂的问题呢？它们跟你有什么关系？所以我说，这样的问题都是蠢问题。你问蠢问题会让自己更蠢，会让自己变成糊涂虫。我就从来不问自己这么蠢的问题。

不对！不只是我在问，许多比我要聪明的人也都在问。我早就听说，很久以来许许多多不一样的外国人都在问三个也许更蠢的问题——

1. 我们从哪里来？
2. 我们是谁？
3. 我们往哪里去？

他们把这三个问题叫作终极追问。

他们那里的粮食一定很多，他们一定吃得太饱撑得难受。他们一定不用做任何事情，闲得难受。他们一定太舒服了，舒服得难受。他们要没病找病，他们存心要难为自己。

你说得对，就是这么回事。

他们闲得难受，就去看天，数星星，他们管那叫星相学，叫天文学，叫天体物理学，叫宇宙学。

他们闲得难受，就去看海，就去听风，就去把看到的给他带来好心情的东西，用笔画出来，用音阶排列出来，用文字记录下来。他们把那叫作美术、音乐和诗。他们说那都是艺术。

他们闲得难受，就去找所有找不到答案的蠢问题为难自己。他们把那叫作哲学，叫作形而上。

你说得太对了，他们就是吃饱了撑的，他们就是闲得难受，他们就是太舒服了，太无聊了，他们把为难自己、折磨自己当成了乐儿。

智者之间1

可是你说的孙悟空不是从石头里蹦出来的吗？我知道你会说孙悟空不是人，是个猴子。你会说，那只是个故事，不是真的。

你怎么知道孙悟空不是人，是猴子？

我听出了你的画外音，那是你想说又没说出口的。那应该不是你的故事，是别人的。

是汉人的。汉人跟我们不一样，他们的人物可以不是人，可以不是人生的。你知道为什么吗？不用摇头，我知道你不知道。让我来告诉你，因为他们有文字，所以他们的历史比我们长久。我们的历史没那么久，所以我们的天神比他们少，我们有一个天神就够了。他们有许多个天神，每一个阶段都会有那个阶段的天神，每一个领域都会有那个领域的天神，每一个地方都会有那个地方的天神。孙悟空就是一个天神。一个神是不需要阿妈借了阿爸的种生出来的。外国有个天神叫基督，基督有个阿妈叫玛利亚，大家都叫她圣母玛利亚。他的阿妈生基督，就不需要一个阿爸。阿妈玛利亚是奉了更大的天神的指令怀上基督的，更大的天神他们叫他上帝。

你说得我也糊涂了。天神只有一个，哪里来的大小之分啊？

道理我前面已经说了。只有一个，当然没有大小之分。不止一个的话，自然会有大小。不要说人了，动物同样有大有小。大的强，小的弱，小的自然要让着大的。

我们布朗人不这么看。小的未必就弱，谁又能说跳蚤弱呢，谁又能说牛蝇就弱呢？牛那么大，只有被牛蝇吸血的份儿，面对牛蝇，那么大的牛怎么看也不像一个强者。跳蚤就更厉害了，天生就没有敌手，任何动物都是它的食物，都是它的手下败将，连人也不是它的对手。

骗子蝙蝠的下场

你一定知道你们布朗人的蝙蝠故事。你居然不知道？你们自己的故事，你居然不知道。

蝙蝠是个骗子，又馋又懒，到处骗吃骗喝。睁开眼睛就去找食物，但是它们捕猎的本领很差，自己又不会采摘树上的水果和各种植物的种子。所以它们经常会抢夺嗟来之食。这一天它们看到一群鸟围住一棵树上的蚂蚁洞，它们立即一拥而上，口气蛮横地要求分享。鸟儿见它们像鸟又不像鸟，个个尖嘴猴腮像老鼠，就说这不是老鼠的食物，你们老鼠有自己的食物。蝙蝠们马上扇动翅膀，在树的周围翩翩起舞。它们说自己也是鸟类，因为几天没找到食物，所以饿成了这副样子，可怜可怜我们吧。鸟群内心充满善意，马上把蚂蚁洞让开，给这些可怜的"鸟"一饱口福。蝙蝠们的骗术得逞。

毕竟，蚂蚁洞不是每天都能遇到的，而且能够轻易被骗的鸟儿也不是每天都能遇到的。林子里最多的食物还是板栗和各种坚果，但是地面是松鼠们的领地。不过，蝙蝠们仍然有机会，毕竟它们是天生的骗子。它们在观察了附近没有松鼠的时候，悄悄地落到地面。松鼠是最机灵的动物，听到声音马上出动巡查，马上发现了这些不速之客。

松鼠问你们是谁，蝙蝠说我们是你们的兄弟啊，说我们很久没找到食物，你们有储藏的食物与我们分享吗？松鼠虽然不认识这些新面孔，也还是觉得它们与自己有几分相像，而且它们说是自己的兄弟，不忍心看着它们饿肚子，就把自己储藏的板栗和松子刨出来让它们吃。蝙蝠们大快朵颐。

这时候，刚刚让出蚂蚁窝的那群鸟儿从这里掠过，忽然发现了吃坚果的蝙蝠，马上质问它们为什么又到松鼠兄弟这里来骗吃。松鼠这才明白自己上当了，马上冲过去与骗子们战斗。鸟儿在一旁助阵，一边用尖利的喙攻击蝙蝠，一边齐声责问你们是鸟还是鼠。松鼠也齐声责问你们是鼠还是鸟。伶牙俐齿的蝙蝠一边对鸟儿说自己是鸟，一边对松鼠说自己是鼠。尽管它两面应对自以为聪明，但它不知道自己对两面说的话是在同一个时间和空间，已经形成了自相矛盾。"不不，我是鸟啊！不不，我是鼠啊！不不，我是鸟啊！不不，我是鼠啊！……"鸟群用长喙攻击它们，松鼠用有力的尖爪抓它们，同时用刀片一样的啮齿撕咬它们。蝙蝠们死的死，伤的伤，落荒而逃。它们从此白天怕鸟，夜里怕松鼠，只能在天将黑不黑的傍晚时分出来觅食。骗子从此变成了像贼一样的小人。

你们布朗人都住在山上，蝙蝠又都躲在山洞里，阴森森的，所以你们不喜欢蝙蝠。虽然僾尼人也住在山上，但是这里的山很少有山洞，所以蝙蝠不多，难得见到，所以僾尼人很少有蝙蝠的故事。

那个马老师说过，蝙蝠不是坏人，蝙蝠的主要食物是虫，各种虫，当然也包括蚂蚁和飞蚂蚁。在山上，蚂蚁是最厉害的东西，数量和种类最多。所有的植物都可以成为它们的食物，它们同时也是许多小动物和所有鸟的食物。

马老师还说，蝙蝠有一种了不起的能力，就是它飞的方式。它不像别的鸟那样有极好的视力，能看清近处远处的一切。蝙蝠的视力很差，所以它不可能飞得很快，不可能始终直线飞行，因为那样它会撞上前方的物体。但它会向前方发出一种什么波，那个什么波撞上前方的物体会让蝙蝠自动躲避，蝙蝠飞的时候随时准备减速和变线。所以蝙蝠飞的时候会显得很怪，我们很少见到直线向前的蝙蝠，它总是忽上忽下忽左忽右。按马老师的说法，蝙蝠先天就长了一张令人讨厌的脸，飞行的时候也显得莫名其妙，再加上它住在黑暗潮湿的洞穴里，所有这一切都让它显得神秘和恐怖。这就是原本不是坏人的蝙蝠，很容易引起人的恶感和恐惧，人们自然而然便把它当成了坏人。

你说它是不是很冤。原本不是坏人，因为模样不好看，莫名其妙就成了坏人。

智者之间2

你说得不对，蝙蝠就是坏人。有一种蝙蝠专门以吸血为生，吸血的蝙蝠不是坏人吗？即使以吃虫为生的蝙蝠不是坏人，吸血蝙蝠也一定是坏人。不论它是吸人的血还是吸牲畜的血还是吸动物的血，它都是一个吸血鬼，没有一个人会说吸血鬼是好人。蚊子是好人吗？跳蚤是好人吗？花苍蝇是好人吗？可以说，一切吸血鬼没有一个好人。

你说的吸血鬼就是所有以血为食的东西。有的东西以草为食，有的东西以肉为食，当然也有以血为食的东西，可是你凭什么把以血为食的东西说成是坏人？以肉为食的都是以杀戮去取得食物，杀人的人就是好人吗？以草为食也是一样，草就不是生命吗？树叶就不是生命吗？以草和树叶为食，同样都是在毁灭生命，为什么它们就是好人呢？以血为食只是听上去很吓人，让人心里不舒服而已，这种心里的不舒服让人给它们一个难听的名字叫吸血鬼。说到根本，吃血的、吃肉的、吃草的本质上没有不同。所以我不认为蝙蝠是坏人，吸血蝙蝠也不是。

我们说谁是好人，是这个人做的事情让我觉得是好事，做好事的就是好人。吸血蝙蝠吸了我的血，或者吸了我家人的血、我朋友的血，对我来说它就是坏人，毫无疑问。我不关心它是不是对别人做了好事，它对别人来说是不是好人。还有，它天生长了个令我讨厌的样子，我从第一眼就认定它是坏人，好人不可能长成它那个样子。所以，即使它对我没做坏事，我还是会认定它是个坏人。布朗人都不喜欢蝙蝠。

不喜欢是一回事，事实是另一回事。

你的事实只是你的事实，它改变不了布朗人不喜欢蝙蝠。我不想再说蝙蝠了。

哈尼和布朗的渊源

你知道你们布朗和我们哈尼原本就是兄弟吗？尽管你们不喜欢蝙蝠，但是你们和我们相通的地方远比不同的要多。

起初，我们住在同一个大山的两面，你们在山南坡，我们在山北坡。不知什么原因，南坡和北坡之间长出了一棵怪树。这树长得特别快，枝繁叶茂，很快就顶天立地，隔开了布朗人和哈尼人。

最难过的还是哈尼人，因为他们在北坡，巨大的怪树把所有的阳光都遮蔽掉了，哈尼人再也看不到阳光了。南坡的布朗人比哈尼人的日子要好过些，但他们懂得没有阳光的日子是没有任何希望的，他们决定帮助哈尼人，让哈尼人从自己的一方全力砍伐那棵巨大的怪树，而他们布朗人则在南坡全力砍伐。他们的目标是在坡顶会师，这样就可以把阳光重新带回给北坡的哈尼人。布朗人是这么说的，也是这么做的。

怪树长得速度太快，所以木质疏松。但是怪树最奇怪的是砍下了一块，马上就重新长合，完全不留下斧痕。布朗人又改用锯子，结果还是一样，锯口会迅速长合。有人建议先断根，说断根了的树自然会倒掉，结果还是一样，根同树干都是断了马上长合。

哈尼人的砍伐速度比布朗人要慢，但是他们没遇到布朗人的困境。所不同的，哈尼人这边使用的是木刀木斧，而布朗人用的是铁刀铁斧。这一点不同，他们彼此是不知道的，他们只是在各自的方向埋头砍伐。

但是这一点不同被可以在枝叶间来往穿梭的蜂鸟发现了，它们从北坡穿行到了南坡，叽叽喳喳地告诉布朗人，用木刀用木斧，用木刀用木斧，用木刀用木斧。它们的声音终于被布朗人辨别清楚了，他们尝试着做了一把木斧，用它去砍伐，果然斧口再没有长合。尽管木斧不如铁斧锋利，但是每一斧下去都有很深的斧痕留下。树根一根一根被断掉，怪树开始向南坡倾斜。

这是一项专门为哈尼人谋福利的大工程。几个月之后，他们终于会师了。已经许久没有见到阳光的哈尼人又见到了阳光。

但是非常遗憾，由于布朗人太过努力，断掉了怪树的树根，所以怪树轰然倒塌，全部倒向南坡。布朗人被怪树砸死了大半。布朗人为了把阳光还给哈尼人做出了巨大的牺牲，因此布朗人的人口数量只有哈尼人的几分之一。哈尼人将布朗人视为亲兄弟和世世代代的朋友。

布朗人一直居住在深山老林之中。天神教会了布朗人一门绝技，就是把一种奇妙的树叶变成一种神奇的饮料，就是茶。茶树原本藏身在森林之中。布朗人从万树丛中找出它们，摘下初春的第一片芽叶，用一系列复杂的方法，最后通过炽烈的阳光炙烤，最终变成能令人神清气爽的茶叶，世称普洱茶。

普洱茶不只提神醒脑，也令人胃口大开，受到大多数人的喜爱。于是布朗人大面积地种植茶树。普洱茶成了布朗人和整个勐海的宝贝。几百年里，大大小小的山头布满了茶树，聪明勤劳的布朗人给勐海带来了荣耀，勐海就此成为世界上最大的普洱茶之乡。

可是，这一次砍伐怪树事件令布朗人大伤元气，人口损失了大半。布朗人的许多茶园再也没有人打理，于是他们邀来了自己的好兄弟哈尼人，把他们独有的制茶秘技传授给兄弟。

于是哈尼人成为第二个掌握了制茶工艺的族群，同时也接手了许许多多山头的茶地，成为古老茶园的新主人。

而幸存下来的少数布朗人则回撤到布朗人的发祥地布朗山，守住自己最后的家园安心做茶，成为普洱茶世界里领袖群伦的王者。

茶是勐海永恒的话题

布朗山的普洱茶最好，这是公开的秘密。比较通行的说法，说是山头的不同，不同的山头茶的口感就不一样。在勐海，大家都偏向这种说法，所以论道勐海普洱茶，大家讲得最多的是六大茶山。古有古六大茶山之说，今有新六大茶山。

中国最大的茶叶市场在广州。广州的茶人更强调山头之说，因为这种说法本身自带神秘感。一个山头就在那里，没有谁能够移动它，谁拥有了山头就拥有了独一无二的资源。所以最大的茶叶市场和最大的普洱茶产地，口径是一致的。

　　也有不一样的说法，福建的说法就不一样。福建茶的产量更大，品种也多，制作工艺也更趋复杂。它的铁观音茶和岩茶同样独树一帜，当然它也有特色鲜明的绿茶、红茶、白茶。所以福建茶人会更强调制茶工艺。原料好自不待说，时令好也是先决条件。在此之上，制茶技艺则是斗茶的看家本领。因此，福建有最多的名茶品牌和制茶大师。福建茶更像是工匠的作品，尤其讲求工艺手段和技法。

　　单论成茶的最后一轮，普洱茶讲究的是晒。而福建茶却有许多手段，诸如烘，诸如焙，诸如熏，诸如烤，当然也有晒。福建茶讲求的是香气，尤其在意提香的手段，不同的手段，香气便也不同。所以福建茶总会花样翻新，而普洱茶以不变应万变，因为阳光变不出许多花样。普洱茶只有亘古不变的阳光味道。

　　我离开布朗山很久了，虽然是布朗人，但我不是很懂茶。我不相信你说的福建人对茶的看法，再有本事的茶人，也不可能把同一棵树的雨水茶做得比早春茶更好，也不可能把随便什么地界上的茶做得比布朗山老班章的茶更好，神仙也没有这样的本事。

　　马老师也跟我说过同样的话题。他说他不明白，为什么在同一个地方，两个山头产的茶竟然会有很大差别。如果两个山头相邻，同样是南坡或者北坡，产出的茶没有道理不一样。我就想，也许天神造大地的时候用了不一样的材料吧。我这么说，心里也不是很自信，毕竟山那么大，大地那么大，天神哪里会有心情在造地的时候去找不一样的材料。马老师说，可能也只有这么解释才解释得通。

　　还有个问题，我想了八十年也没想清楚，不知道你能不能给我一个可以信服的回答。就是那些鸡呀猪呀牛羊啊，它们也是天神造的吗，还是我们人自己造的？我一直觉得，鸡不是鸟，牛羊猪狗也不是野兽，它们各自是不同的东西。你认为我想的对吗？我是个喜欢胡思乱想的老家伙，我发现我想的这一些总是没有确切的答案。你和我不一样，和别人也不一样，你看呢？

　　按你的看法，普洱茶也不是树了。野生茶树应该还是树，虽然它不能当茶喝，但它同时也还是茶树，只不过它不是人栽培的，是天神造的。天神造的东西与人喂养的驯化的东西应该不是同一种东西，最大的差别应该就在这里。

你说得很有意思，差别在于是天神造的还是人造的。就像野猪长成那个样子，我们不觉得奇怪。家猪的样子怎么看都不像是天神造的。虽然它们都叫猪，但是它们不一样。这样的例子还有很多，茶树也是这样。茶树一看就不是天神造的，一看就觉得有人气，跟人更近。还有苞谷、木瓜、萝卜，一眼看上去就不像天神造的，一看就是人造的。人造的东西一眼看得出来。

我去过许多产茶的地方，不同的产地，茶是不一样的，我们的古树普洱茶都是大树，最高的有十个人那么高。而福建的铁观音很矮，我这么小的个子还不到我的膝盖高。除了制茶的工艺不一样，茶的味道也完全不同。

这也没有什么奇怪，有的草细细瘦瘦，一点风就可以吹走它，有的草像大树。我门外的那几棵野芭蕉足有三四个人高。天神比人更随意，他们造什么，造成什么样子，完全随心所欲。而人造什么总要先想好它是什么，该怎么样，所以人造的东西总带着想法和成见，不像天神造的那么自然而然。

1卷　特立独行的基诺人

癞蛤蟆驯花豹

天神造我们的时候也不知道是粗心大意还是有意偏心，把芸芸众生造得大的大小的小。那些碰巧被造得很大的家伙通常都很自负，以为自己是天神的宠儿。殊不知大有大的好，小有小的妙。

如果把凶悍和美丽集于一身的花豹与长成了一团烂污模样的癞蛤蟆放在一起，谁都会觉得造物的天神太不公平了。且慢，我们来看看基诺人是怎么来看待这两样东西的。

癞蛤蟆没有博人眼球的样貌，很容易被人轻视甚或蔑视。但它有自己的生存之道，它的主要食物是各种蚊虫蝇蛾。食物在空中，所以癞蛤蟆的眼睛永远是朝上的，眼睛朝上的结果让它经常会忘了脚下，所以它经常会吃脚下的亏。这不，一只小白蛾在它头顶上忽闪忽闪，把它忽悠得头昏眼花。一次向上的弹跳没顾得上脚下，让它一举跌下一个土坑。虽然吃到了小白蛾，自己却深陷坑内，陡峭的坑壁令它费尽了气力仍然不能脱身。

前面说到了浓缩的都是精华。癞蛤蟆就是精华之一种。它个头不大，可是声音还算洪亮。哇哇，好开心呐，天终于要塌了，好开心呐。

花豹经过这里，癞蛤蟆的话令它奇怪。谁说天要塌了，天又没有顶，没顶怎么会塌了。

因为没有顶，天才会塌啊。那些有办法的都去找一个洞躲起来。熊进洞了，蟋蟀进洞了，白蚁进洞了。

可是你为什么不进洞？你没办法吗？

还是你说得对，那些有顶的洞子万一也塌了，洞顶的土岂不是要砸到它们吗？所以我的洞子没有顶，所以也不怕洞顶塌下来，即使塌下来也有四面的土墙为我顶住砸不到我。花豹大哥，你运气好遇到我了。我的安全你可以一道分享，我是个慷慨的人，请不要客气，下来吧，下来吧，我们一道分享。

癞蛤蟆的诚恳邀请令花豹完全没有戒心。花豹随即跳下坑，一道去分享癞蛤蟆的慷慨。

花豹大哥，我跟你开玩笑呢，天怎么会塌。开个玩笑你就当真啦。你没生我的气吧？

癞蛤蟆这么说了，花豹也不好意思计较，它不能让小小的癞蛤蟆认为它小气。另外也是凑巧，它刚刚吃过一只麂子，肚子饱饱的，所以心情也是大好，当真不跟癞蛤蟆一般见识。

我怎么会生你的气呢？

癞蛤蟆知道它已经成功地达到目的，随即大大方方跳上花豹的背。我们做个游戏吧。

好啊，我刚好肚子胀，咱们就活动活动。你说吧，做什么游戏？

前面有条大沟，很深的，不算宽，咱们一起跳过去，看谁跳得更远。

花豹当然不会把癞蛤蟆放在眼里，它耸身一跳，出了坑。癞蛤蟆轻而易举地脱了困，而帮它脱困的花豹根本没意识到癞蛤蟆的困境。癞蛤蟆自然而然地跳到地上。它既然已经与花豹说好了比跳沟，它当然不好一直赖在花豹的背上。它要分散一下花豹的注意力，故意与花豹并肩同行了一段路。

深沟近在眼前了。我喊一二三，咱们一起跳沟。一，二，三！癞蛤蟆已经来得及偷偷抓紧豹子尾巴。豹子腾空的一瞬间，癞蛤蟆已经紧随着豹子尾巴的甩动，借力耸身一跳，四脚稳稳地落在前方草丛里。却不料嘴角被带尖齿的茅草刮破了，出了一点血。

花豹自以为稳操胜券，却不料小小的癞蛤蟆已经超越了自己一大截。

豹子素以速度见长，在动物界从来没有敌手。癞蛤蟆比它跳得远也就罢了，它不理解那个小东西怎么会比它的速度也快了那么多。

不是我太快，是你太慢了。不瞒你说，我已经到了许久了，已经抓了两个蚊子吃掉了。你看，我嘴边的血就是蚊子的血。癞蛤蟆拍拍圆滚滚的肚皮。看看，两只大蚊子已经让我把肚子都撑圆了。好大的蚊子啊！

一向骄傲的花豹对癞蛤蟆佩服得五体投地。癞蛤蟆虽小而且浑身上下都是癞皮，却凭着智慧令花豹折服。谁又敢说浓缩的不是精华呢！

基诺人是又一个没有自己文字的族群，所以我们在他们的故事里又一次看到了相似性，就是癞蛤蟆利用猛兽的尾巴来展示自己才华的例证。没有自己文字让自己的故事有了破绽。

但是不同的人群在讲述自己故事的过程中已经展示了与其他人群不一样的自己的诉求。

豹子不懂水牛

在豹子眼里，水牛高大威猛，双角粗壮有力，一副英雄好汉的样貌。它不懂水牛为什么要听人的话，心甘情愿受人的指使。人既没力又没有尖锐的武器，而且没速度，打别人打不过，连逃跑也跑不赢别人。

水牛可不这么看，它觉得人的本事大。是的，豹子跑得比人快，豹爪和牙齿也都比人厉害，而且豹子比人更有力量。但是人比豹子更有办法。可是办法是什么东西呢？水牛说不明白，豹子也听不明白。这么说吧，人想要做什么，就一定可以做到，人用的就是办法。

豹子还是不懂。水牛真是笨，连人有什么本事也说不清楚，说来说去就是一个莫名其妙的办法。办法是个什么鬼东西？何必猜来猜去呢。索性去找人，当面鼓对面锣直截了当。豹子提出跟人比本事。

先比犁田。豹子自恃力大，要先犁。人把水牛的犁放到豹子的脊背上，两三个回合豹子就已经筋疲力尽，主动放弃了。

再比砍树。豹子依仗自己巨大的咬合力和粗大的犬牙，自以为胜券在握。但是它看到人在磨斧头，阳光在斧刃上闪着寒光，它的心里有了怯意。难道磨斧头就是水牛说的办法？豹子和人的比赛还没开始，但是人自己已经在试斧子。一棵六年的苦楝树被人挥动钢斧只三四下就砍断了。豹子知道自己不是对手，认输了。

最后比背草。它比人的力量大得多，一次可以背很多草。人却不紧不慢，耐心地整理自己不大的草捆。豹子起身了，人悄悄地在豹子身后将它身上的大草捆点燃。豹子很快就觉到背后的热浪，于是开始奔跑。

它问路边的黄牛，我身上的火怎么才能扑灭啊？

那还不容易，哪里茅草多就往哪里钻啊！

豹子背后的火越烧越旺，它给烧得痛了，索性倒在地上打滚。脸朝天的那一刻，它看到了树上的猴子。猴子猴子，怎么才能把火弄灭？

在草地上打滚啊！

在草地上打滚的结果是前面的火灭了新的火又燃起来了。滚来滚去，火还是熄不掉。这时它已经追上了前面过去了的水牛，水牛也看到了它身上的火。

跳到水塘里！打个滚，火就灭了。

这一次，豹子不但灭了身上的火，还学会了游泳。豹子从此把黄牛和猴子视为死敌，看到它们就一定要将其置于死地。

现在它已经知道，水牛说的办法是什么了。办法就是人的本事，是比速度、比力量、比尖爪和利齿更厉害的东西。豹子从此对人敬而远之。

水牛是它的朋友，因为它是它的救命恩人。它对水牛很服气，它不懂水牛怎么就发现了人的办法。办法真牛啊，比水牛还牛。

基诺人真牛啊，是基诺人发现了水牛的牛，发现了是水牛最早认可了人的办法。

野猫觊觎玉鸟

玉鸟是基诺山的歌星，基诺山没人不喜欢她。每一天的结束，都是结束在玉鸟的晚歌中。这一天，野猫带着自己的两个孩子来见玉鸟。

美丽的玉鸟，我和我的孩子都喜欢你的歌，我们可以做你的学生跟你学歌吗？

当然可以，唱歌让人有一个好心情，你们愿学我也愿教。

你是唱歌的行家，请问什么样的姿态唱出的歌才最好听呢？

玉鸟想起来了，从没有人说过野猫爱唱歌。它为什么要说自己爱唱歌呢？从来只听说野猫最喜欢的是捉鸡吃鸡捉鸟吃鸟，它忽然说自己要学唱歌，一定是有什么企图，必须要提防它。

我在唱歌的时候，两眼都要闭上。唱得时间越长，眼睛就闭得越紧。闭上眼沉醉在歌声里，歌声就会更动听、更美妙。

那今晚你就多唱几首吧，让我有机会把你美妙的歌声学会。我会成为你最满意的学生。

好的呀，没问题的。我多唱几首。

野猫见自己的阴谋得逞，心里很得意。它告诉两个儿子，玉鸟唱歌的时候是闭眼的，我要在她唱歌的时候，偷偷爬到树上咬她。她掉下去的时候如果还没死，你们俩马上用石头砸死她，我们一家人就可以美餐一顿了。

晚上唱歌的时候，玉鸟一直眯着眼，偷偷地观察野猫的一举一动。果然，野猫悄悄地上树了。它一直躲在树的背面，以防被玉鸟发现。当它爬到近处时，玉鸟忽然振翅到空中，迅速地用尖利的喙啄向野猫的双眼，剧痛让野猫丧失了平衡，失明让野猫从树上摔了下去。刚一落地，两只小野猫马上用事先准备好的石头砸过去，野猫妈妈瞬间毙命。

　　基诺山的鲜花品种最多，花期也长，而且基诺山没有冬天，每个季节都有怒放的鲜花。鲜花和玉鸟是基诺山的两大标志。更为难得的是基诺山没有恼人的野猫。有着美妙歌声的玉鸟在基诺山自由自在。

　　作为勐海最小的族群，基诺人的童话几乎每一个都是精品，干净，明朗，清澈见底，充满生机和活力，给人丰富的联想，给人类留下宝贵的生态样本。一个小小的族群有如此丰盈的精神财富，不能不说是基诺山的幸运。

螺蛳大象赛跑

　　说古时候有一片草地上有大小不同的两种动物，大象和螺蛳。因为拥有共同的空间，大象经常在不经意当中踩踏到螺蛳，而相对要弱小许多的螺蛳也会经常团结起来向大象讨公道。

　　大象原本也不是故意要踩螺蛳，但是螺蛳太小了，又经常被草叶遮挡，原本视力很差的大象经常会因为没看到螺蛳就把它踢翻踩烂。所以大象经常会对着一派青翠的草地说话，小东西们，你们自己小心点，想着给我让路，不然我会不小心踩到你们。

　　它这么说话也是一片好心，但是螺蛳听了很不舒服。一只小螺蛳经过漫长的跋涉终于来到了大象的耳根。大东西，你没什么了不起，你只是一个胳膊粗力气大欺负人的蠢货。

　　小东西你敢骂我，信不信我用耳朵把你扇到地上去，一脚把你踩成肉饼。小螺蛳躲到了大象耳根的后面。我不信，我不信。你来踩我呀，踩我呀。大象的耳朵猛烈扇动，却根本奈何不了小螺蛳。大象的耳后成了最好的避风港。长长的象鼻触不到它，四条象腿奈何不了它。小螺蛳还可以在耳后搔它的痒，令大象痒得跳脚却又无可奈何。

　　到了吃饭的时间，螺蛳妈妈来叫它了，小螺蛳跟大象说再见。大象说你再来，我绝对不会这么轻易就饶了你。螺蛳妈妈说，你别太狂妄了，还说不定谁不饶谁呢。这样吧，明天我们来比出个高低输赢，比谁跑得更快，谁输了谁就滚出这片草地，滚得远远的。

　　一言为定。

　　一言为定。

　　螺蛳妈妈也是螺蛳王，它号令天下所有螺蛳明天出动。大家排成一列，从它和大象比赛开始的地方一直排到天边。大家接力喊话，一句接上一句，谁都不要停歇。喊话一定要喊在大象的前面，不给大象喘息的机会。

它们请来了猫头鹰做比赛监督。猫头鹰一声开始，大象就迈开大步开始了奔袭。大象跑啊跑啊，一座大山被跑过去了，可是在它的前面总有螺蛳在喊，大象加油啊，我已经在你前面了！大象加油啊，我已经在你前面了！一条大山沟被跑过去了，螺蛳的喊声还在前面。第二座大山被跑过去了，螺蛳的喊声还在前面。第二条大山沟被跑过去了，螺蛳的喊声还在前面。大象被螺蛳的喊声压得透不过气来，但它是大象啊，怎么能向小小的螺蛳低头呢。

第三座大山，第三条大山沟，第四座大山，第四条大山沟。过了第七座大山的时候，大象的腿软了，脚也扭了，它连一步也跑不动，只能一瘸一拐地拖着步子向前。我不能输，我不能输，无论如何我不能输。这些话大象已经发不出声音，只是在它自己的心里反复嘟哝，不能输，不能输，无论如何不能输。

大象加油啊，我已经在你前面了！

大象现在已经知道了，螺蛳永远都会跑在它前面，它永远不可能战胜螺蛳。这个念头一旦出现，大象再也抬不起它的脚，挪不开它的步子了。大象轰然倒地。大象败了。

那以后，大象再没有踏进过草地半步。它是大象，大象是有尊严的，大象不可以食言。它既然承诺，输了就离开草地，永远离开草地。它说到必得做到。大象再也没有踏进过草地。

基诺人的故事里，弱者经常用智力去与强者周旋，而且经常占强者的上风。猜测其中的一个原因应该是基诺人很少，是一个非常非常小的族群，很像是故事里的螺蛳、癞蛤蟆这些小动物，他们无法与强大的邻人正面冲突比膂力、比武力。所以基诺人更强调智力，只有在智力的层面，他们才能与邻人势均力敌，甚至占邻人的上风。

整个基诺人的族群只有两万多人。他们集中居住在西双版纳的基诺山周围。人数虽少，基诺人却完整地保存着自己的文化形态，有自己的特色图腾和语言，在世界上特立独行。

基诺人认定，天上飞的和一切生命都是由女神造的，女神自己是白色的，她按照自身的颜色将所有鸟的羽毛都造成了白色。完成了造鸟使命之后，她在空中翱翔，一边观察鸟类的生活样貌。她发现自己居然分不清吃鱼的是什么鸟，吃稻谷的是什么鸟，吃虫的是什么鸟。她意识到自己的初衷的局限，作为个体，纯然的白色很美。但是作为群体，单一的颜色使每个个体失去了特色，每一个个体都与其他的个体相似，在视觉上形成混淆。

女神是那种有错必改的性格，她传令所有的鸟到基诺山会聚，她要给它们的羽毛重新着色，为它们打造只属于自己个性的颜色特征。

女神造鸟类的时候，完全凭自己的心情，没有谁给女神下命令发指示，更没有谁为女神定计划定指标，女神天性自律，她让自己每天完成一个作品。一只小鸟也是一天，一只凤凰同样是一天。一转眼几年时间过去了，种类数以千计的各种鸟儿装点了整个天空。造鸟的日子里，女神的心情极好，一直沉浸在创造的激情当中，所以她数千天如一日，乐此不疲。

第一个来报到的是孔雀。为孔雀画颜色是女神的头一次，所以也格外用心，无论是色彩组合还是图案设计，她都尽量做得完美。由于细节太多又太过于用心，女神从凌晨一直忙到深夜，她发现为它们画颜色比造它们还要辛苦。一想到它们有几千个种类，女神从心里畏惧了，她觉得这是个不可能完成的任务。

女神改变了工作策略，她让已经被画完的鸟儿也成为画师，为那些未画的鸟儿画颜色。而每一个被画完颜色的鸟儿，都会在被自己画的鸟儿身上做减法，减少几种颜色，简化图案的构成，让自己的作品不如自己美丽。这样一来，工作的进度就加快了许多。

另外，女神因为没有做过类似的事情，所以在颜色种类的准备上做得不够充分。而每一个新成为画师的鸟儿，不约而同地都去选择鲜艳的颜色，都去把多种颜色去组合，结果便是那些晦暗沉闷的颜色剩下来。几乎没有鸟儿会去主动选择黑色。

那些主动领命前来的鸟儿运气都还不错，得到了丰富而且美丽的颜色。而那些晚来的就比较吃亏，颜色会比较单调，图案也比较简陋，有的甚至是脏灰色或者脏黑色。

哈哈。神也有偷懒的时候。造鸟的女神好心情有灵感的时候可以造出精致的蜂鸟，可以造出精美绝伦的孔雀凤凰，可以造出个性而奇特的犀鸟。就是同一个女神，居然也造出了肮脏丑陋令人厌恶的乌鸦。

基诺人很少，但是基诺人的故事不少。这也从另外一个角度把基诺人的特性展示出来。基诺人是个擅长动脑和用心的族群，心和脑是人的另外一种能量，因为它们可以弥补其他能力的不足。

比赛跑螺蛳不可能是大象的对手，所以螺蛳要战胜大象必得借助于心和脑的力量。螺蛳最终成为胜利者，它所使用的方法看上去简单，实则展示出超人的智慧。我们通常所熟悉的民间故事和寓言，展示的都是很基础的那些智力层面，几乎每个人都可能想得出来。但是基诺人的这个故事，我相信大多数人是想不出来的。也可以说，它属于更高级的智慧层面。

民间故事的起点通常不高，落点自然也低，所以我们会把它称为童话。童话是属于孩子的故事。但童话本身是有弹性的，弹性令童话有极为丰富的收缩和延展。所以，童话虽然落点很低，仍然可能达到一个出人意料的大的弹性空间。许多天才的作家在童话领域取得了无与伦比的成绩。诸如写出了《小王子》的飞行员作家圣埃克修佩里。《小王子》无疑是童话世界中的珠穆朗玛峰。在勐海的童话中，基诺人的童话独树一帜，呈现出极鲜明的个性特质，既富于智慧，又呈现出复杂的故事结构。

不久之前，勐海还是动物的天堂。许多大动物随处可见。诸如大象、马鹿、猴子、野猪和熊。可是如今它们都不见了，不知道是彻底消失还是躲进了人类到不了的地方。基诺人怀念与它们和睦相处的日子，把它们留在自己的故事里。

马鹿算是除了象以外的大家伙了。成年马鹿通常为三四百斤体重，个别雄壮的马鹿甚至会超过五百斤。马鹿的性格相对较温和，很少主动攻击其他动物。因为头上的一对巨角也很少有猛兽敢招惹它。马鹿与其他种群的鹿一样擅长奔跑，所以在自然界天敌不多。

猛兽中最多心机的是花豹。一只成年花豹通常绝不会去主动招惹一只成年马鹿。我们经常可以看到马鹿与花豹虽然近在咫尺，却各不相扰。马鹿自然不会想到要攻击花豹，花豹也不愿在胜算不大的攻击中冒受伤的风险。几乎所有的猛兽都不能够受伤，受重伤的便永远失去了捕猎的能力，只有死路一条。没有一种猛兽会为受伤的同类疗伤和喂食。这是大自然的优胜劣汰法则的必然结果。

凡事都有例外。成年马鹿要繁育，它自己可以与花豹相安无事，但是花豹无论如何不可能对鲜嫩可口的小马鹿无动于衷。母马鹿当然会全力以赴地护佑自己的孩子，但它扑不灭花豹对于美味的不可阻挡的欲望。它对花豹的敌意是如此明显，花豹不可能看不到它的敌意。

敌意会强化马鹿的警惕，这是花豹最忌惮的。如果它内心放弃了对小马鹿的欲望，一切都无从说起。它放弃不了，欲望征服了它。所以花豹只能尽全力去消解马鹿的敌意。它将自己的狰狞面目隐藏得干干净净，把自己变成了满脸笑意的豹阿姨。

它已经发现，马鹿母子很喜欢在橄榄树下捡食落果。于是在天黑之后，到橄榄树旁屙了一泡屎。早上，母马鹿带着儿子过来找橄榄果吃，难闻的豹屎味让母马鹿很生气：不害臊的家伙！让我抓到你，我一定让你把屎吃了！

早就躲在附近的笑眯眯的豹阿姨过来了，不好意思，马鹿姐姐，是我。我昨晚肚子痛得厉害，来不及选地方，就把屎屙在这里了。我马上把这里收拾干净。不好意思！请您原谅！

豹子动手在附近挖了深坑，将屎埋了。又将地面扫得干净利落。

母马鹿见花豹笑容可掬，态度一直那么谦和，觉得自己先前的话说重了，向花豹道歉，说自己错怪了花豹。花豹趁机向马鹿母子提出邀请，请它们到自己家里做客。马鹿母子不好拒绝，只能答应了。

基诺人的故事走到这里出现了差池。因为主人花豹为客人马鹿母子准备的大餐主食是田鼠肉，在常规的知识体系中，鹿是食草动物，可是马鹿去做客吃的居然是肉。讲故事的人自己也不能够确定世间是否有食肉的鹿。我们都知道有一类动物是杂食动物，既可以吃植物，也可以吃动物。马鹿会有例外吗？

一处差池把故事引到百度百科，我们马上发现了另一处差池。马鹿在世界许多地方都有，但是中国云南没有，勐海当然也没有。没有这个物种又怎么会有这个物种的故事呢？不懂。完全搞不懂是哪里出现了问题。或许这个故事本来就是从别的地方移植过来的？

百度百科又带来了更新的差池，马鹿这个物种有鹿角不错，但是有鹿角的只是雄鹿，雌鹿没有鹿角。母马鹿无角，那它天生便是花豹这种猛兽的猎物。花豹又怎能对一只没角的鹿有所忌惮呢？

这个基诺人的民间故事结构和形态都比较复杂，但是它设定的前提接二连三地出了差池。这里之所以要把这个故事讲完，首先是对文化遗产的尊重，同时也要将其中的谬误明确指出来，以正视听。

花豹想吃小马鹿，又对母马鹿有所忌惮，所以请马鹿母子吃大餐田鼠肉以博取好感。马鹿母子因此将花豹视为好人。母马鹿对花豹赞赏有加，说花豹聪明，还说希望小马鹿日后像花豹那样聪明就好了。

隔日，花豹投其所好又送了几只田鼠给马鹿母子。母马鹿不知道花豹喜欢吃什么东西，主动问询，花豹当然不会说喜欢吃小马鹿。龙须菜，我喜欢吃龙须菜。母马鹿马上出门去为花豹采摘龙须菜。

花豹早就发现小马鹿在睡觉，母马鹿走了，它就省事了。它把小马鹿的头咬下来，把血渍舔干净，找出一捆稻草盖上被单，将鹿头放到枕头上。之后将小马鹿叼到一棵大树的后面大快朵颐。吃饱喝足它又踱步到摆放鹿头的地方笑眯眯地将小马鹿的眼睛合上。

母马鹿采了满满的一筐龙须菜回来了。小家伙还在睡，你妈妈都回来了。豹子兄弟，让它睡吧。新摘的龙须菜最好吃了，我们先吃。花豹说先去解手再来吃，借机溜掉了。走之前它将嘴里的一块小骨头悄悄吐在装龙须菜的篮子里。母马鹿已经又累又饿，它没等花豹回来已经开始狼吞虎咽龙须菜了。当它咬到了那块小骨头的时候才意识到，花豹不见了。小骨头绝不是好兆头，它马上跳起身用蹄子撩起被单，这才发现小马鹿只剩了一颗头。

母马鹿为儿子痛哭了四天四夜，最后哭到两眼流血。山林中的伙伴们都过来吊唁，大象、猴子、野猪、熊、山鸡、布谷鸟、鹌鹑各个都说一定要把这个该死的花豹杀了！

野猪说，马鹿妹妹，你放心，我一定要把花豹杀了，为你报仇！咱们现在把它找出来，大家分头去找，谁见到它都告诉它我要与它决一死战！跟它定好时间、地点。

大家分头行动。最后是白脸山胡鸟见到了花豹并且把决战的时间、地点约定好。

花豹并没把野猪放在眼里，它认定野猪不是自己的对手。时间定在三天后，它在这三天里做的唯一准备就是磨利自己的牙齿。野猪却在烂泥塘里滚了三天三夜，把又黏又稠的泥巴一层又一层地裹到身上，身上像披了一层厚厚的铠甲。

第四天一早，大象、猴子、野猪、熊、山鸡、布谷鸟、鹌鹑和白脸山胡鸟就都聚在一起了。它们脸色凝重地等待着决斗的开始。只有野猪满脸轻松，似乎要决斗的不是它。

凶猛的花豹低声吼叫着冲过来，恶狠狠地将巨齿咬向野猪，谁知却咬下一大块黏糊糊的烂泥巴。花豹自然不甘心，朝着野猪又是一大口，还是一大块烂泥巴，泥巴糊在花豹的嗓子里，噎得它直恶心。花豹一甩尾巴打在野猪身上，打下一块烂泥巴，刚好糊在自己的右眼上。它见势不好，转身就逃。这时愤怒的野猪怒吼一声箭一般地冲向花豹，一口咬下花豹后腿上的一块肉，大伙儿齐声呐喊为野猪助威。野猪乘胜追击，第二口咬断了花豹的两根肋骨。花豹疼得满地乱滚，完全丧失了战斗力。大家一拥而上，你一拳我一脚，瞬间让凶残的花豹一命归西。花豹最终成为大家的一餐美食。

只有母马鹿没去吃花豹的肉，它把花豹的血涂在自己身上，将原本黄色的皮毛染成棕红色。它用这种方式永远铭记这个血的教训。

故事讲完了，心里却并不舒服。别样吾老人听这个故事也有六十年了，他说他很少给别人讲它。他说自己也不懂为什么。这个故事里有一些令他不舒服的地方，他说不清那是为什么。他很想听听马老师是怎么想的。

我也一样不舒服，我不喜欢这个故事。可能是因为太血腥的缘故吧。花豹把小马鹿的头咬下来，又把野猪身上的烂泥巴咬下来两大块，之后是野猪将花豹后腿咬下一大块肉，再一口将肋骨咬断两根。这种故事方式会让人直接感受到创伤的具体部位，形成对伤口部位的直观联想，具体的生理部位加上具体的兽齿戕害的强烈刺激，已经在生理意义上导致直接的心理排斥。我相信，多数人都不会喜欢这样的故事方式。

这个故事让我联想到另外一个问题，就是童话和民间故事的整理和保存，的确存在一个鉴识与辨别的过程。

我们单独来说一下这个故事。故事里的主角是马鹿，而马鹿不是勐海当地的物种，那么它是怎么加入到勐海的故事系统当中来的呢？最大的可能是移植，把其他地方的故事借过来，说成是基诺人的故事。我们也不能够认定勐海这个地方从来就没有过马鹿这种动物，动物学家的关于物种辨识结论也不一定绝对准确。

别样吾老人家只是个讲故事的人，他不是动物学家，他不需要对动物的产地做分析和认证。他的故事讲的是从前，所有那些陆地大动物都是从前的存在，今天都已经见不到了。所以，他的故事的精准度也不是很要紧的事情。因此，故事里出现的马鹿吃田鼠肉并不是不可理解的异常。也许动物学家会告诉我们，马鹿的牙齿不是犬齿，不能够切割肉类，因此不能够食肉。讲故事的别样吾或者听故事的别样吾，不必要具备这方面的知识。

但是另外一个差池就不可以原谅了，就是雌马鹿没有鹿角的事实。没有鹿角的雌马鹿只能是花豹的猎物，不可能对花豹形成威慑，而没有威慑，这个故事的全过程都不能够成立。花豹可以先杀死母马鹿，再杀死小马鹿，它根本不必讨好母马鹿，它何必呢？

所以我没办法认定这个故事的真伪。如果连真伪都不能认定，那么这个故事对我的意义就很有限了。就像有人找我要给我讲个儿子孕育母亲的故事，我会让他去给别人讲。我对这个故事没兴趣。

在基诺人的故事里逗留太久了，我们为什么不去别的族群去转转呢？

乌鸦断案

八两八，八两八，八两八。

到了瑶人的寨子里，你才会知道什么是八两八。八两八是乌鸦的叫声。

秋天是收谷子的季节，也是蚂蚱最忙碌的时间。萤火虫是蚂蚱的朋友，每到秋天它都会来帮蚂蚱的忙。天快黑了，萤火虫看出来蚂蚱没有收工的意思，就劝它该收工就收工。天黑了，我自己带着小灯笼我可以找到回家的路，你可是什么都看不见了。蚂蚱不肯，它想尽量多收一点。萤火虫只能陪着它。萤火虫把自己收到的谷子交给蚂蚱，蚂蚱一个人背了它们两个人收的谷子，又累了一天，头晕眼花，很快就迷路了。它遇到了秧鸡，提出借宿一晚。秧鸡窝里有待孵的鸡蛋，蚂蚱发誓自己绝不会碰鸡蛋。好心的秧鸡留宿了蚂蚱。

可是它们熟睡的时候被麂子的惊叫声吓醒。秧鸡的担心变成了现实，蚂蚱一脚蹬破了秧鸡蛋。秧鸡心疼地大哭，一定要蚂蚱赔偿。

乌鸦是大家公认的公平先生。蚂蚱认可它，秧鸡也认可它。双方同意由乌鸦来断案。乌鸦也不含糊，叫来了麂子、大树、白蚂蚁、萤火虫几位来旁听。

蚂蚱，秧鸡好心收留你，你为什么要蹬破秧鸡的蛋？你是故意恩将仇报吗？

我怎么会恩将仇报呢？我已经很累了，睡得很香，是麂子的叫声惊醒了我，我吓坏了，才不小心蹬破了秧鸡的蛋。

麂子，你为什么在半夜三更惊吓别人？

回乌鸦的问话，我已经睡着了，是大树忽然倒了，吓到了我。我害怕了，才会叫。

大树，你为什么要倒呢？

我好好的为什么会倒？都是因为白蚂蚁，白蚂蚁咬断了我的根。我也没办法啊！

白蚂蚁，你为什么要去咬树根让树倒？

我肚子饿啊！我的食物是木头，谁让树是木头呢？是木头就是我的食物。

好了好了，你们都在胡诌八扯。说到底不就是蚂蚱蹬破了秧鸡蛋吗？你给秧鸡造成了损失，赔秧鸡银子就是。秧鸡，你看看一枚秧鸡蛋值多少银子？

秧鸡也没有概念，就随口说三两三钱。

少了少了，就，就，八两八！八两八好了！

那以后乌鸦的叫声就成了八两八。

八两八！八两八！八两八！

人老大

很久以前，老虎、熊、水牛和人是朋友。这些朋友在一起的时候，最喜欢自我吹嘘。老虎说自己跑得快跳得高。熊说自己能爬树，老虎跳得再高也没有它爬树爬得高。人说我可以把所有的草和树都砍光。水牛说要比本领，我来给你们做裁判。

谁的本领更大呢？老虎的速度最快，跳得也高。但是熊爬树的本领确实要远远高过老虎。人对熊说，我要把树砍倒，所以你最好从树上下来，免得被摔个半死。又对老虎说，你最好到山顶去，不然我砍倒了树会砸到你。熊和老虎都去了山顶，看人砍树砍草。

人根本没用斧头和刀子，而是用火镰摩擦点燃了枯草，火势一路向上，把老虎和熊围困到山顶。

当火势迫近，老虎拼了命，朝已经烧过了的山下方向逃生，它的速度快，跳得又高又远，所以浑身的皮毛被烧得斑斑驳驳。熊就惨了，跑不快跳不高，躲不过山火的烧燎炙烤，皮毛一团污黑。那以后老虎和熊都对水牛投诉人的狡诈，说自己上了人的当，被人给骗了。

水牛有自己的看法。这场比试让水牛看到了人的聪明才智，所以水牛心甘情愿地为人工作，成为人最得力的帮手。人成了世间的老大。

可是谁又知道，人怎么就成了老大呢？

这个故事又带来一个经常性的困扰，我们在上面也曾遇到过，就是相似性的问题。

前面是在老虎故事的单元中，那是一个瑶人童话。非常可惜，可见的瑶人童话很少，而且这个故事的品质很不错。但是相比基诺人童话，故事性还是嫌弱了些。

基诺人是个很小的族群，却有很高水准的一大批童话，殊为难得。基诺人不只童话优异，美术同样达到极高的水准。这个族群很重视造型艺术，在视觉形象上有自己独到的特点，与相邻的族群相比有异常突出的个性特征。去过基诺山的人，都会留下极深刻的印记。

基诺人厉害啊。向基诺人行脱帽礼！

智力为王

在众生的世界里，谁才是真正的强者呢？老虎是兽中之王，老鹰是空中之王，老鼠是地下之王，人是地面之王。

人凭什么为王？人的力量不够大，人的牙齿不够利，人的速度不够快，人的四肢不够强壮，人的眼睛不够犀利，人的皮肤不够结实，人唯一的长处在于智力。

智力是另一种力量。如同奔跑是一种力量，如同飞翔是一种力量，如同利齿是一种力量，如同块头是一种力量，如同膂力是一种力量，如同用毒是一种力量，如同伪装是一种力量。力量会令一个物种强大，令它独立于世。

小小的螺蛳曾经出现在基诺人的童话里，那一个回合，大象成了它的手下败将。大象在人的心目中是聪明的和强有力的，没有人会拿大象与螺蛳这种微不足道的小东西相比。但是多数人或许从没想过，象的存在展示的是象的能力和智力，螺蛳的存在同样展示的是螺蛳的能力和智力。从物种分布的区域和数量去推论，螺蛳比象存在的区域和数量要多得多。我们是否可以说，螺蛳的能力和智力都要远远强于象呢？甚少有人拿象和螺蛳比较，也许是因为象的存在远比螺蛳的存在更吸引人的眼球，绝不说明象比螺蛳更强大。

这里要讲另一个螺蛳的故事，布朗人的螺蛳故事。大家都知道螺蛳走得很慢，对那些以速度见长的动物来说，螺蛳的速度近乎为零，兔子就是这么看的。兔子这么看也没关系，它只要把自己的看法藏在肚子里，大家自然相安无事。可兔子天生是个多嘴的家伙，它一定要说，并且当着螺蛳的面。

好在螺蛳性情温和，既不急也不恼。兔子大哥，我生来就笨，不会随机应变，但是我也可以跟你比一比谁走得快，我不一定会输你。

真是天大的笑话！跟我比，我让你先走三年，再动身追你也会超过你！

不必先走一步，明天一早我们一起走。

在兔子眼里，一个螺蛳就如同一粒石子，谁会记得一粒石子的样子？就连大象也不记得。螺蛳太不起眼了，除了螺蛳没有谁会耐着性子去分辨每一个螺蛳的样貌特征。这是个只有螺蛳才知晓的秘密。而且螺蛳会通过只有螺蛳才知道的方式去传递螺蛳的信息。

螺蛳告诉其他螺蛳，谁见到兔子就告诉它，兔子加油啊，我在你前面！

次日凌晨，兔子兴致勃勃地找到螺蛳。慢家伙，可以开始比赛了吗？可以啊！那你来喊一二三！一，二，三。兔子全神贯注踩着发令声起跑，它四脚腾空三大步已经蹿出好远。它很清楚螺蛳的速度，所以没有继续向前，站下了回头张望。

可是螺蛳的声音从脑后传过来，兔子加油啊，我在你前面！兔子加油啊，我在你前面！兔子无论如何想不明白，螺蛳是怎么跑到它前面的。这一次兔子一口气跑了九九八十一步，它绝不再给螺蛳以喘息之机。

四脚刚刚落地，它万万想不到：兔子加油啊，我在你前面！没办法，它只有继续，再继续，再继续……但是没用，无论它怎么跑，停下的一瞬间总听见：兔子加油啊，我在你前面！

它已经筋疲力尽，却无论如何也不能超过螺蛳。但它心里不服啊，它拼了命也要挣回自己的面子。前面是陡坡，它决定铤而走险索性抱着头一骨碌滚下长长的陡坡。

兔子加油啊，我在你前面！

已经遍体鳞伤的兔子，再也没有继续比下去的勇气了，就势滚进了草丛，躲在里面一动不动，以认败的方式退出了比赛。

基诺人的螺蛳故事讲的是大象与螺蛳赛跑，而布朗人的故事讲的是兔子与螺蛳的赛跑，讲的都是赛跑，讲的都是螺蛳以智力战胜了对手。我就怀疑他们中的一个是借用了另一个的故事内核。谁借用了谁的，我无从判断。民间故事都来自民间，原本也没有专利归属，所以是谁的原创其实也没有什么要紧。

有一点很重要，这两个族群都很小。布朗人有九万出头，基诺人有两万稍多。我猜只有小的族群才会格外关心像螺蛳这样的小东西。两个不同族群的螺蛳童话，从一个特殊意义上填补了童话成员的空白，从另一个特殊意义上填补了童话内容的空白。

童话作为一个文化物种，对于智力有特殊的偏好，偏重智力的内容居多。而且几乎各个族群都把智力这种特殊的力量，以自己的方式加以强调。有智力的一方通常是弱小的一方。而且，在与强大的一方对峙的过程中，弱小的一方经常会成为最后的胜方。几乎所有的案例都是以弱胜强，这也成为一个经典的模式。

智力元素在其中起到了决定性的作用。

布朗人的牛

布朗山上有过上万头牛，但是其中只有一头公牛，其余的都是母牛。不是母牛不生公牛，是牛王（公牛）不能容忍有公牛出生。不管哪一头母牛怀了小牛，出生那一刻只要是小公牛，牛王就会马上处死它。生了小公牛的母牛也会被赶进深山老林，从此再也见不到牛王。

久而久之，一些怀了小牛的母牛就会在生牛犊之前躲起来，一直躲到生了牛犊并确认是母牛犊之后才敢露脸。

有一头母牛因为生了小公牛，所以一直带着儿子藏在牛王看不到的地方。小公牛很好奇，自己为什么没有爸爸。牛妈妈不会撒谎，就把实情告诉了儿子，叮嘱儿子不要去找爸爸。

一晃几年时间，小公牛长大了，而且很强壮。小的时候它很怕牛王，当它大了，牛王在它眼里也没有那么可怕了。它于是背着妈妈去见牛王，尝试着去挑战父王的权威。

小公牛尽管强壮却从没与其他公牛较量过，牛王满怀怒气冲过来的那一刻，它被紧张和慌张打败了，转身仓皇逃走。它把经过告诉了妈妈，妈妈要它学本事练本领，告诉它只有把自己锻炼成一个无所畏惧的大英雄，才有可能战胜牛王。

妈妈对小公牛非常严苛，因为她不能忍受儿子被牛王所伤害。只有把功夫练到家了，才有可能赢。儿子不能败，败了就会丢命。妈妈的严苛使得小公牛真正强大起来。终于有一天，小公牛为妈妈展示了它的真功夫，它一次一个全力冲顶，用比前腿还粗的牛角，一下刺穿一棵比后腿还粗的榕树。之后，站到一块大石头上，铆足气力猛然跺脚，巨石也被踏裂了。

小公牛给了妈妈充分的信心，妈妈这才同意它与牛王去作战。那是一场恶战，两头牛直杀得天翻地覆。牛王毕竟老了，而且儿子继承了爸爸强大的基因，儿子最终杀死了爸爸。

儿子成了新的牛王。登基那一天，新牛王发布了登基宣言：今后所有母牛，无论生公生母都会受到奖励，公牛母牛都有同样的生存权利。任何牛的生命都是最宝贵的，必须得到保护。牛王自己也必须遵守宣言规定的一切，如有违犯，所有的牛共诛之。

称王之战

别样吾问马老师，是否知道帕亚格。是蛙王帕亚格吗？帕亚格的脸很像是一张人脸，动物学家也叫它人面蛙王。你知道就好。

上古的时候，许多猛兽各领风骚，谁也不服谁。其中的佼佼者大象与老虎都很自信，主动提出以比武的方式来确定王者，以王者作为所有动物的统领。在老虎和大象看来，除了它俩之外，即使有谁胆敢参赛也只是做个陪衬。

还真有一个宁愿做陪衬也来参赛的蠢货，就是帕亚格。它只是一只蛙，它拿什么去与老虎和大象对抗呢？裁判依然是公平哥乌鸦。

比跳沟的时候，帕亚格运用的是螃蟹的战术，偷偷抓紧了老虎尾巴，把老虎甩到身后。比过河，游泳是蛙的强项。帕亚格两个回合全胜，淘汰了老虎。

它与大象首回合比的是摘树叶，谁摘到最高的树叶谁赢。大象抬起前腿用双后脚直立，长鼻子向上伸直，努力够到了与鼻子等高的树叶，它以为胜券在握。没想到帕亚格居然有爬树的本领，它不紧不慢地向上，一直爬到树的最高处。当它把整棵树最高的那片叶子摘下来扔下去的时候，它已经比大象高出了两倍的高度。象老弟，你要不要也来摘一片这里的树叶啊？乌鸦高举起右翅：第一个回合帕亚格胜！

第二个回合由大象提议，比谁能爬到对手的背上。大象知道以蛙的小小身体根本承受不住它庞大的体重，那样的话，即使帕亚格能保住命，它也不可能再与自己争王。

不用我说结果，你们也一定都猜到了，第二个回合必定是帕亚格胜。帕亚格成了动物之王。

动物有了自己的王，原本创造和掌管万物的天神不高兴了。他开始与动物作对，该下雨的时候不下雨，该刮风的时候不刮风，干旱无雨导致草木干枯，所有的动物都要面对干渴和饥饿。动物们于是向它们的王者兴师问罪。帕亚格于是带领猛兽和毒虫去讨伐天神。猛兽毒虫原本都是天神的造物，天神对付它们显得轻而易举。他只需用三昧真火便把帕亚格的军队击退，烧得溃不成军。

稍作休整之后，帕亚格重建了另一支军队。这一次它的士兵是白蚁，数量极其庞大。白蚁上到天庭立即钻入宫殿建筑的亭台楼榭之中，迅速将所有的木料吃掉，天庭开始摇晃，崩塌。天王拿天神问罪，治罪。

帕亚格得胜归来，地上的动物植物都对它格外尊重。可是大家都觉得帕亚格作为动物之王，形象过于不起眼，大家建议它服食一种仙草亚布洛。恭敬不如从命，帕亚格每天服食亚布洛，结果每年都要蜕一层皮，身高也要增加一节，它的身材越来越像今天的人。

野兽们终于认定它不需要再变了，于是它们偷走了所有储存的亚布洛，同时灭掉了所有还在生长的亚布洛。亚布洛从此消失了。

帕亚格成了人，生了很多孩子，他的孩子们又生了很多孩子，人成了大地的王者。因为他曾经是动物之王，所以所有的动物都对人表现出普遍的臣服。

布朗人的故事里人居然是蛙类变的。故事里没说由帕亚格变成的人仅仅是布朗人的祖先，还是所有其他人的祖先。

2卷　哈尼人记

小女阿米

阿米的爸爸是猎人。这个男人很自私。如果他今天抓到了一只竹鼠，他的老婆和女儿就没得吃。因为他首先要给自己吃。如果他抓到了两只，他的女儿才有得吃。而且阿米有得吃，阿妈也会有得吃。阿米自小就是个懂事的孩子。她绝不会不管阿妈，绝不会一个人独享。

而阿妈是那种一切都先从女儿出发的女人。无论男人打到什么猎物，阿妈先想到的一定是女儿。但是，那也没什么用，因为男人不会在乎女人的提议，不会把唯一的猎物先给女儿吃。

猎人对老婆凡事先想着女儿很气，在他心里，自己永远是排在第一位的。一次和老婆吵架，他顺手将老婆推下了山崖。老婆死了。

阿米大哭。阿妈爱她，她更爱阿妈。她突然觉得小腿痒痒的，原来是只小山羊，靠在她腿边，眼睛红红的。不知为什么，她觉得它就是她的阿妈变的。她弯身将它抱起，一边不停地跟它说话。它成了她的好朋友，她每天来找它，跟它聊天，给它喂草。

阿爸又找了新的女人，这个女人带了一个自己的女儿。那个女儿与阿米同岁，却比阿米高半头，胖一圈。脸上都是麻子，皮肤像树皮一样。她人丑，心眼也坏。存心欺侮阿米，每天让她干这干那，从早忙到晚。阿米要给她们洗衣做饭，要给家里背水拾柴。

她一点也不喜欢这个家。只要有一点空闲，她都要出去到村寨外与自己的小山羊伙伴玩。

她这个习惯被后妈发现了，后妈跟踪她，看到了她的山羊伙伴。后妈也认定山羊是阿米的阿妈变的，她想出一个主意。

后妈很懂得讨男人欢心，说这里疼那里疼，直急得男人团团转。她说自己要吃了山羊的脑汁，才会病好。猎人马上出去找山羊。

刚好这会儿阿米抱着山羊在村口说悄悄话，猎人一把将山羊从她怀里抓过来，一刀毙命。阿米泪如泉涌，但是又不敢哭出声。

后妈看到山羊被杀死了，对山羊已经没了兴趣。阿米，把羊埋了吧！我病好了，羊没用了。看到羊肉我就恶心！

阿米不愿意让后妈看到她流泪，便把眼泪硬生生地忍回去。她用自己的衣服包裹好山羊，然后把它埋到她住的竹楼旁边。

第二天一早，埋山羊的地方长出一棵芭蕉树，太阳升起来了，阳光为芭蕉树带来了金光。太阳越高，芭蕉树的光芒越显。人们马上发现，这棵芭蕉树完全是黄金的，它的泛着绿色的金光非常养眼。金芭蕉树马上传遍了整个国家。

国王也听说了，非常好奇，于是骑着大象，被仪仗队簇拥着来看金芭蕉树。后妈迎上前。

恭迎国王陛下！

这棵树是谁栽的？栽树的人该受到嘉奖。

是我女儿栽的。

那好，叫她摘十个金芭蕉给我。

那个麻脸的丑女孩因为要摘金芭蕉给国王，心里不免得意。但是她想不到，她的手刚一碰到金芭蕉树，芭蕉的枝叶和果实马上变枯萎了。

国王生气了。对我撒谎！该死的女人。

阿米怯怯地出来。国王，树是我栽的。

你说是你栽的，那就给我摘十个芭蕉。

阿米到树下，伸出两只手，芭蕉马上变回泛绿的金色。一排整整十枚金芭蕉主动落到阿米的双手上。

没错，树是你栽的。我要把你接走。

接我去哪里呀？

去王宫。我要等你长大了，做我的王后。

国王带走了阿米。

后妈气坏了，操起一把柴刀去砍金芭蕉树，可是猎人舍不得啊，他赶忙冲上前去阻拦她。但是她已经鬼迷心窍，阻拦她无异于找死。猎人被砍死了。

金光灿烂的芭蕉树收缩身子，瞬间变成了一只金孔雀，振翅高飞到云端。

这样的结果不是后妈想要的，她绝不可能就此罢休。她给阿米捎了口信，说如何想念阿米，请阿米一定回家看看，说她知道阿米不会因为被国王宠爱就看不起后妈和姐妹。

阿米就是这样简单而单纯的性格，后妈两句好话就把她骗回来了。后妈在当天就把她毒死，当阿米倒地的那一刻，她忽然化作了一只多情鸟，径直飞向了天穹。

阿米多日未归，国王想念她，派人去接她。后妈的女儿冒充阿米回到王宫。可是她骗不了国王。你是谁？胆敢冒充我的阿米。

国王，我就是你的阿米，你未来的王后啊。

你不是！阿米比仙女还美。你丑死了。

国王，你该可怜我才是。我生疮了才变丑。

不！阿米的皮肤又柔软又顺滑又细腻。

国王，是你要我去帮助那些穷苦的人，我每天去砍柴种地，皮肤当然就磨坏了。

不，阿米的眼睛会说话，你的眼睛像核桃。

我想你啊。每天都哭，把眼睛哭坏了。

既然你一定说你是阿米，那你今天就给我织一条十色相间的围巾。

后妈的女儿一个人在织房里发愁，她从来不懂编织，更不要说织出十色相间的花纹。她知道，自己的谎言之路已经走到尽头。

但是她绝没想到，阿米这会儿也在王宫里。她听到国王说喜欢十色相间的围巾，竟然会主动去到织房，在织机上为她心爱的人编织。阿米根本没在意后妈的那个女儿也在现场，她只在意自己男人想要的围巾。

围巾当然会织好。

但是织好围巾，也就织出了自己的末日。她甚至没有来得及展开织好的围巾看一下，就被那个麻脸女人一棍子打死了。麻脸女人把多情鸟从后窗扔出去。阿米落地时，变身成了一块多彩的小石头，安静地停在路边。

彩色的小石头被一个穷婆婆捡到带回家里。穷婆婆第二天从地里回来，见自己的小房子里又整洁又干净。水缸满了，猪也喂了，火塘上的糯米饭香气满满。几天以后，阿米被婆婆发现了，她给婆婆讲了自己的故事。她要给婆婆做女儿。但婆婆是个识大体的女人，没答应她。

麻脸女一时骗过了国王，但是并没打破国王内心的疑窦。他怎么看她怎么不顺眼，怎么也不相信她就是阿米。

国王，我回来了。

这才是阿米的声音。

阿米，我的阿米！你在哪里？你在哪里？

麻脸女突然冲过来，一把推倒了阿米。国王，你不能碰她，她是妖怪变的，她会吃掉你！

不，我才是真正的阿米。国王自己能够分辨出阿米是我还是你。

与阿米同来王宫的婆婆露面了。国王，按照惯例，给她们俩每人一枝长枪吧！谁是真的阿米，谁一定会胜利的。

来啊！备两枝长枪。一枝木头的，一枝铁的。让这两个女人自己选。

麻脸女马上抢过铁枪，只留下木枪给阿米。麻脸女趁阿米立足未稳，一枪刺向阿米。但是人在做天在看，铁枪在碰到阿米的瞬间，忽然变得像面做的一样，软软地瘫在地上。麻脸女见大势已去，转身往宫门外快跑。

阿米，我命令你，拿起你的木枪投向那个邪恶的女人！我命令你！

阿米这一次没听国王的命令，咬住嘴唇。这让麻脸女来得及跑出大门。冲出大门的那个瞬间，不知是门槛故意抬高了一寸，还是麻脸女的脚趾抬低了一寸，一切都是天意，迅速疾跑的女人被门槛绊了一下，重重跌倒，整张脸狠狠摔到一块棱角有刃的石头上。

她跑得太快，身体又重，突如其来的绊倒双手来不及支撑，整张脸结结实实地摔到有棱有角的石头上，竟然连抽搐都没抽搐一下就摔死了。

之后，国王问阿米为什么不投枪？

我恨她，但我做不出真正伤害她的事。

她还是个孩子，她做这么坏的事，都是她母亲那个坏女人的教唆。那个坏女人已经杀过你一次，又指使她的女儿杀你第二次，她已经两次犯了死罪。国家的法律不会饶恕罪犯。

坏女人受到应有的惩罚。

那以后，阿米再也没离开过王宫。

小女阿米的故事结束了。

丑男然刚

然刚小时候就被叫作丑男孩。他个子小，又黑又瘦又没力气。他干不动多数男人都在做的那些力气活，像种地和盖房子。他只能做捕鱼、做陷阱、下套子这些不用力气的事情。他的日子很穷，但是他的心很好。虽然日常生活中他很少剩余，但他永远不会偷偷把剩余的留下来，他会分给自己的邻人。

有一天，他捕鱼捕得很顺利，他的渔网里进了不少鱼。他撒网也网网不落空，而且有鱼有虾有蟹。打鱼多年，他第一次收获的鱼虾连自己也拿不动。因为每一次出击都有收获，所以尽管很累很累了，但他几乎停不下手。没有一个猎手会在不停地收获猎物时停下狩猎。

但他分明听到了一个声音在说话，声音不大，但是非常清晰：然刚，记住我的话，我是这条河水的主人。我想帮你，你看你今天不是满载而归吗？以后，每天你都来这里，我可以让你每次都满载而归。还有，如果有谁对你不好，你把他带到这里，我会帮你教训他。

你是我死去的妈妈吗？你的声音很像她。你躲在哪里？你可以让我见到你吗？

我说了，你也听清楚了。我不见好人，没有一个好人见过我。我只在那些做坏事的人面前出现。我会教训他们，也惩罚他们。

你是人们所说的魔鬼吗？都说魔鬼会监督人，不让人做坏事。你是魔鬼吗？

你可以这么说，我就算是魔鬼，因为你见了我的样子会怕。对你来说我是魔鬼，你就别见我了。对然刚来说，魔鬼的话是不可违逆的。

他每天过来打鱼，每天的收获都不错。他很快就成了当地的捕鱼能手。先前他捕不到多少鱼，别人也都不关注他。现在他鱼捕得多了，马上成了一些人的眼中钉肉中刺。

你这个叫然刚的丑东西！你的胆子太大了，竟然敢在我的河流每天捕走那么多鱼。这笔账咱们该怎么算？

河是老天的，怎么会成了你的河流？

你让老天叫它，看它敢不敢答应？我看你是活腻了，竟然敢跟我叫板。你给我听清楚了，这里每一座山、每一块土地、每一条河，都是我的。我就是它们的主人！

河的主人是它自己啊，我认识河的主人。如果说它一定有一个主人，那就是老天。

我不管它以前属于谁，但它从今天往后属于我，我就是它的主人。我也是你的主人。

然刚原本要跟他继续争辩，但他忽然想起了魔鬼那天说过的话。他改变了主意。

既然你说你是河的主人，我以后不来河里捕鱼了。明天我可以来为你捕一天鱼作为补偿。

你这个态度还差不多。明天你来，一言为定。

第二天一早，然刚来了，那个恶人也来了。他们几乎同时到达河边。魔鬼没有食言，马上将然刚用一股邪风卷到了山顶。几乎同时，魔鬼又驱动洪水，激流将恶人卷进遥远的大海。

今天的然刚还是那么丑，还是那么又瘦又黑又没力气，还是那样每天捕很多鱼去帮助邻人。男人丑与不丑，又有什么关系呢？

黄鸡花蛇

黄鸡是阿财的黄鸡，阿财三十多了还没找到老婆，黄鸡是他的伙伴。他养它是盼着它下蛋。鸡蛋可以换一点柴米油盐。黄鸡终于下蛋了，它没有辜负他。阿财没把鸡蛋拿走，还放在鸡窝里，因为他听说鸡窝里要有蛋，鸡才会再下蛋。鸡窝里的蛋是引蛋。

二十多天了，黄鸡还是没下第二只蛋。可是阿财听到了鸡窝里有声音，声音不大，是从鸡蛋里传出来的。鸡蛋裂了一道缝，竟然从里面爬出一条小花蛇。

阿财随手抓起一根棍子，要将花蛇打死。

阿财，不要打死我！一定不要。我不是坏人。我向你保证，我一定会帮你，一定。

不管怎么说，它都是一条花蛇。虽然它会叫他的名字，说它可以帮他。但是阿财不知道它的话可信还是不可信。不妨试探它一下。

如果你要帮我，我今天想吃牛肉干巴。

可以呀。你要吃的牛肉干巴和茶在竹楼上。

不用一点时间就能给人提供牛肉干巴和茶，它一定是条神兽。它怎么知道他想要什么呢？它既然是神兽，为什么来侍奉他呢？他想不明白，但他还是很享受它能为他提供美味。

他发现，不只是他要什么吃的，它会为他提供，他叫它做什么它也同样可以做得很到位。无论是地里的农活，还是家里的杂活，它都为他做得又妥帖又干净利落。

小花蛇已经把他惯成了一个好吃懒做的人。

寨子里的人都知道，有钱的阿福病了，全身生疮流脓。阿福已经许诺，谁治好他的病，谁就可以娶他的女儿做他的女婿。

阿财不知道花蛇会不会帮他，但他还是当着花蛇的面讲了阿福的事。

只要我懂药，我能治好阿福的病，阿福就会把女儿嫁给我，我就能做阿福的女婿。也成为一个有钱的人。

花蛇说，我帮你。

花蛇为他找来治毒疮的药，果然治好了阿福的病。阿福又谈到嫁女儿的事，阿财这才第一次看到阿福的女儿。这是个很丑的姑娘，阿财无论如何容忍不了那张脸。他向阿福提出，结婚的事情就算了吧。阿福也没有为难他。这个有钱人也是一个懂得报恩的人，他送了阿财一百五十两黄金。好大的一笔钱啊！

阿财成了一个有钱人。现在阿财的愿望只有一个，就是找一个漂亮的姑娘做老婆。

临近寨子的桑帕病了，他的病很严重很蹊跷，已经病入膏肓了。他的家人都在哭，哭得惊天动地。阿财知道桑帕有一个漂亮的女儿，他觉得自己有了机会，就一个人去上他家。

桑帕已经昏迷了。桑帕的老婆说，桑帕如今只有死路一条了，因为当地最有名的医生已经对他做出了诊断，说只有花蛇的胆能救桑帕的命。说他们找花蛇找了许久了，都没能找到。

阿财心里暗喜，因为他就有一条花蛇。

桑帕的女人，那你要想尽一切办法找花蛇呀！只有找到花蛇才能救桑帕的命。

我已经承诺，谁治好桑帕，要人的话，我把女儿嫁给他。要钱的话，我出二百两黄金。我是在寨子广场里做出的允诺，大家可以见证。

这样最好。我家里有一条花蛇，我愿意把蛇胆贡献出来。

他对桑帕的老婆说过之后，马上回去与花蛇商议。花蛇首先肯定了那个说法，它的胆的确可以治愈各种疑难杂症。但是，取出它的胆它也会死，他以后再想要什么，它就不能再帮他了。阿财是个目光短浅的人，他只能看到眼前的利益，眼前他想的只是要娶桑帕的女儿，别的他什么也想不了。

阿财，我们做朋友有两年了，你对我们的朋友感情在意吗？

花蛇，我找老婆是天大的事，你连这个忙都不肯帮，还自称是我朋友，你好意思吗？

阿财把话说到这种份儿上，花蛇知道这个人已经不可救药。你无论怎么对他，他的内心里永远没有一丝一毫的感恩之念。他已经在它这里获取了无法计数的恩惠。居然还会要求它为了他要找的一个女人去以命相换，这个家伙比畜生还畜生。花蛇不再对阿财抱有任何希望。

阿财，你要我的胆，你就自己进来把胆取走吧。我给你一个大一点的胆。

花蛇吸了口气，就地滚动，身子一下变大十几倍。对着阿财张开嘴，它的喉咙足可以让阿财径直爬进去。他带上一把小刀进去了，花蛇闭上了嘴巴。

阿财的眼前一片漆黑。

明路白象

白象是阿爸送给明路十六岁的礼物。白象看上去聪明而轻盈，明路上山砍柴，白象会把柴背回家。路上须要渡河，也是白象驮明路过河。在城里的那些读童话的孩子的眼里，白象就是女孩明路的伙伴，是她的童话朋友。

但是在女孩明路阿爸的眼里，它就是她的帮手，只是帮手。不只帮她运东西，不只当她的坐骑，它还是她的保镖，是她防护的盾牌。在普通的农家，家里的象同时也是家里的工人。它们绝对不是城里人想象的那种家庭宠物。

当明路见到小象哭，她会感到莫名其妙。在她眼里，小象从来都是无忧无虑。可她想不到，这里不是小象的家，这里只是她明路的家。小象的家在森林里，在没人的地方。小象也是自己妈妈的孩子，小象在妈妈那里同样受到宠爱。而在她身边，小象须要辛辛苦苦地劳作，须要达到主人的满意，才能饿了有饭吃渴了有水喝。表面上看，他俩是朋友，其实它只不过是她的从属而已。既是工人，又是保镖，又是坐骑，又是陪伴。明路不明白其中的道理，对她而言，它只是一个陪伴，而且她心里只当它是朋友。

明路不知道阿爸是什么人，阿爸有什么法力。他是巫师，他有神奇的法力。他用一根看不见的锁链限制了白象的活动，白象因此走不掉逃不脱。白象知道明路离不开自己，其实它也有点离不开明路。明路对它好，它心里都明白，象懂得将心比心。

明路从白象的眼睛里读懂了它的心，它想家了，想它的草原和森林，想回到自己妈妈身边。她于是去找阿爸，跟阿爸商量，放白象回家。我不回家你舍得吗？它不回家你觉得象妈妈会舍得它吗？

我想不了那么多，我只能想到我的孩子。我跟了象群二十几天，才最终找到机会抓到它。明路，你还不懂生活的不容易。谁都不可以把操心了许久的猎物无缘无故地放了。孩子，我已经把白象卖了，泼水节后它就要送走了。那是一个傣人家庭，他们会给阿爸很多钱。

阿爸说了他要给明路买好多礼物，把她打扮成最美的傣尼姑娘。阿爸把底交给她，她知道白象不久会被傣人带走。她心里很慌。

我怎么才能取下你那条看不见的锁链呢?

不会念咒语的人若要解开我的锁链，必得每天要装哑巴，晚上还要和我睡在一起。

你知道我爱唱歌，但是为了你，我可以装哑巴。我同样可以舍弃暖和的被窝，和你睡在一起。

明路从此再不开口说话了，无论白天晚上都和小白象在一起。她每天主动为它用双手摩挲身体，她不知道它的锁链在哪里。但她希望通过自己的摩挲，让锁链早一天被打开。

明路是阿爸的心肝宝贝，她的改变让阿爸心疼。但他无论怎样劝说，她都不听话。其实，明路心里很明白，阿爸爱钱，无论怎样他都不会舍得把白象放生。因为那样无异于将一大笔钱放弃。

明天就是泼水节了，把白象送走的时间就要到了。明路一直在给白象摩挲，一刻也不停。阿爸以为她在与白象做最后的告别。这个晚上，明路一夜未睡。她的手在摩挲，双眼微闭着，她知道这是她最后的努力。

天亮了，领取白象的傣人家族来了。忽然，白象怒吼一声，狠命地跺起脚。

随着稀里哗啦的铁器碰撞声，一条粗大的铁链从白象身上滚落下来。白象几乎没做片刻停留，撩开四脚，大踏步地冲进了森林。明路这才跳着脚狂叫，像疯了一样。她已经疲惫到了极限，一个失足摔倒在地上。明路马上睡了。

傣人家族已经给明路阿爸交过钱。白象跑了，他们揪住明路阿爸，要他马上去森林里抓白象还债。他到底还是阿爸，他不能够一而再再而三地伤女儿的心。他不肯再去捉象，他决定向傣人家族还钱。愤怒的傣人家族当然不肯让步，一怒之下七手八脚将明路阿爸打死。

明路作为人质被傣人家族押往他们的驻地。他们的驻地之外是一条河，已经有一群大象候在河边。那是白象家族。象群对傣人家族毫不客气，将每一个傣人先后扔进河里。

那之后的事情更是神奇，象群把明路带到一块由森林环绕的坝子，象群为她建起了一座用树干搭起的房子。最后是一只年龄最大的千年老象，它在房前屙了一泡象屎，朝明路一笑就跑开了。明路过去了，那竟然是一坨黄金。

瀑布魔女

南散寨附近有一处瀑布。瀑布不算宽，而且被分成几段，每一段的高度都不足二十米。也可以说这是一个不大的瀑布群。它虽然不算宽，但是水量足够丰厚，几十年里从未干涸过。

瀑布的下游有一眼温泉，水量大潭水深。

潭中有一个女魔，潭的周围林木茂盛，阴森而神秘。由于女魔的存在，这里很少有人过来。人少，野兽自然就多。瀑布这条线上早就成了野兽的乐园。

标门是个十七岁的男孩，他年龄不大胆子大。那些成年男子汉几乎都没听说过他，他在他们眼里大概还算不上男子汉。

他们中的任何一个人都不会自己到瀑布来，他们不会说是因为害怕，害怕对男子汉来说是个让他们丢脸的事。标门不懂，如果不是因为害怕，又要一个人打猎，瀑布不是最好的地方吗？而且是肯定有猎物，谁去了都不会落空。

标门不管他们，他们不去瀑布，标门决定自己去。猎人就是要见猎物，猎人就是要与猎物交手，猎人就是要战胜猎物。这就是新猎人标门的信条。他就是带着这样的信条，在傍晚时分握着猎枪，来到瀑布下方的温泉潭边。

标门曾经不只一次地跟随成年猎人出猎，他懂得安静是好猎人的素质，尤其这里只有他一个人。一个人独处的时候，安静才是真正的安静，是绝对意义的安静。很多男孩男人在一个人的时候，一定要弄出些声音，或者索性就唱歌。其实那是内心有些小害怕的缘故。独和静凑在一起是会造出些害怕的氛围。

可是标门一点也不懂得害怕，所以他静得下来。他的喘息声又轻又低，不仔细听很难辨认出来。连他自己都会怀疑：我在这里吗？如果在，怎么会这么静。在骗过自己之后，他忽然听到了那个声音。他听得很清楚，那个声音就是在对他说话。

标门，你家里有人病了，叫你赶快回家。

每个字他都听得很清楚，而且那些字都清清楚楚，没有一丝一毫的含混，不须要辨认。

标门，你家里有人病了，叫你赶快回家。

他的心已经乱了。他收起猎枪。奇怪，他没对任何人说他来瀑布打猎。瀑布这里怎么会有人来给他报信呢？没有人知道他来这里啊。

他已经失去了判断力。

他要做的就是尽快回到家，看看是谁病了，病得怎么样，是不是很严重。

家里没有谁生病。当晚的饭菜已经快出锅，如果他没回来，马上会有家里人来喊他。

标门，回家吃饭了！标门，回家吃饭了！

他这时才意识到，是女魔现身了。别人不到瀑布来打猎，可是他不信邪，一个人说来就来了。他分明是在跟女魔挑战。他要告诉她，别人怕你，我不怕你。他的挑战是纯粹男人的，他向她叫板。可是她并不以叫板为命，那样的话她也就成了男人。她是女魔，她不是男人。她以女人的方式对他，以关心对他，无论如何她都没错。关心别人怎么会错呢？女人怎么会错呢？标门意识到，第一个回合他已经输了。

他是那种屡战屡败又屡败屡战的性格。当天晚上他已经决定了，第二天还要去温泉潭畔打猎。他重新找了一个候猎地点，他猜女魔也许发现不了他的藏身地。但他的想法又落空了。

你是个男人，你阿妈死了你还不赶紧回去！你只顾打猎，连阿妈死了都不管，太不像话了。

声音还那么不大不小，却异乎寻常地清晰。从昨晚以来，标门一直在提醒自己不要被女魔骗。但是只要女魔开口，他就会忘了是女魔在说话。而且，说什么话他就信什么。

阿妈死了他不可以不回去，阿妈死了他不可以不管。对方说的都对，对的话谁说都对，所以谁说的本身并不重要。

阿妈呢？阿妈在哪儿？

阿妈去舅舅家拿种子，明天要去种稻谷。话音未落，阿妈已经拿着稻谷进门了。

标门马上知道又被女魔给骗了。

下一个凌晨，标门第三次去瀑布。前面两次他都还注意藏匿自己，这次他故意大摇大摆地露面。他就是来打猎的，他没有必要去躲藏自己。这样一来，她和他的对话就直接了许多。

你总是来打扰我，你不烦吗？你也不想想，我烦不烦？我招惹过你吗？你又何必招惹我？

我来打猎，怎么是招惹你？你一次又一次骗我，每一次都让我心烦意乱。

我骗你也只是让你离开这儿，我没伤害过你。我不会愚蠢到跟人去作战。

你是魔鬼，天生就是人的敌人。

我们从来没当人是敌人，是你们把我们当成了敌人。我不懂你们为什么觉得别人都是敌人。你也看到了，这里所有的动物都是朋友啊。

标门想想，也是啊。这里是女魔的领地，大家都有自己的存在空间，那么多动物都活得好好的。可是人为什么把所有的动物都看成是猎物呢？三个回合了，女魔的确没对自己形成任何微小的伤害，自己又为什么要来与她决斗呢？这一刻，女魔已经不是他心里的敌人了。

一千年之后，甚或一百年之后，猎人这个职业消失了。当别的猎人放弃这个职业的时候，年轻又无畏的傻尼猎人标门，比他所有的同行都更早地意识到，打猎是个不对的职业，所以他十七岁的时候就放弃了猎人这个职业。

原来的故事结局不是这样。

标门是个小英雄。结局当然是他杀了女魔。原来的故事里还有诸多对女魔的描写，女魔是女的，却与美没有一丝一毫的关联。

"他心不慌手不抖，轻轻拔出枪，把一块从妇女筒裙边上剪下来的布片塞进枪管，又摘了几片狗屎藤叶子放到嘴里嚼碎含着，鼓起十头公牛般的力气，猛地一下转过身去。哟！他见一个怪物站在面前，她的个子像柱子一样高，身子粗得像谷囤箩，两只洗脸盆大小的眼睛，绿莹莹地瞪着。一对水桶般大小的鼻孔喷着臭气，两只麻袋一样的奶子直垂到膝盖上，雪白的头发长长地拖到地上。"

上面的一段是原版童话的直录，一字不错，却不能带给我一丝一毫的愉悦，全无快感可言。我体会不到女魔这个角色何错之有、何罪之有？她为什么被描写成如上的样子？她为什么被刚出道的傻尼小猎人杀死？她该死吗？她做了什么伤害到人类、伤害到其他动物的恶行吗？

我们在童话里，看到的只是一个融合了许多不同动物的众生乐园。这样一个众生乐园的领袖，真的该死吗？杀死这样一个角色，会是一个人人景仰的小英雄吗？

我的内心里充满了悲凉。

阿根阿谷

这个故事说这两个人是好友，我觉得说是好友不准确，充其量只能算是儿时的玩伴。故事一开始，那个叫阿谷的就在打阿根老婆的主意。这样的关系怎么会是好友呢？

讲故事的人自己也说，阿谷见到美丽的阿根老婆就像饿鹰见到了鸡雏一样。说他挖空心思打鬼主意，打算害死阿根，把他老婆夺过来。

阿谷约阿根出去做生意，阿根答应了。阿谷说他先走，让阿根做好出门的准备再出发。

我在岔路口插上树枝给你做标记，树枝插在哪条路上你就走哪条路，天黑了我会等你。

阿谷先走了。阿根吃过早饭，在家里抓上两只鸡就上路了。他就按着阿谷说的走上了插树枝的那条路。路越走越小，到了山根就不见了。刚好山上的虎大王来巡山。

你好大胆子！居然敢闯到我家来。

虎大王，我是被人骗了才过来。我知道我错了，我这里刚好带了两只鸡，可以把它作为赔罪的礼物吗？你能够原谅我吗？

这个时候老虎刚刚吃过。另外，老虎看得出他是个老实人，不想为难他。

你这个可怜的家伙！走不出一百步就会被谁吃了。这样吧，你到我的洞里来，睡上一夜，明早马上回家。你躲在我身后，不要出声，不然我的孩子回来你会受伤害。

老虎让他躲到一块石头后睡下。母老虎和小老虎也都回来了。

小老虎说有生人味。

母老虎说哪来那么多废话！快去拿吃的来。

虎王说山下的寨子里闹虫灾，那些人只会用手去抓虫，那么多虫十年也抓不完。

母老虎说有别的办法吗？

虎王说把每家每户的灶膛灰集在一起，放水一淹虫就死了。

小老虎说山那边的寨子在挖井，可是一块大石头就挡在水口，他们谁也不知道。

母老虎说那怎么办？

小老虎说正晌午时候，三个没结婚的男孩一起朝井底放枪，就会把水口打开。

母老虎找来一些存肉。住半山的那个板拉病得说不出话，板拉的老婆发话了，谁治好板拉可以分他一半家产。可惜他那些家产给我们也没有用。

虎王说人家的家产凭什么给你？

因为我知道板拉没病，他只是被骨头卡住了喉咙，想办法把骨头弄出来就行了。

还是虎王最后出洞，带上阿根下山。他把阿根带到一个根部有洞的残树。

你昨天送我两只鸡，我也送你一些礼物。

虎王用爪子拨开洞口，里面居然是一些真金白银。阿根厚道，他知道两只鸡不值那么多钱。

这些东西对我没用，鸡我可以吃。这些东西只有给你们，我知道它对你们有用。

阿根和虎王告别了，他心里惦记着喉咙卡骨头的板拉，他要救板拉一条命。阿根赶到他家的时候，板拉已经奄奄一息，他的家人都在哭，有的已经在跟板拉说告别的话。阿根指挥板拉的家人，将板拉用力压住，想方设法将板拉喉咙里的骨头弄出来。板拉已经三天说不出话了，现在终于开口了。

谢谢了！谢谢救命。

接着阿根去了闹虫灾的寨子，告诉他们每个人回自己家里集灶膛灰，把所有的灰放水淹喽，所有的虫就都死了。

阿根又去闹旱灾的寨子，找到打井的地方，对打井的讲了老虎洞里听到的话，马上有三个未婚的小伙子找来火枪，正午时分同时对着井口开枪，水口打开了，旱灾的危局解了。

阿根终于回家了。这会儿阿谷正在阿根家里搬弄口舌。阿谷谎称自己遇到了老虎，拼死才逃出性命。阿根两天未归，一定是被老虎吃掉了。偏偏事有凑巧，紧跟着阿谷的话音阿根进了家门。阿根的身后还跟了几匹骏马。

阿谷，又胡说八道了！老虎对我那么好，老虎怎么会吃我？你看，它还送了我这么多金银呐！

阿根的腰间缠得满满的金条银条，阿谷看傻眼了，张大嘴巴说不出话来。

阿根身后牵马的人将头马勒住站定抱拳。

阿根老爷，我是板拉老爷的管家，我家老爷夫人让我给您送六匹好马，二百两黄金，一千两白银。老爷夫人感谢您的大恩大德。

阿谷嫉妒得两眼发绿，当天夜里就抓了两只鸡，朝着他指给阿根的那条路往山上去了。阿谷已经走了许久，至少有三百多年，这个家伙也不捎个口信过来，不知道他到哪里了。

甲雍甲婆

姐妹俩当中，甲雍是姐姐，甲婆是妹妹。

在以前的时代，大家都是以貌取人。模样长得好的，通常都是好人，长得坏的，必定是坏人。那时候的好人比现在的好人会长，是好人的话一定不会长成坏模样。

这里的姐姐懒惰贪婪狡猾，最喜欢用心机与人相斗，因而脸上失去了少女的光泽，满脸的雀斑之上又覆盖了皱纹。

妹妹甲婆大不一样，单纯可爱，模样也好。

两个女孩没阿爸，阿妈叫咪谷。这天咪谷在路上踩到一个软软的东西，是一条蛇。

对不起，对不起！我没看到你，真的太对不起了！

大妈，你不要怕，我不会伤害你。

蛇会说人话，这让咪谷有些慌乱。

可是，你怎么会说话？

是这样，我是龙王的儿子叫捞。

叫捞？我听说过你。

这么晚了，你一个人去干什么？

我是个寡妇，家里还有两个女儿……

这就对了，昨晚天神托梦给我，说一个女人会踩到我，说女人的女儿会做我的老婆，天神说的女人一定就是你了。

可是女儿的亲事，我说了不算啊！你不要为难我啊！我看你不像个坏人，放过我吧！

我没有为难你的意思，我只是把梦说给你。这样好不好，你回去跟女儿把这件事说说，看看她的想法，明天还是这个时辰，我们还在这里见面。你给我一个回信，可以吗？

咪谷回到家，大女儿甲雍已经睡了，小女儿甲婆一直在等她回家一起吃饭。甲婆看出了阿妈有心事，但她不问阿妈，阿妈想说的时候自然会说。饭后，阿妈让甲婆叫醒了甲雍，她把回来的路上遇到叫捞的事讲给女儿。

老娘，你脑子进水了？你想把我嫁给一条蛇？你以为我是谁？还天神托梦，糊弄鬼啊？要嫁你嫁甲婆，别打我的主意，我绝对不嫁！你就是把我嫁给一只丑陋的山羊，我也绝不会嫁给一条蛇。

我也没说要嫁你啊！你俩都是我的女儿，有人想娶我的女儿，我跟你们说一声有什么不对？叫捞只是让我问一下你们的想法。

阿妈，你不要为难，既然嫁给叫捞是天神的意思，姐姐不嫁，我嫁就是了。

那个时代，说话是一定要兑现的。

甲婆嫁给了龙王的儿子叫捞。几个月后，甲雍也嫁给了山羊。一年后，甲婆回门，她已经做了阿妈，身着华服，抱着儿子，满面红光。从她丰润的脸颊上，就可以知道她的日子又舒心又富足。

甲雍的日子一点都不如意。她嘴里不说，心里嫉妒甲婆。甲婆回婆家的那天，甲雍硬要送她，而且一路上不停地打探叫捞和他的家庭。甲婆对姐姐全无戒心，姐姐问什么，她就说什么，她做梦也不会想到甲雍包藏的祸心。

酸秧果是她们这里的特产，姐姐让妹妹给妹夫家里摘一些带回去。甲婆去摘，甲雍为她抱孩子。甲雍一次又一次偷偷掐孩子，孩子几声大叫，甲雍就说孩子让你摘上面一串，又说孩子要你摘再上面一串，又说孩子要你摘最上面一串！

甲婆啊！不得了啦，你那个该死的山羊姐夫把你儿子抢走了！

儿子被抢，甲婆急坏了，因为慌张，失手从高高的树顶摔了下来，竟然一下就摔死了。甲雍一而再再而三地怂恿甲婆向高处爬，就是想把甲婆置于危险当中，现在危险降临了。

甲雍得偿所愿。她换上甲婆的衣服，扮成甲婆的模样。毕竟是亲姐俩，模样还是有几分相似。她要扮成甲婆混入叫捞的家，她前面再三询问叫捞和他家里的情况，正是基于她今天要走上这一步，她要取代甲婆。

叫捞的家在水里，甲雍不懂得如何进去，她在水边呼喊叫捞。

听你的声音不是甲婆。

把门打开，你看是不是你老婆。

打开门的结果，你仍然不是，我不认识你。

叫捞啊，一场大病让我变得那么厉害吗？我知道我黑了，也瘦了，我连自己也不认得了，可是你不该认不得我啊！

甲雍故意扑到叫捞的怀里大哭，她知道哭是女人强大的武器，哭是最好的障眼法，哭着讲故事会让假故事也有点像真的。

我那个姐姐好吃懒做。我的阿妈一直在吃苦受累，我心疼阿妈，只能每天帮她做这做那。而且我自己也生了场大病，而且还要照看孩子，累得脱了相，我是不是都不像我了？

叫捞不想与她争辩。这时一只小鸟飞过来围着叫捞飞了两圈。叫捞，叫捞。

叫捞伸出手，小鸟落在他掌心。小鸟你是叫我吗？你是有什么话对我说吗？

这时候甲雍过来了。小鸟马上从叫捞的掌心飞开。小鸟飞到叫捞的儿子捞海头上，小鸟的叫声成了捞海，捞海。甲雍不知道捞海的名字，所以不知道小鸟叫的是男孩，就没有去轰小鸟，也没有觉得有任何异常，这一切都被叫捞看在眼里。鸟儿叫儿子，那个自称是儿子妈妈的女人却毫无察觉。

童话里经常会出现如此荒唐的情节，两个完全不同的女人，一个冒充另一个去做别人的老婆。两公婆之间相处，会有无数的细节留在对方的记忆当中，举手投足一颦一笑，对大事小情的应对反应，这些是任何替代都不可能完成的。甲雍一个如此长于心机的女人，居然会想出如此愚蠢的主意，的确很难让人理解，她以为别人都是傻子吗？叫捞是傻子吗？他是傻子的话你又何必去冒充他老婆呢？

上床睡觉时，甲雍从脚下碰到了一把剪刀，她把剪刀顺手放到她的箱子里。几天后，甲雍打开箱子，她的衣服都已经被剪成了碎片。她气坏了，把自己的衣箱摔到叫捞面前。

你什么意思嘛？

甲雍无论如何想不到，摔开的箱子里不是那些衣服的碎片，居然是三把男人的大刀。

既然你说你是甲婆，是我的老婆，那你就像先前那样在刀上跳个你自己的舞吧。

叫捞的话里有潜台词，甲雍听得出来。在刀上跳舞，跳个你自己的舞，听起来好像是甲婆曾经给叫捞跳过一个特别的舞，而且是在刀上，甲雍不记得甲婆会跳舞，更不记得她会在刀上跳舞，甲雍得不到答案。

现在她能做的只能去猜，猜叫捞，猜甲婆。他叫她跳，那她就只有跳了。

她的脚给切成了两截，痛得倒地打滚。

这个故事的结尾很别扭。原文：

正在她垂死挣扎之际，那三把刀忽然变成了甲婆，甲雍一见甲婆顿时便吓死在地上。

为什么是三把刀？甲婆变成了三把刀？

作为一个女性角色，甲婆善良也温柔，似乎与刀的形象有冲突，而且是三把刀！结尾由刀变成了甲婆，也从心里很难接受。而且那刀刚刚将甲雍的脚切成两截，血腥气十足。

这个故事前面用足了力气，整个后面都显得底气不足。感觉就像是一个故事讲得太久一直讲到累了倦了，连自己也失去兴趣了。可是这个故事不是很长啊。

人和蛇联姻的故事，就不能找一个好一点的结尾吗？甲婆就不该复活。

甲雍就更惨了。

狗和蚂蚁

阿土有两个弟弟，两个弟弟还小，都还不能照料自己。所以弟弟的生计都需要阿土来照料。那一年闹虫灾，大地颗粒无收，所以阿土和两个弟弟经常吃不饱，生存相当艰难。

这一天，阿土无意中看到几只红蚂蚁，又拖又拽运送一只蚂蚱。蚂蚱很大，比蚂蚁洞口要大，他看得很清楚，蚂蚱绝不可能通过蚂蚁洞口。他又看见一只大蚂蚁从洞中出来，大蚂蚁一会儿跟右边的几只蚂蚁碰碰头，一会儿又跟左边的蚂蚁说说话，两边的蚂蚁再彼此会合，共同将蚂蚱往洞口运送。

对蚂蚁来说，蚂蚱要大得多。阿土想不出蚂蚁是怎么杀死蚂蚱的。阿土不认为有哪一个蚂蚁能一口将蚂蚱咬死，咬伤了一点点应该不会威胁到蚂蚱的生命。可是，蚂蚱分明已经死了。看到多个蚂蚁齐心协力运送蚂蚱，可以想象它们之前也一定齐心协力去斗蚂蚱，最后将蚂蚱杀死。阿土成了旁观者，他可以判断蚂蚁和蚂蚱之间的大势。尽管现在蚂蚁手中握着主动权，但是阿土看得很清楚，将蚂蚱整体运到洞里是不可能的。除非另想办法，或者放弃初衷，或者用别的方式将蚂蚱变成碎块。

作为旁观者的阿土，看清了蚂蚁的未来。所以他决定给蚂蚁必要的帮助。阿土抓起那个蚂蚱，将它撕成碎块重新扔到地上。

对那些蚂蚁而言，它们的猎物（蚂蚱）忽然消失了，它们正在发蒙，猎物忽然以碎块的形式从天上掉下来。

对蚂蚁来说，先前的难题不见了，现在它们要做的，只是将碎块的猎物一点儿一点儿搬进洞里。蚂蚁不须要思考，它们须要的是把眼前的问题解决。

有整个蚂蚱的时候，它们运送整个蚂蚱回家。它们不知道它们是没办法解决这个问题的，但它们只是去解决却无法判断结果。

形势忽然变成了运送零碎的蚂蚱，蚂蚁原来的问题变了，原来运不进的问题消失了。如此之大的变化，蚂蚁自己是完全不知道的，也是完全无法解决的。

是阿土明见万里，只用了最微不足道的一点脑筋，就帮助蚂蚁解决了天大的难题。

这一切被蚂蚁王看在眼里，蚂蚁王就是刚才的那个大蚂蚁。蚂蚁王很清楚他帮它们解决了多大的难题。

阿土，你帮了我们，好心必得好报。我是蚂蚁王，你有什么困难告诉我，我会帮你。

阿土不认为自己帮了什么忙，所以不认为自己的困难应该找蚂蚁帮忙。再说了，小小的蚂蚁又能帮他什么呢？他们哥仨的吃饭问题吗？

谢谢你，蚂蚁王，你的好意我心领了。我和两个弟弟都在饿肚子，这个忙你帮不上。

你们人类在闹饥荒，再这样下去就都饿死了，你们为什么不去用动物填饱肚子呢？

动物见了人早就跑得没影了，哪里会等着人来吃它？

蚂蚁王让阿土伸开手，在他掌心吐了一颗小小的亮珠，吹口气，亮珠马上变得像蚕豆那么大。它让阿土对着对面的山细看，大山整个被浓缩到亮珠里，森林和树木成为背景，马鹿、麂子、野猪、猴子在林子里游荡，阿土甚至看到了一只老虎正悄悄地靠近马鹿，准备偷袭它。

阿土，你带上这颗珠珠，还怕打不到动物？

阿土谢过蚂蚁王，带上两个兄弟去打猎。

有了神奇的亮珠，打猎变得非常简单。他们头一次就猎到了一头肥硕的马鹿。他们叫来全寨十几个人一起吃，这是大家半年里吃到的唯一一顿肉，而且吃得撑圆了肚子。

以后的日子，他们每天都有肉吃。亮珠成为他们打猎的好帮手。可是有一天，一直保存在阿土手里的亮珠不见了。是阿土自己不小心，亮珠从口袋里滑落到草丛当中。后来是狗发现了亮珠，一口将亮珠吞下了肚子。

狗狗忽然意识到，自己有了特殊的本领。它会马上知道，什么动物在哪里，然后它会带着阿土找到那只动物，由阿土去猎杀。久而久之，阿土已经忘记了神奇的亮珠，忘记了亮珠曾经是他打猎的好帮手。现在，他去打猎的时候只消带上狗狗，只消跟着狗狗上山入林，他就一定会带回属于他的猎物。

狗狗从此成为人打猎时候的贴身助手。

小小猎人

猎人被老虎吃了。他的儿子还小，只有十三岁。说他小是我们在说，他的命运不会说他小。十三岁他就得拿起猎枪了。

那天出猎回来，他已经累得不行了。他在自家的窝棚里歇息，忽然听到外面有野兽厮打的声音。他抓起猎枪冲出去，刚好看到老虎叼着一条大蟒蛇在发力，蟒蛇的头尾都在剧烈地扭动。老虎尽管凶悍却也不敢轻视蟒蛇这样的敌手，所以这会儿它根本顾不上去理睬男孩。

男孩不知哪儿来的勇气，居然敢冲到老虎身后，将猎枪顶到老虎的屁股扣动扳机，一枪就把老虎打死了。蟒蛇就此得救。

小猎人，今天你不出来，我就没命了。我是龙王的公主，我要报答你。跟我走吧！

男孩上了蟒蛇的脊背，先上天再入水，跟着她去了龙宫。龙王下令嘉奖男孩，给他金银，不要。又去到武库，公主告诉男孩，龙王有一把神弩，想射什么必定会射到。

公主，就把神弩送我吧，可以吗？

男孩的志向是继承阿爸做一个猎人，神弩成为他最好的帮手，他很快就成为寨子里的好猎手。一个好猎手一定会有一份富足的日子。如果他心地善良又有爱心，他会帮助邻人，他一定会受到乡邻的爱戴。但是同时，他也一定会被人嫉妒遭人算计，成为一些人的眼中钉肉中刺。寨子里的巫师就成了他的敌人。

巫师去见国王，说昨天他刚刚从地狱回来，国王的父亲说，很久没吃野味了，让儿子给他派一个猎人过去，让他有机会尝尝野味。巫师推荐小小猎人去陪伴国王的父亲。

对国王来说，去地狱就是装进口袋投到河里去。很难想象，满足父亲吃野味的癖好对国王来说有多么要紧。

巫师说的时候，国王听了，听了总该做一点回应。那就派一个猎人过去。其实之后的事情国王并不关心。但是国王的话是圣旨，国王说话了，不管说了什么都必得执行。

小小猎人被装在口袋里投了河。我猜认真听这个故事的人不会很担心，因为前面讲到了龙公主和龙王的渊源。有他们在，小小猎人不会有大危险。

龙公主对小小猎人的遭遇很生气，她要为他复仇。她要他记住她的话，见到国王的时候要把这些话向国王说清楚，国王会替你复仇。

龙公主送了他漂亮的衣服和金饰，让小小猎人一看就知道受到了极高的礼遇。

小小猎人回来了，他已经成为一个传奇。谁也没料到他会回来，而且回来得这么快。他穿得那么漂亮，有那么多贵重的黄金配饰。许多有钱的人都羡慕他，大家簇拥着他回到王宫。

国王原本对他毫无兴趣，但是他的传奇让国王也觉得新奇，于是给了他一个极为体面的接见。

小小猎人，为什么这么快就回来呢？

回禀国王，我为老王打到猎物，老王已经满足了。他年龄大了，尝到一点野味就够了。

我看也是，他说想吃野味，不过是说说而已，人老了牙口不好，吃野味也吃不动了。你说说，老王的身体怎么样？心情怎么样？

老王身体还好，但是心情不太好，他让我回来，让我告诉你，让你找个巫师去跳跳神。

小小猎人回来，满身金光闪闪，已经让巫师大为惊诧，他内心里已经在跃跃欲试了。他绝没想到小小猎人会给他带来这样的好消息。现在有了国王的正式派遣，他已经迫不及待了。

原本国王让他明天一早再下河，但他心急，连夜就让家仆把他装进口袋，投到河里。

唉！他玩得太嗨，那么久了还没有回来。

金手镯

都说做生意能赚钱，谁又不想赚钱呢？所以泽平想做生意一点也不奇怪。他还年轻，自己当然没本钱，他要母亲给他想办法。泽平只有母亲。泽平的母亲是个绣娘，手艺很好。

山上的傈尼人不算少，但是有钱的不多。绣娘挨门挨户去借，可是大家都没钱。她平日里主要去做工的人家都是傣人，是些有钱的人家，她不愿找有钱人借。欠了人家的钱，再去人家里找事情做，在工钱上她会很吃亏。她最终还是在傣人头人家借了一百两银子。

泽平拿着一百两银子出门了。口袋里有银子的泽平出门很有自信，可是他的老娘就惨了。为了还债，足足为头人家绣了七个月的衣饰挂件。眼也花了，背也驼了，心里一直期盼着儿子挣了钱回来，让她能够歇息一段时间。

泽平果然回来了。居然真的给她赚回来……一条土狗。这就是她儿子的真实能力。土狗是他到家的前一天捡来的，他怕空手回家太没面子，就捡了一条弃狗。

阿妈，这条狗很值钱的，我差不多花了一两银子呢，你一定把它养好，要喂它肉吃。

她也想把她七个多月的辛苦讲给他听，讲了又能怎么样呢？她很明白他对那些话不会感兴趣。对他来说，那些都是小事，他要做生意赚大钱才是大事。她意识到，她费了那么多气力一口气把那么多银子还掉，是大错特错了。对儿子来说，家里已经不欠债了，不欠债也就意味着家里可以出去借钱了。

泽平就是这么说的。

阿妈，家里不欠人家钱了，你可以出去再借一点。我上次出门积累了不少经验，已经交过学费，再出门做生意肯定会赚钱。

儿子，欠人钱我心里不舒服，我要拼了命干活，要把钱早一天还掉，还了钱心里才踏实。

现在你不欠人家钱了呀！

不欠钱成了儿子逼阿妈再去借钱的理由。阿妈无可奈何，只能再去借。她不想再去碰钉子，她知道头人会借给她，因为她是个借钱一定会还的人。她又借了一百两。这也就意味着她至少要再拼死拼活干七个多月。

上次泽平出门，也是七个多月回来，跟阿妈还钱的时间同步。有了上次的经验，泽平进步了。第二次的一百两银子，他坚持到差两天五个月。他花钱的速度进步了一大截。

可是阿妈还钱的速度再也不可能进步了，她年龄越来越大，眼越来越花，背越来越驼，咳嗽越来越深也越来越厉害。

儿子在进步，阿妈在退步，历史之必然。

说历史之必然有点夸张了，因为第二次泽平赚了一只猫。很难说一只猫跟一只狗相比，第二次就比第一次赚得少了。

阿妈，这年头猫比狗值钱，好好养它吧。经常给它喂点鱼吃，猫爱吃鱼。

又到了下一年，泽平耐着性子等着阿妈将上一次借的银子还完一个月。

阿妈，你不能总让我待在家里无所事事吧？我必须出门赚钱，咱们家的日子才能好起来，我才能娶妻生子光耀门楣。是吧？

儿子，我老了。眼也花了，背也驼了，人也干不动了。我只能再帮你一次，这辈子的最后一次。以后，你是不是娶妻生子光耀门楣，我也不指望了。你好自为之吧！

阿妈最后一次为儿子借了一百两银子。

泽平进步的速度越来越快，三个半月就凯旋。他第三次赚回来一条蛇。阿妈没说一句话。这一次，泽平没跟阿妈说给蛇喂什么好东西，他再也不好意思胡诌八扯了。

泽平把蛇穿了鼻孔挂到房梁上。他万万没想到，蛇开口说话了。它让他放了它，说会给他带来金银。泽平是个聪明人，他明白他即使不放它，它也不会给他带来一文钱，还不如信它一回。毕竟它会说人话，万一有奇迹发生呢？

奇迹就是发生了。蛇落地，自己在沙子上盘成一个圆圈，弹开后留下一个印记，竟然马上变成一个金手镯。泽平戴上手腕，这只手无论摸到什么，都会变成金银器。

泽平和阿妈瞬间就变成了有钱人。

绣娘首先关心的是还钱。头人其实不是想要她还钱，他借给她银子，她还他的是绣工，而绣工本身还会增值。他们之间的拆借是不讲利息的，借多少就还多少。借债人在其中赚的就是绣工的增值部分，借多少银子还多少银子的话，借债人就亏了，因为他只借出钱，让对方白用钱，一点利润也没有。

头人不明白，她哪来的银子？听说她儿子回来了，但那个泽平也不是个能赚钱的人。头人想知道，她哪里来的钱。

绣娘是老实人，头人问什么她都如实回答。她给头人看了泽平的金手镯。头人知道这个金手镯是天下最大的宝贝，比别的金手镯贵重千倍万倍也不止。他劝泽平向大家展示他的宝贝，让大家一同去体会拥有宝贝的幸福。

在他们心目中，头人是最聪明的人，头人的话是一定要听的。他们不会怀疑头人的用心。头人安排他们在集市的那一天去展示。

那一天，人山人海，所有的人都对神奇的金手镯感兴趣，大家都想亲眼看到它，都想亲手摸一摸它。金手镯从一个人手，到另一个人手，再到另一个人手，长时间在众人手中传来传去。忽然，手镯不见了。谁也询问不到上一次手镯传到了谁的手里。手镯被传丢了。绣娘和泽平先是茫然，之后是失魂落魄，他们难过极了。

家里的狗突然开口了。我看到了，是头人趁乱偷了手镯，猫可以作证。

狗说的没错。头人可以偷走，我们可以偷回来。他怎么做，我们也可以怎么做。

绣娘不敢得罪头人，再三嘱咐猫狗，一定不可以让头人知道它俩是泽平家的猫狗。

阿妈，只要它们能偷回金手镯，头人知道不知道没关系啊。本来金手镯就是我们的，是他偷了去，我们为什么不可以偷回来？他不敢拿这件事找大家说理。你俩务必要偷回来！

头人的大宅子外是一条河。猫不会游水，只能爬到狗背上过河。第一个回合的功臣是狗。

宅子戒备森严，屋檐下都有铁网封拦。

猫找来宅子里的鼠老大，让它想办法带它和狗进宅。老鼠永远有自己的秘密通道，它让它俩通过自己的秘密通道进到宅子里。

这会儿，头人早已关闭了里里外外七道大门，把自己独自关在卧室里，舒舒服服地倚靠在床榻上，将金手镯举在眼前细看，满脸痴迷的享受相。手镯上的高浮雕图案是金童玉女，两个孩子的屁股肥肥的，嘴巴笑到了耳根。头人自己的嘴巴也笑到了耳根。

突然一声狗叫，叫得又疾又响。头人被惊到了，抬头看到了一只狗。就在他分神的这个瞬间，一只猫闪电一般从他手中叼走了手镯，并且马上沿着柱上了屋梁，进入老鼠的秘密通道，马上出了头人的大宅。

头人的注意力都在上了房的猫身上，小狗趁机溜了。它去它们过河的地方与猫会合。猫又爬上了狗背，狗开始渡河。可是这一次不够顺利，不知从哪里飞过来一只鱼鹰，竟然撞到了猫，因为完全没有提防，金手镯从猫嘴里被撞落，掉进河里。

狗带着猫上了岸，它俩马上在岸边寻找鱼鹰的巢。经过询问打听，终于找到了。鱼鹰巢里有几只小鱼鹰，大鱼鹰不在，几只小鱼鹰嗷嗷待哺。它们猜大鱼鹰很快会回来喂食。果然。猫直截了当。

你撞掉了我嘴里的手镯，你必得把它捞上来，还给我！不然我把你的孩子们吃掉！

鱼鹰怕了。一定！一定！

猫和狗随着鱼鹰去找它们先前游渡的那段河。鱼鹰一次又一次钻入河底，去找金手镯。黄金很重，到了河底会坠入泥沙。所以，鱼鹰非常辛苦，一次又一次在泥沙中翻动，再翻动。猫的警告令它胆战心惊，它必须得找到金手镯，找不到绝不罢休。

一个多好的故事啊！一个懒惰的男孩子，逼着自己勤劳的阿妈去借钱，拿着阿妈借来的钱去闯世界，一次，又一次，又一次。

他居然只给阿妈带回来一狗一猫一蛇。可是蛇给他带来了金银财富，猫和狗以极端的忠诚为他们寻找失去的金手镯。可是好故事又怎么样？

俗话说，编筐编篓全在收口。

如果这个故事是这样结尾，你会作何感想：

（资料原文）鱼鹰把金手镯捞起来交给猫狗，猫狗又把金手镯交给了绣娘和泽平。从此，绣娘泽平母子俩和狗、猫一起无忧无愁，过上了安稳幸福的生活。

故事里的金手镯创造了一种神奇。

带着这只手镯的手摸什么，什么就成金，既然有这种神奇，干吗不让这种神奇发扬光大呢?

可以去摸摸凳子啊,可以去摸摸房子啊,可以去摸摸树啊,可以去摸摸山啊。

为什么不呢?

3卷 傣人记

七头七尾象

这个世界有两个模样。

一个模样就是惯常的模样,我们看到象,看到的那个就是象的模样。一条长长的鼻子,能卷起重物,甚至能将一棵活树连根拔起。象鼻子还可以吸水,一次吸很多水,再将水一下子喷出来。说到象,这就是我们心里象的模样。

象还有另外一个模样,就是成语中的模样。有个成语:盲人摸象。几个盲人一起摸象,每个人摸到的象是不一样的。一个说象是一面墙(象身),一个说象是一根柱子(象腿),一个说象是一根棍子(象尾巴),一个说象是一根管子(象鼻)。象的模样成了一个人嘴里的模样。

惯常的模样与人嘴里的模样,二者并不一致。两个模样说的是同一样东西。是同一样东西吗?用这样的句子再问一次,是吗?

这个故事发生在勐巴拉古国。

这个故事就出现了这样一个奇怪的问题。

父亲母亲先后丧生了,只留下十三岁的儿子和五岁的女儿,妹妹想起阿妈就会哭,哥哥就想方设法哄她。哄妹妹不哭的话当哥哥的随口就说。

妹妹,哥哥有一只很厉害的斗鸡。明天哥哥带你去看斗鸡比赛。你信不信哥哥会赢?

妹妹,哥哥的花牛明天要去跟许多牛赛跑。你猜它会跑第几?

妹妹,我今天在森林里看到一头漂亮的象,有七个头七个尾巴,看到女孩子它就会趴下来,让她骑上。你想不想骑?

妹妹不哭了。我想,我想骑有七个头七个尾巴的象。七头七尾象会是什么模样呢？它有七个身体，还是只有一个身体呢？妹妹已经彻底不哭了。她这么说，连哥哥也糊涂了。

兄妹俩的对话刚好被从他们门前经过的头人听见了。也不知道头人出于什么目的，第二天一早就进城去禀报宫廷，说自己寨子一个男孩对自己的妹妹讲，他在森林里看到了七头七尾象。国王马上让头人传男孩觐见。

男孩叫召念达。召念达实话实说，自己什么象也没看到，只是随口编出来哄小孩子的。

可是国王认定他真的见过七头七尾象，并且一定要他找到，找不到就把他和妹妹处死。

召念达被逼无奈，只能将妹妹托付给宫廷里的仆人照看，自己一个人进山。这使他想起了帕拉西。

帕拉西是有名的智者，独自在深山老林里修行。召念达在一个山洞里找到帕拉西，向他讲述了自己的困境，希望能得到他的指点。帕拉西留下他，指点他修行，同时教他习武之道。他成了帕拉西的徒弟。

两年后帕拉西才第一次跟他说起七头七尾象。你以为你在胡说，其实让你说话的是另一种力量，那是一种魔力。这个世界当真有七头七尾象。它在魔王的家里，有无数魔鬼守着它，谁也不能够靠近它。

但你不要发愁，我给你带上一只神符，符中浓缩了八万四千册经书的精华。如果遇到魔鬼，你就把它放在手心里吹气，神符会带给你无穷无尽的力量。你沿着那道山梁一直向东，就可以到达魔王的领地。

召念达终于来到有魔鬼的地方，神符帮他战胜了一个又一个魔鬼。这些魔鬼又帮他一步又一步向魔宫进发。他进魔宫的这一天，刚好魔王不在。魔后见他又白又嫩，就把他藏下了。

魔王出征归来，将此次猎获的八头大象绑到了广场上。他回宫就闻到了人的气味，问魔后哪来的人？什么人？魔后说是自己想收个养子。召念达于是成了魔王的养子。

魔王魔后都喜欢他，还教他武艺和魔法。

现在的召念达不一样了，他有民间的高人帕拉西作为师父，又有魔鬼国魔王和魔后作为养父养母，位高权重武艺通天。

召念达把自己的困境如实告诉给养父养母，魔王魔后决定全力支持召念达。魔王把七头七尾象打扮得漂漂亮亮，让它作为召念达的坐骑。然后派一万个魔鬼作为他的护卫。

召念达要回家了。

他的军队声势太大了，宫廷很早就收到了线报。国王没想到召念达只是来向他奉献七头七尾象，以便接回自己的妹妹。他认为召念达是来找他算账的，要与召念达决一死战。

召念达原来以为自己的一万魔鬼是仪仗队，没想到变成了抵御进攻的军队。那时候的魔鬼武艺水准并不高，只相当于普通士兵的水平。但是，魔鬼毕竟是魔鬼，魔鬼有一个比人要厉害的超能力，就是死了还能复活。虽然他只有一万人，但他的一万士兵是不死的。

这是一场真正意义上的恶战。宫廷十万大军围攻入侵者，结果却越是进攻越是后退，最后连王宫也守不住了。国王自己随着军队步步后撤，竟在一次冲撞中摔下象背，被自己军队的马蹄践踏身亡。

对召念达来说，这完全是一场计划外的战争。他来献七头七尾象，结果却被当成了入侵之敌。他带来的护卫原本只是为了排场，但是因为其魔鬼的不死本性，反倒成了战无不胜的军队。一个来进贡的人，莫名其妙就成了一个国家的占领者，所有的一切都像是一个玩笑。

更有意思的是他本人，他就是这个国家的人，若干年前受国王的派遣出国，他是完成了国王的使命回国来复命的，却一不小心成为这个国家的占领者。他是这个国家的人，这一点尤其重要，正是由于这一点，这个故事的结局变得庄严而神圣。

是一位德高望重的大臣出面了。

尊敬的召念达，年轻英武的召念达，首先祝贺你得到七头七尾象，同时祝贺你战胜了好战的国王。我为你击鼓，同时向你表达我的连同全体国民的崇高敬意！国不可一日无君，我们拥戴你成为勐巴拉的新国王。

新国王！新国王！新国王！新国王！

召念达成为万众瞩目的焦点。百姓在为他欢呼。可是这一刻的他，并没有被突如其来的身份转变所迷惑，他更像一个百分百的局外人。

大臣，尊敬的大臣！我妹妹呢？

野鸭救你

猎人是个尴尬的职业。当年看上去似乎很英雄，拉弓放箭的姿态很有男子汉气派，用刀用枪的瞬间展示了肌肉的美感。但是细想一想，打猎是为了生计为了糊口，为了糊口而屠杀别的生灵，本身既残酷又血腥。

而且没有谁有百分百的把握在须要进食之际，一定能打到猎物。所以，这个职业很尴尬。

最后一点，这个职业让人类的母亲地球尴尬。地球原本是一个众生的世界，有不计其数的生灵，共襄生命的欢愉。由于这个职业的出现，野生动物的种类一个一个的消失，一个一个的濒危。地球已经不再是众生的家园，已经成了一个物种的私家花园，就是我们人。而我们这个单一物种，居然已经超过了七十亿头。

又是一个猎人的故事。这个猎人也很尴尬，经常打不到猎物，经常会饿肚皮。当然了，野兽不是足够多，这是主要原因。也有不那么主要的原因，诸如他射术不精，跑得不够快，手臂不够有力，总之有各式各样的个人原因。

他又是一整天没打到猎物。饿肚皮是一定的，沮丧也是一定的。或者说他的运气很差，谁让他选了这么一个很坏的职业呢？

人不会总是运气很差，这不，一只野鸭飞过来了，从他眼前飞过去，落在离他不远的地方。他搭弓放箭，还是没能射到，但是野鸭没飞没跑，就站在那里等着他来抓它。

他就抓到了它。他也不想为什么他会抓到它，他想的只是明天不必饿肚子了。他以为是他运气不错。他是晚饭后出门的，他今晚就不必杀鸭子了。如果他今天没吃晚饭，那么他晚上就必得杀了鸭子，吃了鸭子，结果就不一样了。因为接下来的故事也就没了，要把故事讲完，今晚就不能杀了鸭子。

因为鸭子还在，而且还活着，故事才能继续。当夜他做了个怪梦，一个白胡子老头来他梦里说话。你辛苦了半辈子，一直吃不饱饭，现在有神仙来救你，你昨晚带回来的野鸭是鸭仙。记住我的话。吃野鸭要把它的骨头完整保存好。再想吃野鸭，就对着鸭骨头连说三声野鸭，那堆骨头就会变成活鸭。

野鸭竟是鸭仙！

猎人按照白胡子老头的话去做，果然分毫不差。吃过的野鸭骨头重新变为一只活鸭。

这个猎人是个蠢货，得了便宜一定要卖乖，一定要把这件事告诉别人。如果他不说，他的余生将一直有鸭子吃，永远不会再饿肚子。可他一定要多嘴，要把属于自己的秘密泄露出去。

这件事的后果想都不要想，说出去一定没有好结果，可是他还是一定要说出去。蠢货！

这件事自然而然地传到了官府，官府的召勐派管家去打探究竟，管家很容易便看到了事情的全过程。猎人打开一个袋子，倒出其中的鸭骨头，野鸭野鸭野鸭！骨头变成活鸭。

杀鸭做熟吃鸭不提。

召勐将猎人抓进官府，要他把鸭骨交出来。自以为聪明的猎人说自己很久没打到鸭，连鸭子味道都已经忘记了。

猎人被召勐痛打一顿。召勐索性自己去猎人家里，很容易就找到了那袋鸭骨头。按照管家说的，很快得到了活的野鸭。召勐伸手去抓野鸭，鸭子却飞了起来。他于是抓起棍子打它，不料棍子却被鸭子粘住了。召勐的老婆来帮忙，竟也被粘住了。官府里的其他人都冲上来，依然全部被粘住了。野鸭掀动翅膀，飞上天空。所有被粘连在一起的人也都上了天。

野鸭随后一头扎进坝子里的大水塘。

我搞不懂那个鸭仙为什么帮那个猎人，仅仅是因为他辛苦了半辈子？仅仅是为了让他去炫耀？仅仅是为了要淹死官府的召勐和他的下属家人？那么这个野鸭神仙的道德水准的确有一定的问题。一般地说，神仙总要比常人的境界要高一点。神仙总是被塑造的，如此没有境界的神仙不要塑造也罢。鸭仙糊涂啊！

金龟

沙铁有两个老婆，一个是好人，一个是坏人。是好人的那个叫翁玛，是坏人的那个叫嘎威。嘎威把翁玛看作对手和敌人，她每天都会在沙铁面前搬弄是非，说翁玛的坏话。

翁玛当着你的面吃斋念佛，你以为她是个大家闺秀，但她背地里是个吃生肉喝生血的饿鬼。我真担心，哪天你不在家，她会把我生吞活剥了吃掉。听说她胃口好着呐！

那一天，沙铁带着两个女人去海子里捕鱼。沙铁为了表示自己公平，每捕到两条鱼，他都会往两个女人的鱼篓里各投一条。一天下来，每个人的鱼篓里都攒下了十几条鱼。可是，嘎威从中做了手脚，将翁玛的鱼篓搞空，并且故意让沙铁发现，小声对沙铁说话。

看见了吧？都被她偷偷吃了。

沙铁把翁玛的空鱼篓推到她眼前。鱼呢？

翁玛完全不知道发生了什么，鱼没了，她也惊讶。沙铁见她说不出什么，更气了，操起船桨劈头盖脸打过去，翁玛落水了。沙铁一连串的船桨打下去，翁玛挣扎了几下就下沉了。

翁玛的女儿叫索瓦娜。晚上她没见到阿妈回来，问阿爸沙铁，沙铁不理索瓦娜。嘎威告诉她，你阿妈出远门了，不会再回来了。

索瓦娜从嘎威的话里听出了不祥。

隔日一早，嘎威让索瓦娜跟着牛童去海子边放牛。牛童让她去水边：你阿妈是那只金龟。

索瓦娜见到了那只金龟，她把它抱在怀里，它的泪水无声地流下来。她也哭了。它主动去舔她的泪水，舔她的脸，舔她的手。她们每天都在海子边相见相处，一整天都在一起。

嘎威也有一个女儿，叫嘎来，她比索瓦娜小一岁。她发现自从索瓦娜去放牛，索瓦娜的皮肤越来越好，柔润细腻白皙，让嘎来很是羡慕。她问索瓦娜，为什么天天出去晒太阳皮肤反倒越来越好。自从阿妈不见了，索瓦娜与嘎来的关系也由原来的姐妹变成了现在的主仆，双方已经没有了亲情与爱怜。

人见人爱的嘎来啊，你是大公主，我是放牛娃，你有最好的护肤化妆品，我有的只是牛屎牛尿。你看我的皮肤好，就来过过我的日子，每天用牛屎牛尿洗洗脸，你的皮肤一定比我还要好。

人见人爱的嘎来竟然连这话也信，开始每天跟在牛群后面，见哪只牛翘尾巴，立马凑上前去，让牛尿浇在她脸上，让牛屎做她的护肤面膜。这事惊动了嘎威。

嘎威从索瓦娜的眼睛里看到了仇视。索瓦娜大了，她也不敢轻易把索瓦娜怎样，毕竟她已经把索瓦娜从女儿贬到了放牛娃的位置。她让人跟踪她，很快就发现了金龟为索瓦娜舔脸。

嘎威一直把沙铁作为手上的武器。她自己装病，又让医生给沙铁推荐治病秘方，说只有喝金龟的血才能治嘎威的病。说金龟在海子边上，每天与索瓦娜见面。说找到索瓦娜就能找到金龟。沙铁早已被嘎威迷昏了头，如此拙劣的谎言和把戏都能把他骗住。

沙铁于是先找到索瓦娜，抓住了金龟。

嘎威喝了金龟血吃了金龟肉，之后把金龟的骨头扔到狗舍里。恶毒的嘎威连金龟的骨头都不放过。

不过有一只狗是索瓦娜的，它知道主人与金龟的感情不同寻常，就把抢下来的三块金龟的骨头给主人留下来。索瓦娜含泪把骨头埋了，埋在三岔路口。

埋骨的地方很快长出一棵菩提树，几个月光景就长得有几人合抱那么粗。这件事在整个王国都传遍了。一棵当年的新树，居然比千年的古树还要粗壮，它肯定是一棵神树。连国王也专程来看这棵树。太神奇了。

国王要人们把这棵树移植到王宫里，他不许移植的过程中伤到树根。这是一道死命令。同时，这也是一道不可能完成的命令。因为无论工人如何努力，都无法找到一个根的尽头，这棵菩提巨树的每一条根都长到没有尽头。

国王下旨：无论是谁，只要他能将这棵菩提树的枝叶和树根完整移植进王宫，年轻的招为驸马，年老的升官封爵，女孩子嫁给王子，想要钱的封赏整车黄金。

圣旨传遍全国，各地都有能人来尝试。各路人马用尽各种各样方法，却没人能够将菩提巨树从三岔路口移动半分。移动菩提古树成了整个国家最受关注的大事件。

这时候，有人想起种这棵树的那个人。是的，那是索瓦娜。既然她能种出这棵树，也许她同样能移动这棵树。许多人向国王推荐她。

国王找到索瓦娜很容易。索瓦娜到了王宫。

她的如柳条般柔韧的身姿，被嘎来羡慕到疯狂地步的细嫩的皮肤，像菩提花一样完美的脸庞，所有这些都把国王和王子迷住了。她的美超过了天仙，超过了皓月，无与伦比。

但是，要她去移动菩提巨树怎么可能呢？那是数百个男子汉都难以完成的事情，凭她一个柔弱娇小的女子，无论如何都不可能完成。

国王问她，你行吗？

索瓦娜目光坚定，脚步沉稳，一步一步走向巨树。她跪到它跟前，两只纤手合拢，闭上眼，心中默念：九泉之下的阿妈，请给我力量，请帮助我托起这棵神树，我知道它是你的化身，让我带你去御花园中安身。

巨大的菩提树忽然自己从泥土中抽身出来，化身成一株小小的黄金树苗，轻轻落在索瓦娜伸出的手中。这一幕，本身就是一个巨大的象征：带我走吧，随便把我带到哪里，我跟着你。

国王当然不会失信于百姓，他必得完成他的承诺，他亲自主持王子与索瓦娜的婚礼。据说，沙铁与嘎威曾经提出要以父亲母亲的身份参加婚礼，被死神给拒绝了。因为他们双双来到王宫门前时，晴天一声霹雳，王宫门口裂开地洞将那对狗男女收走。

不过这场婚礼中最大的受益者不是索瓦娜，而是那个王子。因为在婚礼之前，王子完全寂寂无名。是名满天下的索瓦娜，使他在一天之内变得家喻户晓。

金网

傣历新年就是全世界都知道的泼水节。新年穿新衣也是全世界通行的习俗。这个家庭有三口人，其中有两个都盼着新年有新衣穿，两个都是男孩，在这个家庭里也都是儿子。不用说，第三个人就是他们俩的阿爸。不是阿爸不想穿新衣，是阿爸不敢想。两个儿子已经在想了，如果阿爸也想，那么他必得去搞三套新衣。现在的问题是他没钱，连一套新衣也搞不出来。

他是阿爸，搞新衣当然是阿爸的事。至少两个儿子是这么认为的。现在，两个儿子都没新衣穿，他们自然会认为是阿爸的失职。两个小子商量又商量，最后决定拿阿爸是问。他俩把阿爸绑了，装进一个口袋里。

两个小子还未完全成年，他俩抬一个成年人还有些吃力，抬了没多远就累了，于是到一棵树下歇息。他们的目的很清晰，就是把阿爸卖给一家富人作男仆。得到钱之后去买两套新衣，一人一套，开开心心过一个新年。

儿子，两个儿子，阿爸老了，不能在新年给你们买新衣穿，阿爸对不起你们。你们绑我在口袋里，我透不过气，你们能不能把口袋口打开？透不过气很难受的。

听阿爸说这样的话很难受，就把口袋打开了。阿爸于是看见了头顶的树上，一只雌鸟在给小鸟喂食。雌鸟往返穿梭很忙碌。

儿子，两个儿子，你们小的时候，我就像雌鸟一样，每天每天的出门去为你们找吃的。我没本事，你们有时候会吃不饱，但我还是把你们养大了。养大你们不是件容易的事。你十五岁了，你弟弟十三岁，原来还有你阿妈，你七岁那年你阿妈死了。你想想，十五岁就是十五年，十五年就是五千四五百天。要养活你们，我每天要出门三次四次，我要出门两万次才能把你们养大。两万次啊！我容易吗？哪一次出门我不是又辛苦又累？没有一次我是轻轻松松回到家的。可是今天，你们为了过新年穿一件新衣，就把你们阿爸给卖了。我两万次的辛苦还不值你们穿一件新衣？

两个儿子先前只是低着头不言语，后来也不知是谁先落泪了，再后来两个人都肆涕滂沱。那个傣历新年，两个男孩都没能穿上新衣。但是他们长这么大，他们第一次在过年的时候守候在阿爸身边，为阿爸行孝，端水喂饭。

做孝子与不做孝子的差别，不只是做没做儿女该做的那些事，最大的差别在于有没有感恩之心。通常父母的恩德是大过天的，几乎很少有哪一种孝行可以与父母的恩德相提并论。但是那天路上，阿爸的那些话让这兄弟俩的内心受到了强烈的震撼。他俩要报恩，他俩要尽一切努力让阿爸感受有儿子的好。

阿爸的身体有所恢复，他可以自己出门了。去散步，去河边洗澡，去集市闲逛。他是个病人，身体羸弱，与世无争。所以他一个人出门也没有什么好担心的。可是有一天，他去河边洗澡，过了很久却没有回家。两个儿子沿着河走了十几里去找阿爸，都没有下落。

他俩知道阿爸最大的危险来自于河水，于是他们用烧柴将石头烧红投河，他们要把河水蒸发掉，无论怎样都要找到阿爸。河边有整片森林，他们有的是烧柴，他们要把河水煮沸煮干，找不到阿爸绝对不会罢手。

烧红的石头不断地投到河里，河水终日沸腾翻滚，首先受不了的是龙王。它派蟹官上岸，了解情况并解决问题。当它知道是两个儿子为了找父亲的尸体才烧石投河时，它知道了事情的严重性。它告诉他们，龙女要办婚宴，抓了你们的阿爸做食材，它要他们抓紧去龙宫后厨，也许能救他们阿爸的一条命。

他们一行三人去了龙宫，但是已经晚了，他们的阿爸已经被做成菜肴上宴席了。蟹官将事情向龙王做了完整的汇报。

龙王想了再三，最后做出决定：送给哥哥一张金网捕鱼，送给弟弟一件神奇的武器，可以致人死又可以致人复活的神棍。龙王最后送了一叶小舟。

你们日后就用小舟和金网捕鱼，但是要记住，不可在小舟上把鱼虾蟹剖开，不然会遭殃。

遵守龙王的嘱咐是必须的，可是两个孩子不懂得利害，龙王的话并没进入到他俩心里。龙王的金网是神奇的，哥哥第一网就捕到了一条很大的红鱼。两兄弟自然很开心，凑上前宰杀红鱼时，刚好将它一剖为二。

一瞬之间，小舟也被截成两段。弟弟连同他的神奇武器连同半截小舟顺流而下。而哥哥和他的金网和他的半截小舟很奇怪地旋转了两圈，居然逆流而上朝上游方向漂去。

半叶小舟旋转着往上漂飘，很快就把哥哥的头转晕了，他已经完全弄不清东南西北，那半叶小舟最终也只能在砾石滩上搁浅。

哥哥发现这里的森林是猿猴的世界，是典型的热带雨林环境，古树被古藤和各种枝蔓所缠绕，众多猿猴在其中玩耍嬉戏登高荡远，释放着开心和任性。哥哥在热带雨林中已经完全丧失了方向，这里觅不到任何人类的踪迹。

他原本就结实而且灵巧，因此他在极短的时间里便适应了这里的环境。他可以像猴子一样在枝条藤蔓中穿梭，而且他比那些猿猴更聪明，他轻而易举地就融入了猿猴们的生活。

再说他的弟弟。那一段水流湍急，他顺着水流漂出了两座大山，终于在一片平坦宽阔的坝子里停下来。一路上经过了几个村寨，可是非常奇怪，他竟然没看到一个人。

弟弟上了岸，由于手中有神棍，他心里很自信。他看到不远处有山洞，他在洞中找到一个老人。老人告诉他这里闹大雕，已经闹了些日子。人要么被雕吃掉，要么逃出了这片地区。你也赶快逃吧。

弟弟相信自己手中武器的神奇，他决定与大雕决战。他自小就有当英雄的意念，如今有了机会，他不想与自己的机会失之交臂。他藏身在一个已经半塌的竹楼上，这里视线很好，可以看到整个寨子的情形。大雕很快就来了。

它真的很大，掠过时就像一片乌云。它在空中巡视，还不到一圈就发现了一头水牛，它俯冲滑翔，一只巨爪就将水牛轻松抓起，用力摔到巨石崖壁上。之后，用双爪将水牛撕开，鹰钩状的巨喙开始啄食。

躲在竹楼里的弟弟现身，将手中的神棍指向大雕，刚刚还威风八面的大雕瞬间就倒毙了。他知道自己的武器的神威是真的。他又想起龙王的话，用神棍的另一端指向水牛，水牛已经被撕裂开的身体竟然愈合了，而且马上从地上站起来，居然对着大雕的遗体哞哞叫了两声。

弟弟从山洞里叫出老人，让他尽快去寻找被大雕吃掉的那些人的遗骨。他一个又一个将他们复活。所有被复活的人都成了他们的帮手，许多人一起动手，复活了更多的人。

被复活的人群跟随弟弟一道去了官府。官府大门紧闭，召勐一家人连同守卫的士兵，都把自己密闭在房子里不敢出来，是外面喧嚣的人声才让他们放心打开大门。

召勐在关闭大门之后，发现小公主不见了。开门后的第一件事就是寻找小公主。有宫女报说，大雕袭来时，小公主正和宫女在宫中湖里戏水。弟弟听说马上潜入湖底，将所有尸骨捞出来集中在一起复活。

小公主真是惊人的美丽。召勐经历了这场大的劫难，完全变了一个人。他不仅把小公主嫁给了她的救命恩人，还在婚礼上宣布，将召勐的王位直接由女婿继承。

新召勐向老召勐请假，他要先去寻找哥哥，找到哥哥后再来复命。老召勐为女婿备了一艘坚固的大船，他们要溯流而上，回到他们分手的上游。

他从上游下来用了两三天，可是逆水行舟让他们走了十几天。这一天，他在大船上看到一只母猴子用一张金光闪闪的网捕鱼，他知道那就是哥哥的网。通过询问，母猴就是哥哥的老婆。母猴带他回家，他也看到了两个小猴，他们都是哥哥的儿女。他提出要带哥哥他们一家人回去，哥哥拒绝了。

弟弟，已经不可能了。你看我身上已经长出了毛，我的屁股上还长了尾巴，我已经注定了是热带雨林里的居民了。你能来找我，我很开心，但我的日子已经跟你的不同了。我现在更喜欢我的日子。你回去吧，永远回去吧！

铁匠巴及

巴及有两个儿子，及大和及二。

当铁匠收入不错，家里的日子过得很宽裕。及大和及二从小被父母宠爱，又馋又懒，什么事都不会做。巴及老伴死了，年龄大了，渐渐地打铁也打不动了。可是两个儿子过惯了有钱的日子，又不会做事，只知道伸手问阿爸要钱。

没钱，真的没钱了。你们是我的儿子，我怎么会骗你们？我这一辈子赚钱还不都是为了你们。

阿爸，我知道你把钱藏起来是为以后着想，知道你是为了我们。可是我们现在怎么办？

是啊，我们现在怎么办？我们两个都饿死了，你留着那些钱自己花啊？

两个儿子都不信巴及真的没钱了。可是巴及有没有钱与儿子信不信没有关系，没钱就是没钱。

可两个儿子就是认定他有钱，只是不肯拿出来而已。他俩商定对老爸用些手段让他把钱拿出来，他们把老爸装到木箱里抬到街上。

你们要干什么？你们干什么啊？

我们没钱吃饭，把你卖了换成钱买饭吃啊！

儿子的话让巴及心痛，他不知道说什么才好。他俩都是他亲生的儿子，真是造孽。及大、及二抬着他往集市上去，经过一段山坡，他俩累了，放下木箱，在一棵树下歇息。

儿子，你们抬头看看。

横枝上有一个鸟巢，几只小雏鸟张大嘴巴嗷嗷待哺。大鸟正飞过来，衔着虫喂给一只雏鸟。

哥哥，我俩像不像那些雏鸟，饿得咕咕叫，等着阿爸来喂食。可是阿爸就是不肯拿出钱来。阿爸，快把钱拿出来吧，再不拿钱我们都该饿死了。

唉，你说的是啊，你们就是两只雏鸟。你们小的时候阿爸阿妈每天出去给你们找食，一天一天把你们喂大。阿妈死了，剩下阿爸一个人，阿爸一个人喂大你们两个，现在阿爸干不动了，你们以后的日子只能靠你们自己了。你们要把阿爸卖了也好，算是阿爸最后喂你们一次，卖一点钱吃阿爸最后一次。及大，及二，是阿爸对不起你们，对不起了。

及大忽然双膝落地跪下，及二随之跪下。

阿爸。

阿爸。

对不起阿爸，我们错了。

我们错了。对不起阿爸。

我们什么都不会，我们以后吃什么呀？我们怎么活呀？

是的阿爸，我们一点活路都没有。

怎么会没有活路？你们都已经大了，你们都有一双手，人只要动手就有活路。过去我是靠打铁养家，你们可以跟我学打铁，打铁能赚钱。我一个人打铁能养活全家，你们两个打铁当然能养活自己。

两兄弟将老爸抬回家。巴及带着两个儿子每天去铁匠铺子，铺子重新开张了。风箱吹动炉火，炉火一明一暗，铁锤声声，巴及铁匠铺子生意兴隆。父子三个人过上了富足的日子。

这个故事有明显的似曾相识。从来只有父亲母亲才会有牺牲，才会有无私的爱，所以甚少看到父亲母亲卖儿卖女的故事，而经常会有儿女卖父母。民间故事的形态对讲这类故事，从技术层面说并不匹配。因为要借一个成鸟喂雏鸟的事例，去改变主人公卖父亲的立场，怎么可能呢？能想出卖父亲这样的主意一定是大恶的天性使然，非大恶者绝不可能有这样的主意。如果是小恶，他饿了可以去偷，一只鸡，或者一只羊，或者索性偷一块粑粑去填饱肚皮，绝不可能想到去把阿爸卖了。

那么谁又会相信，能卖阿爸的人，会被成鸟喂雏鸟这种温情小故事所感动呢？

相反的答案

那个英国佬达尔文曾经猜想，人是猴子变的。他的奇思怪想被后人称作进化论。可是在傣人的故事里，我们不止一次地看到人变成猴子，不知是否可以把这个称为退化论。

马老师住在山上，他就发现每天出门要么上山要么下山，要么先下山再上山，要么先上山再下山。他从家里出去，最后回到家里，这一天里上山和下山的路程是相同的。

他曾经问过一个问题：喜欢先上山，还是喜欢先下山？虽然路程相同，但是走路人的心情会不一样。

他在小儿子7岁的时候问过他，小儿子回答是：先下山。再问，回答是：下山进城，去城里有好吃的。儿子不觉得有什么意思。

可是同样的问题问到别样吾，答案就不同了。别样吾99岁，99岁与7岁到底不一样。别样吾的回答是：先上山。

对于一个老人，上山相对要费体力。刚出门体力也相对充沛，稍稍累一点可以坚持。上了山必得下山，而下山相对要省体力。回程时体力已经消耗了许多，下山就不那么费力。

所以面对一个一模一样的问题，别样吾和小儿子的回答截然相反。

按照马老师的立场，提问题才是人生在世的最大乐趣。

他年轻的时候很自信，自信到自负的程度。在那个年龄里，经常会遇到一个哲学命题，是屁股跟着脑袋走，还是脑袋跟着屁股走？

年轻的马老师毫无疑问会坚持屁股跟着脑袋走。想法最重要，我的想法最重要。年轻的时候，最坚定不移的就是自信。深信自己能改变一切，深信思想的力量。屁股当然跟着脑袋走。

活过了长长的一生，他才明白了。

你是你，你只是你。那个你就是你的定位，你定位的那个点就是你的屁股。你的脑袋不可能与你的屁股背道而驰，脑袋一定跟着屁股走。所以，你才是你。

金网故事里的哥哥，他活在热带原始雨林之中，他只有猿猴为伴。尽管他有人的头脑，有人的思维和意识，但是他的屁股在热带原始雨林，他的屁股在猿猴中间，他又怎么可能让自己像一个人那样生存？他有人的脑袋又怎么样？他仍然没有人的衣服，没有人的居所和被褥，没有人的食物，没有人的沟通渠道。

大家都懂得用进废退的道理。用会进，这一点经常会被强调；废会退，却很少有人去格外关注。我们的一个器官，阑尾，正处在废会退的窘境当中。

阑尾存在的意义只在于让人得阑尾炎。不生阑尾炎（症），你的阑尾相当于不存在。

我所见到的已经至少有两个傣人故事，讲到人变回猴子。如果只有一个，我们可以猜测是讲故事的人胡乱编造的，如果不止一个，就说明确有其事。确有其事的另一种解释便是实证。进化论说猴子变人，没有一例实证。而有了实证的人变猴子，为什么反倒没有被认定是退化论呢？

4卷 杂人记

苦聪姐妹

多年以前，一个苦聪女人带着两个小女儿搬到这个拉祜人的寨子。一晃几年过去，两个女儿长成了大姑娘。那天女人从地里回来，又渴又累，忽然闻到杧果的香甜气息。

是有小伙子藏在杧果树上吗？你摘两颗杧果给我，我的两个女儿随便你挑一个。

　　随便的一句话，树上应声落下两颗杜果，颗颗金红，香气撩人。女人抬头看到的，居然是一条小腿那么粗的巨蟒。她吓坏了，脚步匆匆回到家里。她想不到巨蟒比她还快，已经等在院子里。它分明已经听到了她的话。

　　你说谁给你摘杜果，就把女儿嫁一个给他，你说话要算话。我要娶你的一个女儿。

　　女人深知巨蟒的厉害，而且刚才巨蟒已经用自己的神奇令她惊讶。她说她做不了女儿的主，要跟女儿商量。巨蟒让她去商量。大女儿从小就霸道。性情温和的小女儿为了阿妈不再为难，同意嫁给巨蟒。巨蟒将小女儿带走。

　　一年之后，小女儿一家三口回到拉祜寨子看望阿妈。原来，女婿居然是蛇王，家住蛇王宫，有成百的宫女和家仆侍候，生活极其富足奢华。小女儿已经做了妈妈，丈夫又英俊又帅气，儿子虽小却已经展露出聪明和灵秀。小女儿已经成了令每个女人都羡慕的女人。

　　她的阿妈无比开心，原来以为自己害了女儿，如今见女儿因祸得福，终于安心了。

　　心里最不平衡的是她的那个姐姐。当初阿妈与她们姐俩商量，是她这个当姐姐的首先拒绝，这才把好运气让到了妹妹手里。她当时只有十八岁啊，她怎么能想得到，嫁给一条蟒蛇会是这样幸运的结果呢？不过还不晚，十九岁也不算晚。当姐姐的在这一刻拿定主意，一定要去找一条蟒蛇嫁给它。因为在妹妹之前，她就已经听说过嫁蟒蛇的故事。那条蟒蛇是龙王之子，也是一个高大帅气的男人。

　　我知道，你已经猜到结果。没错，就是你猜到的结果。姐姐找到了蟒蛇，被吞掉了。

　　发生的一切都在阿妈身边，只不过阿妈不好意思盯着蟒蛇和女儿看。阿妈背着身的当口，蟒蛇毫不客气地吞下了她的大女儿。

　　回转身的阿妈怒了，她在蟒蛇尚未合拢的嘴里看到了大女儿栗色的长发。她转身抱起成捆的稻草扔向火塘，大火瞬间吞没了身子已经圆滚滚的蟒蛇。它想往房子外面冲，但是因为身体太沉太笨反复跌倒。已经到了疯狂地步的阿妈，抓到什么就用什么砸蟒蛇，使它没办法从房子里逃脱。整个木楼在噼里啪啦中燃烧炸裂。

　　在木楼崩塌的一瞬，阿妈从烈火中一头蹿出来，意外保住了性命。那一刻可以猜想，阿妈的余生都是在小女儿的家里度过的。

　　苦聪人的这个故事，大女儿绝对不是坏人。她有点贪心，她也想另辟蹊径去寻找一个好老公、一份好日子。但是她的结局是悲惨的。

　　被蟒蛇吞了，还有比这更惨的结局吗？不是很明白，在苦聪人的概念中，被蟒蛇吞掉意味着什么。不同族群对死亡有自己不同的理解，但是死于蛇的吞噬也太怪异了。不理解不理解。

　　无论如何也不理解的苦聪人呐。

克木人语

　　下面要讲的是个克木人的故事。克木人大概是中国人中数量最少的族群。按照百度的说法，大约只有两千人。只有两千人当然不可能有文字，但是他们却有自己的语言，克木语，一种应用于两千人中间的语言。想一想也足够奇特。使用人数如此之少，居然能够完整地流传下来，已经是一件不可思议的事情。

　　两千人，这个人群的生存范围一定很小。又有自己独立的语言，这就必定会将自己的生存范围更加封闭，更会减少与外族群的交集往来。也就是说，整体克木人的生存空间极其有限，那么个体克木人的生存空间就会更加有限。在极端有限的空间内，克木语的词汇量必定极端贫乏。因为他们接触到的事物太少，而不可见的事物就不可能产生名称。事物的名称原本就是词汇的主要构成。名词。词汇中名词的占比最高，远远超过词汇总量的一半。

　　那么太少的词汇量，一定会对一种叙述一种描述产生障碍，而障碍本身会严重妨碍叙事体的生成和发展。到目前为止，人类还未见到有除了人以外的物种有丰富的表述能力，其他物种的语言都太简单，充满了重复，根本无法完成复杂的表述，更不可能完成叙述。因为叙述需要逻辑，需要连续的记忆，需要建立链条关系，需要如齿轮一样的衔接与咬合。

　　人类熟悉的动物语言，比如狗叫，牛叫，猫叫，鸟叫，其他家禽家畜的叫声，都是非常简单的结构，随时随地会重复。反复重复的结果让我们知道，所有动物的语言都不能完成表述，更不可能完成叙述。

因此可以推断，只有极少数人使用的独立语言基本上不可能完成表述功能，当然也更不可能完成更为复杂的叙述。

我们都有这样的经历，身边的某一个有一定语言障碍的人，他很难说清楚一个事物、一种存在，更难说清楚一件事情、一个故事。因为语言本身就是一个复杂的系统，掌握语言，自如使用语言是只有人才能做到的一件事。

这也是为什么发现克木人童话令人惊讶的缘故。如果克木人没有自己的语言，他们使用的是更多人使用的语言，比如汉语，比如傣语，比如哈尼语，那么有克木人童话没什么奇怪。关键在于克木人有自己的克木语，那么完整完善的克木语故事出现就令人不可思议了。

关于克木人和克木语，对多数国人都是一个惊喜，读到一个克木人童话是个更大的惊喜。

龟尾树

地球人都知道，月亮上有棵树，克木人叫它乌龟尾巴树。说树边还有一个女人在砍树。

说是有一个四口之家，一对夫妻两个女儿。因为生了两个女儿，男人对女人很不满，有时候会对女人打骂。

邻居那个漂亮的寡妇看到这种情形，觉得自己有机会插足。那次她和两个女儿的阿妈去捕鱼，当阿妈说，鱼和竹笋一起烧会很好吃，她要去再挖一些竹笋回家。寡妇趁机将她鱼篓里的鱼头全部咬掉，然后到她丈夫那里讲她的坏话，让他反感自己的老婆。

一篓没有头的鱼，让丈夫找到口实去殴打老婆，盛怒的男人竟失手将女人打死，随手丢进河里。女人冤魂不散，在河里变成一只乌龟。

男人马上娶了寡妇，她已经有一个与他大女儿同龄的女儿。原来的两个女儿成了弃儿，阿爸不管她俩。那个小女儿还没断奶，小孩子没吃的不行。姐姐受不了妹妹饥饿的哭声，便把妹妹背到河边。女儿的哭声令乌龟心痛，阿妈便上岸来给女儿喂奶。女儿吃饱了，阿妈又回到河里变回乌龟。

姐姐背妹妹到河边吃奶的事很快被女孩的继母（寡妇）知道了。她已经怀了孩子，当然不能容忍前妻还在喂奶这样的事情。她怂恿男人去捉前妻变成的乌龟，煮乌龟汤给她喝。

两个女儿偷听到这个消息，马上把消息转告给阿妈。阿妈马上做了提防，在上下两个水塘做了秘密通道。他去上塘她便去下塘，他去下塘她便去上塘，让他忙了几个回合却无论如何抓不到她。但他知道她的软肋，知道她舍不得女儿。他就把女儿带到水塘边上，动手打女儿。女儿的哭叫声让阿妈受不了，最后逼得她主动爬上岸，束手就擒。

乌龟被扔进汤锅之前，给大女儿留了一句话：留下尾巴栽到地里。大女儿费尽周折，还是把阿妈交给她的任务完成了。龟尾长成了一棵树。大女儿去摇树，发现树叶会变成钱。

这件事也被继母发现了。但是她发现了也没用，在她的手里，那棵树的叶子只是树叶。她非常生气，但是毫无办法。她于是想到这棵树是不是与那个被吃掉的乌龟有关系。她决定砍掉这棵树。她这才发现，这棵树是砍不掉的。每砍一下，树上的刀口马上就会长合。千刀万刀下去，连一个刀口都不会留下。继母砍树那么多回合，都被映入夜空中的那面圆镜。

月亮上的那个小伙子慢慢爱上了大女儿。他从天上下来，来找大女儿求婚。大女儿害羞，躲进屋子不肯见他。继母也看中了月亮上的小伙子，想把自己带来的女儿嫁给他。她便把大女儿锁在了谷仓里。对小伙子说自己的女儿就是他喜欢的大女儿。小伙子没那么傻，他明明知道她不是她，但他不想与继母争辩。他问女人要了一包辣子，随手将辣子扔进火塘。爆裂的辣气令所有房间的所有人都打起喷嚏，连隔壁谷仓里的大女儿也没有幸免。

打喷嚏暴露了她的行踪，让小伙子顺利找到了大女儿。他向她求婚，同时要把她带到月宫去。大女儿说舍不得这棵龟尾树，他就决定把龟尾树和砍树的继母一道带走。

他和他的新娘已经成为永恒的故事，而龟尾树和砍树的继母同样成了永恒的画卷，高挂在天上。

月亮和太阳是普天之下永恒的命题。它不属于哪一个族群，所以它的故事不是哪个族群的独有。它就在那，它有自己固定的形态，有自己固定的轨迹，无论哪个族群，大家看到的都是同一个太阳，同一个月亮。尽管不同族群的历史不同，对形象的认知不同，对事物的理解不同，甚至人种进化的文明程度不同。但是太阳是一样的，太阳带给大家的是白天和光明。但是月亮是一样的，它给黑夜带来清辉，让夜的世界有了轮廓和模样。

对于处在不同历史阶段的不同族群，世界的模样和轮廓都不一样，对生命的理解都不一样，生命的内容和过程也都不一样。但是他们也有一样的地方，比如一些共同的感受，诸如冷暖，诸如饿饱，诸如面对一样的太阳月亮。

再看这个克木人的童话。他们和我们对彼此一无所知，但是他们的这个故事我们都懂，也完全理解。我猜我们类似的故事他们也懂。原因就在于太阳和月亮是我们共同面对的。共同之处会令我们彼此靠近，让我们与对方的实际距离缩短。我很感谢这样的机会，让我这一生至少有一次机会走近无限遥远的克木人，去理解他们，去体会他们对人生、对世界的看法。

葫芦女孩

瑶族男人邓努三十岁了，还没找到老婆。邓努除了穷没别的问题。他不懒，也不奸诈，更不会算计别人。在对他有了一定的了解之后，龙公找到他，送他一粒种子。

那是一粒葫芦种，很快结出了一颗大葫芦。邓努把大葫芦带回家，没想到葫芦里居然跳出个美少女。她说她是龙王的第七个女儿，是专门下凡来给邓努做老婆的，她是个龙仙女。

可是邓努觉得不妥，她那么美，又是仙女，怎么可以做他的老婆过苦日子呢？她说她喜欢人间，就是要体会人间的喜怒哀乐。他说你可以去一个富裕家庭，过一份富裕的日子，何必跟着我过穷苦日子？你是我阿爸替我找的，他知道你勤劳又厚道，而且人又善良。是阿爸替我选定了你。邓努再也找不出拒绝的理由。

有钱又好色的潘勒达听说了，专门去找葫芦姑娘。她的美貌让他垂涎，他马上说要娶葫芦姑娘。告诉她，要钱有钱，要金银财宝尽管开口。他完全没把邓努放在眼里。邓努气坏了，马上与潘勒达反目成仇，要与他拼命。葫芦姑娘制止了邓努。

潘勒达，所有的话都好商量，你说要娶我，我们总要讲个条件吧。

不要说一个条件，一百个都没问题。

说话一定要算数，绝对不可以反悔。

绝不反悔绝不反悔，绝对绝对不反悔。

这样，我一天出两个谜语，若你连续三天都答对了，我就嫁给你。若答错了，每天你要付十两金百两银千件珠宝给我。

有钱人都是聪明人，都有足够的自信。潘勒达满口答应，他不相信自己连女孩子也不如。

那好，现在可以开始吗?

开始开始。出谜语吧。

斑斑点点是哪样? 堆堆朵朵是什么?

美人啊，这么简单的谜语你也问得出来。

谜语很简单吗? 你回答了再说它简单。

斑斑点点不就是羊粪吗? 堆堆朵朵呢，显然就是牛屎了。小姑娘，你的谜语太简单了。

谜语不复杂，是你的脑袋太简单了。告诉你吧，斑斑点点是满天的星斗，堆堆朵朵是蓝天之上的白云。

原来，原来，我就没想到，答案都在天上。

别废话了，去把东西拿过来吧!

拿什么东西?

你输了什么就去拿什么，别故意装糊涂。

噢噢，你说的是金银珠宝? 没问题。

潘勒达装作不在乎，其实心里很疼的。

次日一早，他又来了。

美人啊，来出今天的谜语吧。

什么出来是墨黑色? 什么出来是豆绿色?

鼠粪出来是墨黑色，鸡屎出来是豆绿色。

你猜谜语差得太远了，我的谜底是: 乌鸦飞出来是墨黑色，鹦鹉飞出来是豆绿色。

算我倒霉，我又输了。明天一定赢回来！

你除了屎就是粪，你脑袋里还装了什么？哪里还有第三天？二比零，你已经被淘汰。潘勒达，这里没人稀罕你的金银珠宝，你把它们带回你的家，以后不要再自以为是，你该明白，你没什么了不起。你在我心里连狗屎都不如！

这一类童话比重很大，把有钱人说成是傻瓜，有钱人的智力经常在常人的水准之下。我们都知道，人类的日常行为有超过三分之二的部分都围绕着生计和赚钱。赚钱，赚更多的钱，这是多数人的日常理想。而赚到钱也就意味着日常理想的实现。能够经常实现日常理想的人，多半是那些聪明的人和能干的人。

可是为什么到了童话里，这些聪明的人反倒不聪明，能干的人反倒傻兮兮的，成为多数人的笑柄呢？在实际生活当中，那些能赚到钱的人，那些有钱人，他们的举止行为当真很可笑吗？相比之下，更可笑的一定是那些嘲笑他们的人。反倒是这些有钱人受到更多人的尊重，因为他们的财富首先证明了他们做一个人的能力，他们是有能力的人。

而被轻视甚至被蔑视的一定是那些没钱没能力的人。他们的穷困潦倒已经坐实了一个结论：他不行。智力不行，能力不行，可信度不行，方方面面都不行。

也可以换个角度去看，失败的人失意的人，之所以用嘴用文字去贬低那些成功的人，完全是因为酸葡萄心理。吃不着葡萄说葡萄酸。相比失败，成功是更困难的事。一个一辈子都在经历失败的人，成功对他就是可望而不可即的。因为到达不了，所以他退而求其次，他可以去说，去说长道短尖酸刻薄，以给自己倾斜的内心造一个平衡的假象。

失败和失意的人不是一个两个，他们是一整个群落，他们的心理能够得到自己群落的理解和认同，嘲弄成功者（有钱人）的故事也就有了落地的机会。准确地说，这种嘲弄有着很鲜明的风凉话色彩，说风凉话是这个世界上最容易、最便当的行为，说出来很爽，又开心又解气。但是对自己内心的扭曲也很严重。

讲故事写童话的人，许多都是喜欢风凉话的人，内心都有不同程度的扭曲。但是其中的少数人是相反的，比如我们熟悉又敬重的拉格洛夫、安徒生、圣埃克修佩里、林格伦，他们的童话里，内心里平和而诗意，充满了阳光和智慧，为人类带来了永恒的光达。

小母鸡

一个好弟弟经常会有一个不好的嫂子。也不知是哥哥的问题，还是嫂子本身的问题。人们通常会认为，应该不是哥哥的问题。哥哥和弟弟在同一个家庭里长大，应该不会出现严重的亲情问题。嫂子是外来的加入者，会对原有的家庭格局形成改变。通常嫂子是变量。

这是个布朗人家庭。弟弟在这个家庭中一无所有。也不是一无所有，他有一只小母鸡。那是这个家庭中唯一属于他的东西。弟弟很清楚自己在家中的处境，抱着他的小母鸡与哥嫂分家了。他在家里除了他就只有它了。

小母鸡似乎也明白了它和他的处境，它还不到生蛋的年龄就开始生蛋了。它很努力地生蛋，开始一天生一个，后来一天生两个，再后来生三个。它努力生蛋的结果，就是给它的小主人创造了一个职业，他成为一个卖蛋的人，每天都有鸡蛋可卖。弟弟过上了富足的日子。

当初是哥哥把小母鸡分给弟弟。现在弟弟因为小母鸡过上了好日子，哥哥嫂子就去弟弟家把小母鸡抱回自己的家。弟弟也无话可说。

可是它到了哥哥家就停蛋了。吃得很多，鸡屎也屙了很多，就是不生蛋。他们以为它过了产蛋的高峰期，该歇息了。它又能吃又不产蛋，他们觉得养它很亏，就让弟弟把它领回去。

小母鸡就是不想给哥哥嫂子生蛋。它在他们家里攒足了劲，回到弟弟家又开足了马力生蛋，最多的一天生了七个。村寨里的生活没有秘密。回去就生蛋的小母鸡让哥哥嫂子气坏了，他们又把它抓了回去。结果它又把生蛋变成屙屎，它就是不给他们生蛋。他们就让弟弟再把它领回去。然后它又生蛋。

到第三个回合，嫂子没有耐心了。小母鸡不给他们好，他们为什么要容忍它？嫂子索性杀了小母鸡。他们两口子大吃大嚼了一顿。那样还不解气，他们又把弟弟为它编织的鸡笼也烧了，把它的鸡毛也烧成了灰。

小母鸡也不是好惹的，他们吃了它，肚子疼了好久，吃什么药都不能够止疼。连着看了几个医生都不能够确诊是什么病。久而久之，肚子疼成了常态。他们以后的生活，只要活着一天，肚子就要疼一天。

小母鸡被哥哥嫂子最后一次抓走。最后一天生出的四个蛋，弟弟舍不得卖了。他已经预感到它回不来了，也许那几枚鸡蛋就是它留给他的最后记忆了。

第二天一早，他意外听到了叽叽喳喳的鸡仔的叫声，原来那四个鸡蛋已经变成四个鸡仔。而且在一天之内，竟长得和它们的妈妈一样大，成了四只一模一样的小母鸡。弟弟知道，它们四个明天就会为他生蛋。

第一天，生一个，第二天，生两个。

葫芦之秘

一个基诺人老阿妈救了屋檐下的一只燕子。燕子是喜鸟，懂得报恩。它在野外找到一棵闪烁着银光的葫芦籽，带回燕窝。种子在燕窝里发芽长大，结了一颗大葫芦。

这一天，阿妈发现地上有几粒碎银，抬头发现葫芦上开了一个洞，碎银就是从洞里落下来的。她发现，每天一大早就是葫芦落碎银的时间。碎银的颗粒不大，数量也不算多，但是每天都不间断。日积月累下来，落银已经不是一个很小的数目，足够阿妈过一份富足的日子。

现在大家都知道这个奇怪的事情了。

寨子里一个有钱的寡妇，专门来找阿妈打探这件事。阿妈没有隐瞒，将事情一五一十讲给她。寡妇决定，模仿阿妈复制一下这个奇迹。她从阿妈家屋檐下的燕窝中捉了一只小燕子。回到家，先砸断它的羽翅，然后用两个多月的时间为它疗伤，直到它伤愈。

寡妇家也有一个燕窝，可是燕子早被她撵走了。现在她把燕窝给了疗伤的燕子，她要把自己塑造成救治伤燕的善人。她每天都会与伤燕交谈，目的是为了让它记住她的笑脸。

它果然记住她了。

冬天它飞走了，春天它回来了又在寡妇家落脚。而且它也像那个在阿妈家的燕子一样，带回一粒葫芦的种子。种子在燕窝里发芽长大，结了一颗大葫芦。唯一的不同在于，那个葫芦的颜色有银光，而这个葫芦是暗绿色的。

有银光的葫芦，洞中落下的是碎银。

而暗绿色的葫芦，洞口打开后，每天一大早会落下一条小蛇。每天一条小蛇。每天会让寡妇吓得昏厥一次。

仅仅是因为葫芦种子的不同吗？

小说 Novel///

黑丰，诗人、后现代作家。湖北公安县人。主要著作有诗集《空孕》《灰烬之上》《猫的两个夜晚》，实验小说集《人在芈地》《第六种昏暗》，随笔集《寻索一种新的地粮》《一切的底部》等，作品被译成英语、法语、罗马尼亚语等多种文字；2016年，获得罗马尼亚第20届阿尔杰什国际诗歌节"特别荣誉奖"。

第六种昏暗

黑　丰

　　民间音乐家小聿若有所思地望了望黑水河，义无反顾地往回走。他看见了唐代的悬索桥，还看见女巫式的老妪。老妪提着收费的黑包，其实桥上一个人影也没有，无钱可收。浮桥板铺在悬索上，悬索固定在两岸。浮板一块也没有冲走，稳稳地铺在悬索上，浮桥上一个人影也没有，没有一个人被冲到黑水河里。悬索桥倒映在水里，很美丽。这里没有悲音。老妪坐着一动不动。黑水河也似乎一动不动。一切都静止，一切事都没有发生。偶尔有一群鸟雀飞过，一会儿便消失不见。小聿的脸色好像很难看。往回走他打了一个寒噤。有少许可能的药丸和针剂在不可测定的距离里集结。小聿从来不认识注射器，他只认识乐器。中药是他生活近处的空间层面中的草木虫鱼经过漫长过程演化而来的一种物质。小聿好像看见草动荡。不过，中药不在这里，它们的性质很温和，而西药似乎是一种威猛的东西。豸不是中药，他也不在这里。那么隐在草丛里的是谁呢？——不得而知。小聿想出恭，他先前模模糊糊感到的那个寒噤可能是要出恭带来的。小聿摸索着向茅厕走去。他看见来历不明的血光，他走在一种不祥的血光里。从茅厕出来，小聿感到腹部很空旷。他非常饥饿，可是铃声当当当地响了。他便坚定不移地向教室里走去。还没上楼，汗水已浸透了衣衫。他发现自己越来越虚、越来越缥缈，轻飘飘有如一张纸片在飞。但他还是最后扫荡了一下操场，他恍惚中发现操场那边的草坪上有两个失落的学生。他们很沉迷，他们在撕着一种名曰"回头青"的草。此时小聿的胃里已没有了一种叫"粮食"的东西。早晨的南瓜饭已变化成了另外一种物质。

一连八节课下来伙房才摇摇晃晃地浮现出来。

伙房是用1972年间的一堆青砖码成的。那时小聿尚未有赴"芏"求学。"芏"是少年小聿的一个遥远的梦。有点像春秋时期晋国的伯牙向往的东海蓬莱。"芏"是一个可以不断地产生乐音而且产生大音乐家的地方。在幅员辽阔的版图上小聿似乎望见了有如乐谱芋螺一样漂浮在海上的明亮的"芏"。那时小聿其实已脱离了艮地的这所小学——艮小，到艮地的一所中学去读书。伙房码成之后白胖的伙夫厄主庖并稳稳地屹立在伙房中央，已是发生在小聿身后的另一时段的另一种现象。一直等到公元20世纪80年代中小聿因故到母校执教，厄也似乎一直没有变换姿势地立在那里。一盘永远的榨菜条和一盘永远的南瓜，永远等待着负笈归来的学士小聿。

现在伙房开始摇摇晃晃。小聿哆哆嗦嗦向伙房走去。当他走近伙房时他听见里面已有人在说话，厄的声音特别熟悉，另一个人的声音更是经常听到。

——吃饭吧？饭早已吃光了。

——你怎么不给留饭呢？

——哪个叫你吃饭都赶不上？

另一个人怎么是自己的声音呢，小聿很纳闷。

　　小聿开始往回走。他开始爬堤坡。他走在生满青草的大堤上。这时西沉的太阳又回到天上。处于晌午的小聿仿佛远离了饥饿。有一群鸟儿飞过天空，投下一片麻影，然后消失了。小聿又开双腿立在下午的青草堤上，他考察了周围的地理。他知道铸造编钟、顾曲知音、能歌善舞的楚人很可能就沉睡在眼前的黑水河下的某处地层中某一个年代的棺椁里……这时，突然就听见有幼兽噗哒噗哒地洇水的声音从黑水河的河面上传来。从小就善辨五音的小聿感觉声音的形象有如一只小肥猪在不远处舔吃稀粥。小聿也不懂为什么要感觉成"舔吃稀粥"。顺着声音的方向在正午的阳光下，小聿果然看见了黑水河上出现的这只小肥猪。这只小肥猪正机灵地擦着水面飞驰而来，须臾间小肥猪就出现在小聿鼻尖前的视线下。小肥猪顶着壶盖小辫且腰系红红的小肚兜。更令小聿惊奇的是这只黑水河上诞生的小肥猪突然猝不及防地喊出两个令人惊奇的音符——"爸爸"。小聿感到又惊又喜又害怕。"爸爸"的喊声像乐音一样袭击了民乐家小聿的童子的身体，迫使一个沉睡于生命中的二十二年的词语突然复苏、复活。他觉得应该义务地尽到这个词语定义中的责任。于是，他弯腰提拎小胖，小胖就乖觉地顺着父亲手臂笔直地爬上他的脊梁。小聿感到他越爬越像自己的儿子，直到一双小手像围脖一样环绕自己的脖子，他的五心便定了四心：是我的儿子，是我的儿子呀！在顶着小胖回家的路上天上忽然掉点。一会就大雨滂沱，小聿的路就走得十分艰难。……天空整个黑了下来。小胖的梦涎伴着雨水滴进小聿如梦的乌发。虚弱的小聿汗流浃背。这时有一群去向不明的鸟雀叽叽喳喳地飞过。小聿再次感到饥饿。他无缘无故地憎恨这群鸟雀，他感到自己的正在集结的隐性的食粮被它们不失时机地啄光。一些莫名的因素使小聿变成了艮地的一个民师。于是，他的音乐学院的安宁的"食粮"开始发生变数，开始移动。

　　——你既然在艮地采风又热爱艮地，干脆当一名兼职音乐教师吧。我们还可以解决你父母的水利工。

——父母？

——啊！你的父母，忘记了你的泥脚的父母啦？

——工作一段时间，我还要返校。

——当然当然，那是当然！

小聿后来才感到了这是一个套，一个陷阱，一个阴谋。可惜太年轻太天真，也太无知。因为上班不久，豸便从"芷"地调来了他的档案。

初来乍到，小聿就感到艮小不对，地形复杂。七弯八拐地跟着豸走了好长一会儿才抵达了学校所谓的"中心"。一路上小聿看到学校到处是走不出的"回"字格、"回"字小区，且这种"回"字小区彼此相互掩映、相互遮蔽。学生们似乎不以为然，他们弥漫其间乐不思蜀。学校"中心"也即最高层是豸的办公室，在这里可以洞察全局。可是小聿自始至终没有找到"回"字的出口。所以，每次回家总要找个向导。向导可以是一名小学生，也可以是一名教师；一天一个人，一天一个面孔。因此向导的面目一直是模糊不清的。向导直到放学一刻，值日教师才拿到豸的纸条，才知道谁是向导。所以只有当向导突然出现在面前，小聿才能看见他（她）的五官。

现在是初到艮小的小聿。小聿爬上了最高的第四楼，他看见了牵着小胖慢腾腾地在远时空中晚归的小聿。两个黑点，一大一小飘忽不定。哦，看见的还有黑水河，刻骨铭心的黑水河。黑水河现在没有暴涨、没有漫溢。浮板稳稳地搁在悬索上，悬索稳稳地固定于两岸。小聿的父亲说，据传这是产生过唐明皇的朝代留下的悬索。不多不少，五根。那个儿时就守在桥头的老妪，现在仍然姿势未变地守住桥头。有关悬索桥的传说及故事使部分艮地的人走出了悬索桥，成了比悬索桥更有名气的民间艺人、民间故事家和民俗学家。部分走出艮地又回到艮地的人几乎都捧出了《艮地建筑风水初探》《黑水河民间传说》《黑水河古代浮桥新考》《生生不息的黑河》

《艮地神秘文化浅析》等一本本自己的厚书。所以，迄今仍然处于日常实用中的悬索桥更多地参与着艮地人的精神生活。

现在是小聿牵着小胖往回走。艮地的几日游使小聿萌生了慵懒、厌倦的情绪。突如其来的定居打算给小聿浪漫的音乐前程蒙上了灰色的暗影。小聿已是携儿晚归。他走出了学校，走出了难走的"回"字小区。儿子小胖无意中口占一道谜歌。谜面是"铜钱大块布，中间褶无数"。小聿不予理会。小聿往前走没有看见悬索桥。悬索桥悬在半小时之后，所以隔着迷蒙的半小时的时间是看不见的。右边的这条并不黑的黑水河隐隐传来了源源不断的泅水声。他想这泅水的人已上了岸怎么还有人泅水呢？他想这断然不是一般意义上的泅水，这条河也非一般意义上的那种河。

过河是一件匪夷所思的事。他经常处于无币的状态，过着无币的日子。他有时非常想诚恳诚实，可他的手在衣袋里诚实了半天掏了半天，除了布，还是布。布贴布。在这个"全民所有"的国度里，谁叫他成了一个民办教师呢？谁叫他一年只有500元不到的工资呢？他曾经多么想买一把小提琴，痴心地拉上一回。可是当他用一天只有一元三毛钱的目光看了当时最低价也要60元的小提琴一眼，也就蔫巴了、哑然了。可是，校长豸说，这500元除舐、氚外，没有一个可以得全工资的。拿小聿来说，一年的过桥费和向导费就不少（别人不能白为你服务啊），另外还有生活费，考勤也要扣除不少的钱。

……想起往事，小聿肺都气炸。他恨不得纵身一跃，跳进这波浪滔天的黑水河。——可是，这肩上的孩子，他还在梦乡，他是无辜的，我不能将他一起葬送呀！

可这条河，这眼鼻底下的现实该怎样度过呢？

现在是天上湿淋淋，地上湿淋淋，大人湿淋淋，小孩也是湿淋淋，难道就在这湿淋淋的野渡过夜不成？这个听声音很熟的黑妇小聿是有所领教的。

——要过河，没钱？不行！

——哪有堂堂的人民教师不给钱的，学生过河都给钱你不给钱？

——承包？这流氓（豸）从来没有放过这个屁！

这是这个面目不清的女巫式的黑妇的声音，这声音似曾相识，像在哪里听到过……极像学校那个眼影里有一撮黑毛的舐。会不会就是舐捣的鬼呢？莫非她顶着一块青布化了装偷偷潜到了这里？另外，她为什么恨豸，难道这里面另有隐情？

现在小聿不得不忍住饥饿长久地在桥头的一处避眼的地方徘徊。有时他甚至像敌占区的特工那样埋伏在草丛里，他观察桥上的动静和"女巫"的神态。徘徊久了观察久了他也看出了一些门道，生出了一些机智。他看出"女巫"打盹他便走上悬索桥。走了一半刚好五分钟。五分钟他就往回走。五分钟一过"女巫"醒了。

——又是你，回去回去，没钱滚回去！

于是，他就真的"滚"回去了。

小聿的家在黑水河对岸。家在一个漂泊不定的人的眼里，就像在茫茫的大海里突然看见了灯塔一样，那绝对是一个产生温暖的地方。小聿的家在河的这一边，是一个与艮小绝然分开的地方。尤其是家中的两件乐器，比凭空得来的儿子更让他高兴。毕业前夕他曾携着他的洞箫，随着学院管乐队，吹遍了祖国的大江南北、长城内外。就是凭着这股音乐的气概，他才斗胆爬上了河堤，在与艮小的对峙中奏响黑水河这边的属于自己的世界。在这里，他把别人对待他的那些纵然六月也寒冷的伤害完全化入了月下琴弦的振动。在器乐的奏鸣中，他完全领悟了"伯牙鼓琴，而六马仰秣"这个成语所指涉的音乐世界。也只有在器乐的演奏中，他的个性才像一个溺水者一样慢慢地浮出水面。

小聿说他回到艮地并不是官方所谓的热爱故乡，……把你的全部生命放在这里就算热爱了吗？也不是因为艮地有什么音乐上的旷世奇才，需要发现、需要重点培养。他相信他们没有他小聿照样会茁壮成长……小聿此次来是为了一首曲子，一首早已失传的古代名曲。传说是春秋时期晋国的掌乐太师师旷遗佚的。另一个诱因，便是悬索桥。悬索桥是一个悬而未断的谜语的谜面……如果把它推演为世界上最宏伟的乐器，那么，弹奏这件乐器的人是谁，他在哪里，他消逝在历史的哪一个世纪哪一代哪一重迷雾里？另外，曾经被弹奏的乐谱又飘落到了哪一朝哪一代哪一个人的手上？基于这方面的考虑，小聿看出自己的艮地之行的意义重大。凭借自己的天赋和得天独厚的条件，小聿准备着手这方面的搜索、收集和考证。

　　……豸听说"芷"大音乐系毕业的小聿回到故里，便盛情地邀请小聿到艮小去玩，并游说他兼任艮小的音乐教师、施展自己的才华以投身家乡的建设。刚刚返乡的小聿由于不谙世故，加之意气用事和感情冲动，看也未看便毫不犹豫地在一份表格上草率地签上了自己的大名。就这样他成了回乡支教的热血青年，一脚误入了豸早就设置好的圈套和无以穷尽的"回"字小区，以致他今后的日子痛苦不堪愧悔不该当初。

　　小聿好不容易湿淋淋地摸回家。一路上家的概念像水上的浮桥动荡不定。油灯的昏黄使这个近在咫尺的家恍若隔世，仿佛隔着千山隔着万水隔着一道越不过的重洋，很渺茫。小聿试着用食指第二关节敲了敲这个听说是自己家的家门。敲了半天他就开始发虚。推开本来就虚掩着的大门进去一看，那边床上打着呼噜的好像正是自己的妻子。此刻的她脚也未洗便在东厢房里死猪般呼鼾睡去。揭开纱罩一看，桌上是今天吃过的几个空碗。有两只夜蚊子冲天而起。昨天，乃至前天吃过的饭碗还咕嘟咕嘟地泡在水盆里冒泡……瓮里盛着浅浅一皮水，浅浅地发着臭。臭水不断繁衍，衍生成无数蚊子充塞其间。这个不似他的家的家里，只有用来烧米饭的土砖灶和一口铁锅让他感到了一丝的亲切，可是土砖灶和铁锅能吃吗？那把用旧的充斥着污垢的锅铲懒洋洋地挂在墙上。缸里有米。但米依旧还是米。一颗米也不会自己跳出来煮熟。屋里的蚊蝇真多，也真饥饿，甚至比小聿更饥饿。它们成群结队地像轰炸机一样地轰炸小聿，成群结队地匍匐在小聿充满汗臭的肉体上，轻轻一拍，地上就掉下一片，黑麻麻的。掉下就掉下，一动不动，没有死的痛苦。然而它们前赴后继，又上来一拨，轮番冲锋，伏在小聿的肉体上，一动不动。"啪——"又是一巴掌，掉在地上，一动不动，没有呻吟。又上来一拨，又是一巴掌，如此反复。生命不息，战斗不已。无奈，它们闻到久违汗香，看见了新鲜的久违的肉，它们饥饿，它们为饥饿而战，铤而走险，忘记了痛苦——可怜的蚊子！

——爸爸，我饿！

——好，爸爸这就去挑水做饭！

小聿操起扁担就去挑水。小聿来到黑水河边。小聿正要去舀水，他发现扁担钩子上没有水桶。钩子是空钩子。桶遗忘在家里。小聿又折腾回来，折腾来折腾去。

小聿折腾了半天，饭弄熟了。可儿子已经带着路途上的泥巴睡熟了。这时女人醒来了，她一骨碌地爬起来就去抢碗，她好像比小聿还要饿得厉害。

小聿不看她也不理她。他在恶毒地想：这种好吃懒做的肥女人如果把她送进花果山那火葬场的炉子该要烧多长时间？又想：她怎么认识豸，莫非他们早就很熟。小聿忽然觉得口中津涌，滑出一粒小石子，用手接住，是一枚牙齿。小聿漱了漱口，便去搬儿子，儿子说我困我要睡觉。小聿回到桌上继续吃饭。他饿了，他要吃饱。他得吃很多很多的米饭才饱。他的饿有点奇怪，往往是饭碗刚丢就饿了。那食物好像没经过胃脘的处理便糊里糊涂地直达回肠，在回肠里七弯八拐地随便转悠了一遭就变成了另一种物质被送入"下水道"去了。记得以前不是这样。

　　小聿起身去自己的居室。他点燃一支蜡烛。他让它把他的房间
照亮。他便开始像打量遗物一样打量他的房间。他不仅看见了他的
书柜，他还看见了他的二胡和他的洞箫。乐器都蒙上了灰尘，他很
感慨；他对乐器感到很亲切，但更多的是他感到了它们的遥远。他
开始落泪。他用最脏最不堪入耳的话咒了狗日的校长豸。他感到自
己过去的一部分生命在准备燃烧成火的时候转化成了乌有的烟尘，
消弭于空旷无际的太空，无影无踪。他感到生命中那个原先恒定不
变的、可测的基音开始发生动摇，开始没有信心，开始不可测定。
他开始怀疑他的这双被污染的手，它们还能像过去那样圣洁地碰响
这些乐器吗……啊，疲惫上来了。他太疲惫。疲惫像浪涛一样席卷
而来。疲惫一直在非常遥远的路途上一波连一波地奔涌。最初他只
是小腿肚有点发软，接着哈欠一个连着一个，最后是一个哈欠便栽
倒在床上……

　　一切都远去。

　　二胡、洞箫与浪渣一起被泛滥之水席卷到遥远的岸边。

　　后来，女人来了。

　　女人滴着清涎。女人看见屋里点着灯。女人没有看见小聿。在
小聿的居室居然没有看见小聿。女人也看不见乐器。本来就听不懂
乐音的女人根本就无法看见乐器。

　　乐器藏得很深。

　　女人看见书案上有一张看不懂的字条。字条写着：

远涉重洋的一只雨燕

压住

房檐

空房失眠

夜色

无边

女人刚一进来，小聿就看见了。他不仅看见了这个坑坑洼洼的女人，看见她坑坑洼洼的脸，而且看见了她黑毛丛生的阴影。让他感到可怕的是他在女人的眼底里看见了舐。舐隐蔽在艮小的"回"字小区内的某一丛草里。虽然隐得深，但黑毛昭著。豸从侧门进来……豸将舐扑倒在地，抱成一团，撞击，撕扯，打滚。小聿感到眼睛晦气，便提着乐器侧身蹑出室外。

雨早住了，月亮已升起来。

月亮是刚刚擦拭的，就放在一块布上，那是一方浅蓝，而且上面撒满闪亮的米粒。

庄稼人都睡了。植物与小虫们开始存在。小聿蹑手蹑脚地走进这放下了工具的夜晚的世界。

他向前走。

他无泥地向前走。

他要到纯净的花蕊中去呼吸。

他要前去与一棵大树交流气息，到滴滴答答的树叶下领略生命的传奇。

这是午夜。在这个时候，枝叶交错，光亮微弱幽邃；正是在这种时候，人从上到下、从外到内的苏醒。一切都远去……病气与药丸远去。他不要出恭。他没有看见那种不祥的红光。他像植物一样，矗立在这里。永远地在这里，哪怕成为一棵草，一种纯客观，一种纯物质。小聿欣喜地相信，在这活性的空间，肯定有某些根本性的因素、掌控一切的因素在暗中发生着无穷的变化……小聿专一地听着。——不是看，是听，谛听。起初是一些芜杂的小心翼翼的声响，远处正在消失的马蹄，偶尔是狗吠，田鼠咕噜咕噜，蝉儿受惊。小雏鸟在幽幽的巢穴里叽叽叽叽以及黑水河那边船板的敲击声和咕咚咕咚鱼儿泼喇跳水的声音，后来这些声音渐次远去……替代的是一种明朗、光亮、舒缓、辽阔、浩瀚的乐音，仿佛无，仿佛有，时有时无，邈不可及又无处不在，不见所来，不知所去，不见中心，不知边缘，一种充盈，一种洋溢；物质的形式消失，全部化入（仿佛是）一种高顶平流。感到了，感到了，小聿欣喜地感到了！小聿感到有一种东西在周身荡漾。——小聿狂喜！他终于呼出了它：

啊——和声！！

在这里，就在这里！！！

小聿看见了一个从来没有看见过的世界。小聿仿佛第一次看见了世界的白天。——人类的新生正是从这里，从午夜的和声中开始诞生。小聿想，我也许不是一个纯粹的音乐家——但我发现了自然界的和声，也许这在现代音乐艺术史上是永远不会被认可为音乐事实的事实。可是，这是曾经为我生命所经历过的事实。我不能否认，——在这里，在午夜，我才真正地发现我们的曾经蒙晦的乐思与曾经昏暗的乐魂……哦，师旷，您一直语焉不详的与未及昭白天下的是什么呢？您的佚失民间的光彩照人的名曲一直难以发现的原故又是什么呢？莫非一切都像我的乐魂一样蒙受着另一种欺骗、另一种昏暗吗？还是另有隐情……

小聿往回走，他有了一种从未有过的冲动，他要创作一首期待已久的器乐曲……忽的一个跟头，被谁的一条腿绊了一下，他就醒了。……恰在这时，黑水河对岸的高音喇叭响了。夛庞大地立在这个巨大的声音里。

喂——紧急通知，紧急通知，艮小的教师们请注意——艮小的教师们请注意——请教师们马上赶到学校，核实人口普查文化户口册。先听会议精神，再学习文件，再讨论，两人一组，分组行动，力争家家到户户落，不许出错，谁出错谁负责！没有客观原因可讲，必须来，马上来学校……

这个声音，在午夜时分反反复复地响了五遍，小聿就彻底地醒了。这个声音强大到无法拒绝。小小的村子里，一些不长叶的"树"上，这里那里，到处挂满了黑窝般的高音喇叭；这里那里，高音喇叭此起彼伏，响声不断，连成一片。一会儿，邻村的高音喇叭也响了。这一夜黑水河两岸村庄，两岸的人全醒了。

小聿没有理由不去学校。他必须离家去学校。

……八天早过了，还不见儿子回来。聿老聿教授盘算起来。这八天之外不好确定。小聿去的是聿老的家乡，这应该是一个中音区。——莫非他在这里遇到了什么风险，出了事，滑到了某不可捉摸的一度低音区？聿教授便打点行装，从他所在的这所海边音乐学院"芷"风尘仆仆地来到了故乡艮地。

聿教授抵达艮地已是午夜时分。他看见一个人孤独地躺在一块浮板上。他看见悬索桥的桥板空缺了一块。走上悬索桥他感到了前所未有的害怕。后来他说桥头隐匿着一只红眼发亮的黑蜘蛛。

奇怪，儿时在桥上多次跳水怎么就没有发现呢？

走了好远，聿教授还在想：这孩子多可怜，躺在一块浮板上孤绝地漂走，漂向天际。

电线上有一群鸟雀。聿教授刚一走近就飞走了，歇在前面的电线上，不远也不近。聿教授感到脚被什么硌了一下，生疼。拾起来，一瞧，是一枚算盘珠子。他吹了吹，然后用一张卫生纸反复擦拭，放在手上，油油的暗呈黑褐色的光亮，觉得很好玩便拿上。突然，他闭上一只眼，用另一只看了看，他奇怪地发现透过这枚算盘珠儿的孔眼看世界是另一副样子。于是他就拿着算盘珠儿上下左右地看来看去。他一下望见了遥远的艮小，他清晰地看见了艮小，他看见账房先生氕，他正匍伏在一盏昏暗的油灯下拨着算盘珠儿。氕念念有词，见一无除作九一，九退一还一。聿教授不明白他反反复复叨念这句口诀的意思。打了一会儿算盘，氕忽然停止念叨口诀。珠儿呢，我的珠儿跑哪儿去了，他端着灯盏满地找。

——九退……一还——聿教授边念边想，谁九退一还一呢。

——对，我找的就是这枚算盘珠子，原来被你拿去了！

看见不知从哪里冒出来一个人，驼背。聿教授放下正在瞭望的算盘珠子。驼背手一扬从聿教授手里夺了过去，迅速地推进算盘柱子，仿佛一个熟练的枪手上弹夹。

——见一无除作九一，九退一还一，氕念叨出一句口诀。

聿教授见他这样蛮横无礼便径直向前走了，并不计较。走了不久，影影绰绰感到前面有一个人影，是一个阴影很深的人，他走得很轻很轻，轻得像一匹干枯了的树叶贴着地皮无声地飘。大树叶连着一匹小树叶，他手里牵着一个孩子。

——爸爸，我饿！我要吃肉！

——儿子，快到家了，到了家我们吃吧，好吗？

一阵小风，飘来一股浓重的中药味，他们就走了。一会儿他们走去的那个方向就开始下雨。走了好远，仿佛他们走在另一个故事另一个人的回忆里。聿教授还在想：多可怜孩子！这时他们该淋雨了！

聿教授虽然是很久没有返乡，但老马识途，他还是转弯抹角地找到了艮小。他想到艮小去打听一下儿子的下落。

艮小好像跟他孩提时读书的格局大不一样。过去他读书是在一个大地主房子里，一所庄院式的小学，房子分列在四周，房上盖着薄薄的手工制作的黑纸瓦[1]。现在却是一座拔地而起的教学楼矗立在校园中央，四周是一道道的围墙。此刻教学大楼灯火通明，人影幢幢。

——果然大不一样了啊！

聿教授沿着围墙绕了一周，他感到有些蹊跷。

没有门，四方都没有门。

这正是聿教授感到蹊跷的地方，好端端的一座现代建筑竟没有门。聿教授从来没有进出过这种没有门的学校。那么这种学校师生们是怎么进出的呢？莫非他们像鸟儿一样从天上飞进去不成，抑或架上云梯爬进去？那么，这进出的云梯又隐在何处？这是一；另外，使他弄不懂的是这午夜时分的夜，却灯火通明，教师们不去休息，养足精神，准备第二天上课，却集中在这里，这是干吗呢？这是二。正在他边发愣边在墙上瞎鼓捣这里敲敲那里扣扣的时候，一个声音出现了。

——别动！放老实点！

聿教授这下可真的被镇住了。他是到过敌占区的，枪和呼啸的子弹他是认识的，他知道子弹是从不开玩笑的。所以，战战兢兢的聿教授慢慢地举起了双手，悄悄地拿眼睛四野查看。四周空荡荡的只有一片迷茫的月色。

——这人在哪里说话呢？哧溜哧溜，从旁边的一棵高大的白杨树上哈哈大笑地掉下一个人来。这人掀了掀树枝帽说：

老鬼，你鬼鬼祟祟在这里鼓捣啥呢？我早就看出你动机不纯。

——我要到学校打听一个人，他姓聿，你知道不？

——不知道。这是秘密。

——放他进来吧。墙里一个人说话了。

聿教授听出戴树枝帽的就是在路上念叨"见一无除作九一"的那位。氘听见豸在墙里发话，也无话可说，就随手在一个什么地方一揿，门开了。

哦，仿墙门！

聿教授就跟着豸往里走。氘依旧回到一棵树上。聿教授感到前进的缓慢墙体结构透迤复杂。折的横的竖的曲里拐弯的，过了一重又一重，结构相似相关相同，山重水复。每一个大层次内又有相似的小层次，每一个小层次里又有大小方正相近相同的"回"字小区。每一"回"字格都很难找到进口（进去是不自觉的），更无法寻觅它的出口（走出"回"字是艰难的，甚至是漫长的）。每到一处，都是一种历险；每一次走出，都是一次绝处逢生。聿教授感到不知经过了多少重墙历了多少次险，才抵达学校正中心这所谓光明地带。聿教授坐在一把椅子上直喘气。

——哈哈哈哈，怎么样？豸早就等在那里。

——真不简单啊！

——这不过是我的业余创作，跟世界上那些杰出的建筑大师比起来，不值一提呀！

——您怎么想到把一个简单的学校弄得如此复杂呢？望山跑死马。

——一点也不复杂，你是初来乍到不明白，慢慢你就会习惯的！

——这样，孩子们和家长受得了吗？

——这都是为了孩子们，受不了怎么办？不过家长们也都很理解很支持，他们认为把孩子们交给我们特别放心。

——晕！聿教授只有一个感受，心想，这都是一些什么？！

——来来来来来，不谈这些，我们来做一个游戏，一个古老的游戏，轻松轻松。

——游戏？小聿，他……

——小聿没事，他在这里很好，您尽管放心！做游戏吧，不会？不会我教教您就会了。

豸边说边找一块地上坐下来，聿教授想看民间稀奇，想见识一下这究竟是一种啥高级得不得了的游戏，见豸坐下来也跟着坐了下来。地面很干净。豸随手摸出两把小刀，自己一把，聿教授一把。豸在地上划一直线。线的一头指向聿教授，另一头指向豸。豸说明游戏规则。

——这根直线的一头是您，另一头是我。这刀在地上杀一下，发展一条弧线，然后是包围与突围。包围也好突围也好，刀子都必须杀在敌方的弧线上，方能突破防线，杀出重围。当然，突围出去的线段也可以反包围。听懂了不？

——听懂了。

堂堂的音乐教授聿老竟然像刚刚启蒙的小学生，规规矩矩地坐在地上，准备进入角色。豸校长边杀边说，你儿子杀得不错！

现在地面上两个端点两人各发展了一条线。下一刀归豸杀。豸马上一刀杀中了聿教授跑出来的那条线，然后将自己的线引过来，很快将聿教授围困在里面。归聿教授杀，聿教授一刀杀下去，刀子没有杀中豸的围困线，却飘到了线外，无效。归豸杀，豸熟门熟路一刀杀中了围困线（围困线围困他人也围困自己，所以他必须杀出去，再发展线段，突围，再围困，再突围，再围困，如此反复），打开一个突破口。归聿教授杀，聿教授却一刀杀在围困线里面，只是把自己的线段往内延长了一点，并没有杀出。归豸杀，豸随便杀了一个地方将自己的线段拉长且引到一个安全地带，以期再围困。归聿教授杀，聿教授又杀飘了。归豸杀，豸的刀下又发展出第二道围困线。归聿教授杀，聿教授这次杀中了，总算透出一口气，突破了一道围困线。归豸杀，豸杀出；归聿教授杀，又杀飘了。……就这样，聿教授后来再也没有杀中过，总是杀飘，豸杀进杀出又发展了第三道围困线，不一会，豸又发展了第四道，再后来又发展第五道、第六道，乃至第七道、第八道围困线。豸的线段密密匝匝、层层缠绕，不留缝隙，密不透风，没有进口，也没有出口。聿教授的刀子总是杀飘，因为杀飘他手抖，因为手抖他总是杀飘，不是飘里，就是飘外；不是杀中第三道线，就是杀中第四道线，总是杀不中第二道围困线。聿教授像一只被困囚在一张网里的大猩猩，线段绕线段、线段与线段交叉黑乎乎密密麻麻的，望着这密密麻麻的无数道线段，无数个圆圈，你缠我绕，互相缠绕，像一窝乱蛇一团乱麻，自己像一只猩猩、一只被缠缚住双翅的老鸹，晦气沮丧极了。这他妈是啥游戏？整人游戏呀！聿教授有点沉不住气了，有点慌乱，有点迷茫。豸叼起一支烟，揿亮一朵红火，慢悠悠地腾云吐雾，吐烟圈，吐出一个又吐出一个，一会儿烟雾笼罩。仿佛薄暮时分天色已晚，地气上升阳气下沉；又仿佛秋分已过，寒露霜降来临。地下的圈地上的圈；地下的"回"字格，天上的"回"字格；上下融合，上下袅绕，上下弥漫。聿教授推了推眼镜，看不清豸不知他隐在哪里，也不分南北东西，时节季令，只见一个火星像鬼火般飘忽不定明灭可见。后来火星也灭了，但依旧雾霭沉沉，且潮湿阴冷。聿教授预感处境不妙，危险，一个鲤鱼打挺，抓住头顶一根垂枝，但枝上一个人，是氘的一张脸。氘举起一把柴刀，手起刀落。聿教授连人带枝崩落。聿教授拼命挣扎、挣扎……一切都无济于事。一切只有动荡动荡动荡，网动荡、网收缩……舐冷冷地出现在网的一角，嘿嘿嘿嘿地笑着，聿教授别来无恙？……舐的眼血红血红，她张着一张血盆大口，这哪里是一个人，分明是一只噬血如魔的黑蜘蛛……聿教授早就听老一辈老奶奶说过这种蜘蛛，细腿多毛，就在艮地这一带，噬血成性，许多人为之丧命……黑蜘蛛突然凌空，吹了一口气，聿教授嗅到一股奇异的香，来不及"哎呀"就晕过去了……

小聿空着衣袋来到了医院。

小聿记得昨晚打了一个夜工，早晨吃了几块糊锅巴，上了一趟茅厕便来到了医院。

小聿昨晚迟到了，豸说扣除本年度工资10元。早晨误了三节课，扣除本年度工资30元。

小聿昨晚去学校，他看见了箐姐。箐姐总是在这种阴凉的时候，出现在这阴凉的地界。箐姐的手很迷人，你无法抗拒。箐姐只把手在空中摇一下，他就屁颠屁颠地去了。月光下箐姐的脸儿看不清。箐姐坐在一条田埂上，她随手拿起一棵草（那其实是一棵"回头青"，校园里有这种草的。"回头青"与"回"字格相互掩映）就与小聿一道撕太阳。箐姐从这头撕，小聿从那头撕，撕了一个又一个，撕了一个又一个，不知撕了多少个。

——哎，全是阴天，全下雨；总是撕不出一个太阳，总是撕破。箐姐自言自语。

忽然一阵风，就真的来了一阵雨。箐姐手一丢，不撕了，不撕了。

——我要结婚去了。

——结婚？你十三岁就结婚？

——你听，那边的锣鼓都响了，是来接我的。

一阵风，箐姐就消失了。撕破的草梗散了一地。小聿这才想到箐姐早死了，死的那年正好是十三岁。小聿是爱箐姐的，但他当时只有五岁；他太小他不能满足箐姐的要求。小聿就想到要上学去。小聿就迟到了。小聿真不愿去学校，他感到这野地里很舒服，他没有感到有什么伤害。

在校门口，小聿看见了在树上望风的氘。他一边值勤一边在树上拨算盘。他说，我见一无除作九一。

氘说，你迟到了。

小聿说，我迟到了。

走在校内的一条甬道上，小聿看见舐。

舐说，你迟到了。

小聿说，我迟到了。

小聿就看见舐在一个簿子上划拉了一下，划了一个"0"。完了，小聿知道这一天白干了，一天的1.23元工薪就这样蒸发了，算是交公粮了。这一天成了他的真正意义的白天。在这个白天里他很恍惚。干脆不上班又是不行的，豸一定会龙颜大怒的。豸规定迟到扣除一天的薪金，迟到且不上工，算旷工；旷工一天，扣一周工薪。

小聿很害怕。

小聿还得硬着头皮爬楼梯。中途被一个什么东西绊了一跤，他站起来拍拍灰继续爬。

豸校长说，你迟到了。

小聿说，我，我，我……

——我什么我，赶紧找位置坐好！

——好，小聿同志终于赶到了，人齐了，我们可以开会了。我宣布，今天不上课，集中完成文化户口册，学生不放学，一律留在教室里做练习题和自测题。谁的课谁进教室做谁的练习题和自测题。只要不打架斗殴就行，但不能放羊，免得家长看见费口舌，群众影响不好。我知道大家有意见有情绪，会说这（户口册）不是我们的任务，我们的任务是教学。没错，我们的任务的确是教学。但也没办法，这是上级的安排，我也有情绪有想法呢，谁来安慰我？你不服气，你可以跟上级反映，跟上级去说，别跟我说。但我们现在必须在天亮前完成上级交给我们的任务，迎接省、地、县三级领导的验收检查，确保艮镇成为无盲镇。首先要明确一点，我们当下的任务，就是造好文化户口册，做好群众的工作。一、先说第一桩事，造好文化户口册。现在我们每人手上发的有两个户口册，黄皮的是母本，是标准册；还有一个蓝皮的，是原始户口册。原始户口供我们内部使用，掌握真实情况。就是说真实情况全在这个蓝皮册子上，蓝皮不能上交，上交的是黄皮，黄皮是交上级检查用的，是镇宣办镇教育组核准的。就是说，我们手上的黄皮册要与县、镇两级领导手上的黄皮册高度一致。所以一旦人口如今有变动，文化程度不达标，比如李某某出嫁了，张某某死了，赵某某年龄不对，王某性别不对，婚配不对等，都不许有。就是说只要与黄皮不符，检查前都要把工作做好，统一口径。出嫁的到时要动员她回来；人死了的，黄皮还未销号，要改变说辞，说他（她）打工或出差或走远亲未归；是文盲的，要注明脱盲时间；谁的辅导教师。总之，一切都要防患于未然，都要自己想办法，我们只看结果，不管过程，不管你用什么方法，不管你怎么做，力争做到省、县、镇三册对口。二、力争完成上级规定的文盲扫盲指标数，不得有误。现在，我们全体教师要处于一级警戒状态，不得有误……行了，现在开始领文化户口册、领铅笔、领橡皮擦、领一张字条，两人承包一个生产队，也就是一个教师搭配一个村干部，两人一组，但教师是主体，负主要责任，村干部只是配合行动，给你当当向导，或配合你说服对方，落实黄皮户口册的具体工作还是靠我们的教师完成。村干部名字在字条上。放学后，老师们集中在学校食堂就餐，完了去找包队的干部一起摸黑行动；力争做到家家到户户落，做好群众的思想工作。能堵嘴的尽量堵住他（她）的嘴，不能让他（她）瞎说。大队准备用高音喇叭配合大家，做好群众的思想工作。大家一定要提高警惕，要把这个事提到民族生死存亡的高度，提到国家长治久安的高度，确保对党负责，对人民负责，对革命负责，同时也是对自己负责。此次迎接检查，我们已分工到人，责任到人，谁出错，谁负责，谁卷铺盖走人，别怪我姓乿的到时翻脸不认人，大家都是聪明人，别怪我把话说绝了。当然，我也知道，大家的觉悟都是很高的，不会拿自己的工作和饭碗开玩笑……行了，不说了，大家分头行动，回到教室去吧，管好学生造好户口册。

——现在一部分教师已经和村干部一道下生产队堵嘴去了。乿在树上值勤，主要是注意艮镇那边的大路上的动向，一旦发现验收团的小车，要立即鸣号。

——是！乿下去了。

——小聿与在座的一部分教师的任务是造册。对，说忘了，还有一点，要特别强调，就是技术处理。

——技术处理？

——对，比如，当然我这只是打个比方，比如小聿父亲的现龄62岁，如果从黄表册的情况出发是26岁，那就得改，改成26。我这是一个比方。

——什么，把我的父亲改成26，那不成了我的兄弟？

——成了兄弟也没办法（乿一脸严肃）。因为那个母表就已经搞错了，而且呈报上去不能更动，所以只好将错就错。而且，有一部分人据说性别也发生了错误，所以也要改过来。

——哈哈哈哈哈，改变性别？那不是公母人，一会公的一会母的，呵呵呵呵……

——呵呵，别笑，也只能这样了，比如小聿的父亲必须是女性，那就必须是母的……不要笑，严肃点，这是个政治问题！这是上级根据艮地全镇的情况平衡过来的指标数。今兄弟村的女性多造了，无法更动，便给我们村拨过来六十一个妇女。注意，是账面上的妇女。而我们村的男性又超饱和，这正好将一部分男性改为女性，改不完的部分，就分别加到各家各户。注意，加也不能乱加，要注意分寸，注意她们的年龄（老、中、青、小）和她们进入家庭的角色。有的家庭只能加婆婆就不能加妹妹，有的加成妻子就绝不能加成母亲。比如某某是一个光棍，你就最好给他加一个老婆，并要给他打好预防针，别到时说漏嘴了，也别到处乱说。听到没有？

——听到了。

——这个册绝不能出半点差错，一定要与县、镇两级领导手上的户口册保持高度一致。另外，这次对付省验收检查的脱盲人员我们已经定好了。绝大部分是初高中生，只有小聿一人是大学生。

——我是文盲？小聿说。

——对，不准把这个事捅出去。要知道，真正的文盲是不能让他们来参加脱盲考试的。所以我们在他们的学历栏上一律填了初高中毕业，免得到时出洋相。另外，这次替考的"脱盲"学员，字一律不准写好，要歪歪倒倒，卷子不能答满分……

……堂堂的音乐大学作曲系毕业的大学生小聿竟然要在艮地扮演文盲，他实在是越听越脸红，越听越侮辱，越听越糊涂……就这样，小聿稀里糊涂地忙了一整天，晚上又晕头甩脑地忙到天亮。

忙了一夜,凌晨时分小聿才摇摇晃晃地走回艮小，在自己的办公桌上和衣躺了一小会。没有被子，冷，冻醒了，迷迷糊糊爬起来一看，天亮了，但天灰蒙蒙的，校园依旧雾气弥漫。这是江南，湿气重，一场大雾就像下了一场雨，地上湿湿的，很冷。小聿影影绰绰看见操场那边的草坪上有两个朦胧的背影，很亲切；注意地看，是两个学生在撕太阳。

他们样子很专一，很忘情，忘记了周围的一切。

后来，小聿走下楼去，两个孩子就不见了，不知跑到哪里去。

小聿走下楼来就感到身体有些不适。很疲倦。疲倦的枯手又尖又细又长，疲倦像按洞箫一样按住小聿的七个孔。死死地按住。盈满七孔的水正流向洞内看不见的某地方，下坠。没有回音的下坠。身体薄抵一张纸。不知是一些什么鸟雀悄悄地一不注意就滑进了小聿疲倦的视野，它们成群结队地飞。如此之小，像是一些蜂鸟。……记得开学分课那天，教导主任给他一张课表，小聿随便去看了一眼：音乐（小聿）、语文（小聿）、数学（小聿）、自然（小聿）、体育（小聿）、美术（小聿）、班会（小聿）等等，种类之繁，目不暇接。再看领导的分工：考勤兼司铃（舐）、特勤兼财会（氘）、全面负责（豸），如此。都是管人的监督人的。这与监狱也没啥区别了。看过课表之后的小聿晕头甩脑。

小聿晕头甩脑地往楼下走。

小聿轻飘飘地走。

楼下的操场围了一圈人。下队做群众工作和堵口的教师们已陆续回来了。一些到的早的学生也已经七弯八拐地摸到了学校。这么早就围了一圈人，都在干啥呢？透过围得里三匝外三匝的人群一看，圈子内在做一种游戏，喝彩的声音一浪高过一浪。小聿感到这股浪潮要把自己掀翻。他急忙从地上抓起几块卵石装在衣袋，这样人才趋于平稳，人才像石头一样趋于沉静。

——下一个，下一个……豸高喊下一个，下一个谁来耕田？

——我。氘答应。

豸拾起氘的右腿，左手扬鞭，驾！氘便挺着"龟头"和他的罗锅背向前爬。吁，过——来！转弯！一圈、二圈、三圈……耕了三圈氘实在受不了了，败下阵来。

——下一个，下一个……豸又高喊着下一个。

——校长，都耕了……哦，小聿来了！只有小聿未耕了。

——小聿，快来耕田！

豸笑笑嘻嘻地来抓小聿的一条右腿……豸一个趔趄抓住了一只脚。豸拿到近处看了看，是一只鞋子。空的。那只穿鞋子的脚跑出去了。

——好，好……有你的，小聿！老子找你耕田，是抬举你！

小聿赤着一只脚跑进伙房。厄稳坐钓鱼台。

——吃饭吗？饭早吃光了。

——你怎么不给我留饭呢？！

——哪个叫你吃饭都赶不上？

——……

——还有几块煳锅巴，你去吃吧！

——煳锅巴？！

——只有煳锅巴吃。

——有米汤没？

——没有，米汤喂猪了！你再不早来，煳锅巴也给猪吃了。

肚子空得疼，本想用米汤泡煳锅巴吃，这样软和，对本来就胃疼的他可能会好受一点，哪知这伙夫厄连米汤也不肯留，倒了。小聿就只好去吃又冷又硬的煳锅巴了。

——不识抬举的东西！吃煳锅巴是便宜了你，像你这样的书呆子，煳锅巴都不配吃！领导叫你耕田，是看得起你，你咋不耕呢？我们想耕田都耕不到……

说话间，不觉有一种不祥的红光浸洇过来，红艳如血，映红了整个伙房。小聿立马从红光中站起，摇摇晃晃地走向茅厕。伙房里放着半碗吃剩的煳锅巴与伙夫厄的喊声，你回来……

茅厕被人为地排斥在学校生活区的外围，它隶属于"脏"的范畴。可是，小聿却在这世上最脏的茅厕里找到了一种"干净"。

吃饭是一种脏，越吃越脏；拉屎是一种净，越拉越净。小聿说。

小聿映着红光走进茅厕，那里已有一个人在解手，一本书遮住了他的脸。他的血把茅厕滴红了，而他还在津津乐道地看书。小聿看出这本书的封面很熟，好像是自己在大学里读过的那本，奥地利音乐美学家爱德华·汉斯立克的名著《论音乐的美》。如果没有弄错的话，就在这本书的封二有小聿随手辑录的贝多芬的一句话：

——音乐是比一切智慧、一切哲学更高的启示……谁能渗透音乐的意义，便能超脱常人无以拯拔的苦难。

——贝多芬

那么，这个如此热爱音乐的、蹲在茅厕里也看音乐书的人是谁呢？

突然，铃声响了。

其实铃声早在小聿走向茅厕之前就响了，只是由于他当时亢奋在一种红光之中便双耳失聪，没有听到。走进茅厕，那个看书的人慌忙收书，对铃声做出一种本能的条件反射，正是这一条件反射把敲铃的信息传给了小聿，小聿才感到了时间的紧迫。那看书的人忍痛从书上撕下一页纸，擦一下，说，血！他又撕一页，擦一下，仍然是血！他就这样把整整一部音乐美学名著，一页一页地撕光了。他用自己的血把它们染红，然后一页页丢进了茅坑。最后提着一本音乐名著的空书皮走出了茅厕。

小聿提着裤子走出茅厕，便不见了那个看书的人；小聿提着裤子走出茅厕，就感到肚子更饥饿，他甚至有点留恋大便，拉屎把肚子拉饿了，不拉也许没有这么饿；小聿提着裤子走出茅厕，感到肛门好疼。倏忽之间小聿想起儿子的那个谜语，铜钱大块布，中间褶无数。说不定是我的铜钱大那块布给撕裂了，不然，怎么这么疼呢？蹲过的腿子像木头，人空得就像那张书皮。小聿感到体力不支，说，得看一下医生了。可是身上早已毫无分文，摸来摸去，衣袋里只有几块镇风的卵石。他便去找豸，他想借钱。卵石是不能当钱用的，但也不能丢掉，没有了卵石人是要被大风吹跑的。

到哪儿找豸呢？

校园一个人影也不见。到处是一些走不出去的"回"字小区，豸究竟去了哪里藏在哪个"回"字小区里呢？

小聿便在一些"回"字小区里踅来踅去，他忽然听得一个小区有豸的声音，且声音仿佛是隔着草丛又翻了一道短墙才传到小聿的耳朵。

——我给你吃泥鳅！

——我给你来个泥鳅拱豆腐！

——我给你改良土壤！

然后是舐的一串圆鼓鼓的淫笑。

泥鳅拱豆腐倒是听说过，有这么一道菜，就叫泥鳅拱豆腐。可这泥鳅改良一个人的土壤小聿还是第一次听说。新鲜！忽然，他被一个什么东西绊了一跤，扑在地上。小聿还在想泥鳅怎么可以改良一个人的土壤他就爬了起来。刚刚爬起来的小聿正准备深究一下这泥鳅如何拱豆腐，他又被什么绊了一下，他这才有些蹊跷地往上看，他看见了正在值勤的氕。氕戴着红袖章，一副趾高气扬的样子。哦，知道了，氕是特勤，课表上写着，现在他似乎有点明白，啥叫特勤了。氕说你找谁？

——我找豸校长。

——找校长不在校长办公室找，怎么找到这娱乐场来了呢？

——我，我怕校长也在这里娱乐呢。

——胡说！

奇怪，明明听见了豸，怎么说我胡说呢？小聿想。小聿在衣袋摸了摸，他摸到了卵石，他放心了，幸好卵石没摔出去。他的手还在摸，最后摸出了一张单据，这个得给氘，他除了特勤还是财务兼出纳。他就将单据递给氘，氘正弓着驼背拨算盘，"见一无除作九一，九退一还一"。氘慢腾腾地接过条子，翻来覆去，他接条子从来都是翻来覆去地看的，总是一副严肃、认真、公事公办的样子。那条子正面有字，反面没有字，这有什么好看的？小聿想。氘的眼睛寒光闪闪，目光里仿佛存有一卷铁皮尺，小聿的单据便在这卷铁皮尺里瑟瑟发抖。

——不报？必须有领导签字！

——这是豸原来签过字的一张条子，是不是让我去找他再签一道呀？

——拿来我再看看。

氘又翻来覆去地又看了一遍，铁皮尺依旧寒光闪闪，但一会就软了下来。

——我手里今天没钱。

——不多，只有五元，五元都没有吗？氘会，请你给我想点办法吧！我生病了，要急着去看医生。

——五元也没有。条子你先拿着，什么时候有了钱，我来找你。

小聿怏怏地往回走，走了不多一会，在另一条甬道上遇见了迎面而来的豸。豸一本正经地问：小聿，你不去上课，在娱乐场所跑来跑去在干什么？

——我，我想借钱。我生病了。

——吃得饭屙得屎，哪来的病？只听你喊有病有病，一搞工作病就来了。

——我真的病了，你给我借几个钱吧！

——你想借钱？我告诉你，你的工资早没有了。条子都在氖那里，到时你拿去算，你看有没有？昨天造册，别人不迟到你迟到了，就要扣10元。今天你又误课，整整三节你蹲在茅厕里。舐铃都打破了，就是把你打不出。你想想屙一泡屎要屙三节课吗？是屙金屎还是屙银屎呀？小聿同志，我们不能只要组织照顾，不要组织纪律啊！——去，写份检讨，深刻地认识一下，到时我们开个民主生活会，大队干部和镇教育组领导同志都邀请参加，你在会上念一下，给你一个痛改前非的机会……去吧去吧，你去吧！

钱没借到，小聿借到了一个"痛改前非的机会"。

这天早上，聿教授从医院出来，他感到好受多了。他已经买好中午的返程车票，准备马上回到他的音乐学院——芷。艮地已没有什么值得留念。只是小聿这孩子太任性，说走就走，至今还没有找到他的下落。聿教授想趁现在这个空当在街上转一转，只是随便转，并不想买什么东西。于是，他就在这曲里拐弯的摆满菜篮子的北街走了一程。突然他的眼睛被两件东西所吸引。在这个专卖菜蔬的地方，音乐教授发现了卖乐器的小聿。其情状倒好像不是在卖乐器，而是成心将乐器藏住。"卖乐器"三个字好像很不情愿地、很小心地隐在一块纸牌上，稍纵即逝。一般人是看不见乐器的，有眼也看不见。这乐器能吃能喝还是能用呀？老百姓要这种东西吗，他们都是很实用的，有用就买，没用就不买。他们稍微地放慢脚步，是因为他们感到稀奇，这个人不会有神经病吧，是不是得了神经官能症了，怎么把乐器弄到菜市场来了呢？有的甚至不屑一顾，连象征性的驻足也没有便走了……小聿感到有好几次酸水要涌上来，最终忍住，吞回肚里。

聿教授看见了这块纸牌，就奔了过来；他不能看清小聿，由于时间的距离，逆时间，彼此都看不清。聿教授看见的只是乐器。其

时，小聿的脸上早已草长莺飞。聿教授看见二胡与洞箫便不再信步
闲移。他感到这些乐器特别的眼熟。尤其是洞箫。

儿子就是携着这两件乐器出门的。他若有所思地望了望天空，
他仿佛在努力地搜寻着什么，他望见了天上一朵布雨的乌云。

——这乐器是从哪儿来的？

——我自家的。

——你莫非是小聿……

——我不认识小聿……先生，请您买乐器吧！

——爸爸，我饿！我要吃肉！

聿教授看了看，看见了先前没有看见的一个孩子，正立在小
聿身后，手抓住小聿的上衣，眼巴巴地望着聿教授。聿教授心里一
动，一股温热的东西涌动，泪水一下流了出来。

——好吧，我买洞箫。

——10元。

——这么贱，给你20元吧。

——不，只要10元。

——那，两件乐器，我都买了。

聿教授付了钱，接过两件乐器，他拿起洞箫，吹了吹，吹不
响。聿教授察看洞箫，他看见里面塞满了废纸。他把废纸一团团地
掏出来，他看见里面还有一个纸卷，他从箫内取出，展开一看，是
一首谱好的器乐曲。乐名是《第六种昏暗》。再看姓名：小聿。聿
教授马上收起曲子和乐器，找小聿。可哪里还有人呢？小聿和他的
儿子早已消失不见了……这时，雨就来了。街上到处是逃避暴雨的
人们，像被捅了窝的马蜂。

——茫茫人海，到哪里去找呢。

从艮地回来，聿教授一病不起。感到房子空空荡荡。高烧。噩
梦。呓语。他的学生日夜守护着他。他总是喊着黑蜘蛛。他说艮地
那桥板摇摇晃晃一直不稳。他说他看见一只巨大的黑蜘蛛像妖怪一

样就藏在悬索桥一端的某个扁平的缝隙里，它的毛足又长又细，它要杀人掠货。他说儿子有难，可能在劫难逃。

……忽一日，太阳把世界照得金光灿烂。任何一个神智正常的人在这样的一天毫无理由会想到一件丧事、想到一个阴凉凉的世界。但聿教授却表现突兀，说，我要去海边，我要看儿子，我的儿子坐"船"回来了。

学生们就好奇地搀扶着聿教授，听从他的安排来到海边。

——多么好，就把他（小聿）葬在这里。瓦雷里说，这片平静的房顶上有白鸽荡漾，它透过松林和坟丛，悸动而闪亮……

听不懂。学生们都惊悚。

……一会儿，在黑河入口的海面，果然异样，海水深沉，细浪呜咽，悲声摄魂。远眺苍茫的海上，隐见一个黑点，径直漂向海岸；近看却是一块桥板。桥板一俟漂到聿教授的脚前，规规矩矩，纹丝不动。学生们见了啊呀一声。

——这不是小聿吗？

顺水漂来的不是别人，果然是聿老聿教授日夜思念的儿子、民间音乐家小聿。小聿仿佛疲倦极了，嘴唇虽然冻得发青，却睡得深沉。

小聿睡在一块桥板上。

这不是一块空桥板。令人蹊跷的是桥板经蓝色海水的浸泡，后面竟洇显一首古曲，曲子正是小聿找了很久也没找到的佚失几千年的那首名曲。

善于识别远古曲谱的聿教授发现这正是出自古音乐大师师旷之手的一首曲子，且是一首丧葬曲。调子哀婉低回、深沉、悲凉。是汉代《薤露》无可比拟的。

小聿的手上紧紧地捏着一个记谱的本子。聿教授拿过来，看了看，这个本子上一个乐句也没有，尽是一些空白纸页。但聿教授还是专注地一页页地翻着，一页页检视。直到本子的最后一页，聿教授失声痛哭，他读到了小聿用零乱的笔迹写下的歪歪倒倒的遗言：

——爸爸，请不要把我运回故乡，也不要把儿子葬在坟茔最多的地方，让我成为孤坟野鬼……让我的灵魂飞升吧，离开这痛苦的土地，离开这昏暗的人们……

您的儿子：小聿
即日

小聿记得去艮地他似乎踩着许多晶亮的水柱，一路上按着洞箫。他的从城市里长出来的乌发，他的草率而不失大度的衣着不知牵动了多少少女的目光，不知引发了多少女人的遐想。他的脸上荡漾着浅浅的红潮，他幽谷般的神秘的眼睛总是弥漫着蜃气和薄雾……还在"芷"大念书时他就参观了有关艮地古代悬索桥的影展（桥的雄姿深深地打动了他），还在车上他就听见了黑水河的鸣响（这生生不息的黑水河）。他就是踩着这些晶亮的水声和水柱潇洒地来到艮地的。他矗立在一张黑水河的影像前，他深情地注视着这蓝幽幽的河水，他联想到了河床底下的楚人……

他不认识豸，更不认识草丛中慢慢显露的"回"字小区。他要寻找一首民间古曲，他衣袂飘逸，横身浸淫着音乐的浪漫。他的全部财产除了乐器、音乐书，就是一支笔、一个记谱本。他一个箭步登上唐代悬索桥，他潇洒地丢给黑妇一枚价值一元的镍币。他发现一块桥板开始松动且摇摇晃晃。他白日在民间采风，黄昏在黑水河上漫步，晚上在艮小投宿。他先来了儿子，后来了妻子，岳母随后赶到。岳母一直住在他家里吃闲饭，直到住得长出一撮胡子才走了。岳母走后，岳父就来了。岳父大口大口地在他家里吐痰。

在艮小，豸闲得无聊常找小聿杀铲，玩突围游戏。小聿觉得这所学校很奇怪，于是他就迷上了这所学校也就迷上了这个游戏。

他看出这用刀子杀出的一道道弧线总的看来形似一张网，蜘蛛是一种可以结网的动物。——他虽然也觉得艮小的管理有点非人性，但他还是爽快地答应了豸絮絮叨叨的请求。小聿便成了艮小的一名业余的兼职音乐教师。后来的课程及事情是一生二、二生三，以致无穷。他深陷其中便感到后悔不迭。病气是慢慢染上的，鸟雀是可以飞来的（先前天空中根本不见这些鸟雀，后来就一只一只地飞来……）。血光开始升起。黑蜘蛛的足迹在小聿的生活区到处爬动。箐姐"嫁"了。太阳一个一个地撕破。小聿撕了音乐书，后来就变卖了乐器。

现在小聿应该往回走。他听见了水响。附近可能有一些泅水且逃遁快得惊人的幼兽，它们肆无忌惮地在黑水河上活动，不易捕捉。天是要黑的，雨是要在他回家的半途下来的，小胖注定要爬上他的肩背。

所有的经历都有了，孩提的回忆也有了。

卖了乐器吃了肉。——啊，太饿了……肉实在是香！

卖了乐器天就黑了。医生在那边招手，招过之后就来扯他的袖子。他摸了摸衣袋，说我没钱了，我的钱都吃肉了，衣袋里只有卵石，卵石可以看病不。阴凉的风是要来的，卵石是要镇风的。那些草木虫鱼变化而来的中药可能很美丽，但我注定辜负了你们，辜负了中药。

乐器我卖了。岳父的棺木一日比一日亲切。病是要大好的。当最后一盏灯吹灭之后，毋庸弹奏乐器，天国的音乐就自动奏响了。

那是一支什么样的音乐队啊！

小聿上了防汛的堤坡，他望了望艮小方向，他想起了豸。豸在这里读过私塾。私塾先生教他，这个"混账东西"。

现在从高高的防汛堤上望去，望向西边的艮小，那里仍旧一片"辉煌"，他们是在"造册"，还是在深夜"耕田"呢？告别的鸟雀飞来了，小聿可以不在那里屙血了，但止不住的血光一直从西边铺过来，越过小聿的头顶，一直到达遥远的天际。

——鬼麻雀，我射一只！小胖说。

小聿看见有一种光源从血光消逝的尽头升起。这种光源虽然稀薄、微弱，虽然是遥远之光，但它勾画出大地之上昏暗的轮廓，划出了天界与冥界之界线，指明了混浊之躯趋向这种光明的方向。

——射中了！爸爸，射中了！掉到河里去了。

——弹弓您给拿着，里面还有一发石子。

小聿看了看，说，这是我用来镇风的卵石，什么时候给偷来了。

小胖下到黑水河上去找掉下的鸟儿，没有回应，也很久没有回来。

小聿立在岸上，很久地捏着一发石子——一发没有来得及射出去的石子。黑水河越来越响。他说我下去看看。一会儿，他消失在看不见的黑水河里。接着他啊呀一声……

我们不知道他见到了什么。

民间音乐家小聿最终是要"殁"的，他的一句名言也反映了这种"殁"的趋势，或者说这种向往。

——"殁"是一种净，生是一种脏，他说。

但小聿的"殁"很复杂，有多种猜测，似乎都能成立。

小聿很久就预言过一只隐而不见的黑蜘蛛。黑蜘蛛在小聿的预感中日益壮大。它似乎无处不在，它尝试过在各种复杂地形的演习，以锤炼自己的捕捉能力和生存方式。致使路途的"客人"，行色匆匆无声无息。销匿。黑蜘蛛隶属于夜，但它可延伸到红日之中坑坑洼洼，每一凹处背阳之地，阴影无处不在。阴影乎黑蜘蛛乎？似乎延伸的阴影就是潜在的黑蜘蛛，黑蜘蛛就是延伸的阴影。有时汗毛无缘无故地展开一张网，小小的、小蜘蛛网，小米蜘蛛在小步地爬。蜘蛛很轻，六七根经线的丝网就可以托住一只小型的黑蜘蛛。黑蜘蛛的馋涎很久就在小聿的汗毛上滴答着。这种过早的亲昵与玩味推动了小聿迅速物化进程。他最后一次向悬索桥方向前进很可能将这个距离缩小。黑蜘蛛的从生到死，黑蜘蛛的一切演习；反过来说一切"客人"的可惜的葬送，都是为了亲近（或亲昵）一个人，这个人不是别人，就是小聿。

——但天边的微光注定要化作一道闪电，穿透黑蜘蛛，也穿透小聿。

一滴水注定要升腾为一朵云，一朵云注定要化作一场旷世的暴风雨。古代五根悬索，注定要在这无边无际的自然广场完成最初也是最后一次壮烈的演奏；最初也是最后一次奏鸣，注定观众阙如，当然一场圣奏，也无所有的听众（或者根本不用听众）。佚失的古代名曲注定在这一夜随一人飘然而去。

小聿最后说，空前绝后的音乐应该是把人从存在引向虚无，从混浊引向澄明，从见引向不见，从坦途引向绝境（虚无并不意味着空，绝境并不意味着绝望），此刻，新的生存升起，神恩莅临，一片祥和……

……啊，黑蜘蛛就要出现了，黑蜘蛛即将扑向它最后的猎物。

——可怜，这只酝酿已久的黑蜘蛛！

小聿英勇地走向悬索桥（他没有感到悲壮，更没有悲哀，没有就义感，他只有浩瀚无际的明澈），他刚刚走到悬索桥的中央，他刚刚来得及想，在这里是最适合的。就忽听得桥头的一个孔隙里卷起一阵狂风。一只披头散发的黑蜘蛛，一只比自己不知要庞大多少倍的力量，以迅雷不及掩耳之势将自己轻轻地卷起，轻轻地……在这焦渴的或振聋发聩的强暴中，他看见它的眼睛又红又亮，它的多毛腿风流、潇洒、强劲，它紧紧地将自己挟住，吮吸。它太想他，太需要他；它觊觎已久，他是它的甜心，它要与聿教授争夺这个儿子。它的从天而降，它的从容不迫，它的干净利索，它的一切，都说明它的多次演习是多么成功。

终于如愿以偿，它得到了小聿。

这是小聿的第二种"殁"。

乐器卖了。太阳落了。黑夜坚定不移地涌上来，它最终要掩盖一切。那些代表白昼的事物陨落了。那个洞箫吹遍了祖国的大江南北、长城内外的小伙子在天黑之前走了。

第二天，第二天的事情该是什么样子小聿不知道。

小聿走近家门。他听见两个人在菜园里打滚（样子像打架），他看见一个人在伙房里煮着瓷器。小聿刚准备拿扁担去担水，可是他进了书房，他坐在南窗。小聿借着天边的一缕柔曼的微光，打开记谱本，他翻到记谱本的最后几页写了几行什么字，只是那些黑字刚刚写成便迫不及待地游弋到昏暗的夜空中去了，茫茫然而无所知。

谁也阻止不了它们，谁也阻止不了它们急迫地滑入昏暗。

——闪电会重新将它们照亮吗？

雷声似乎响了。那个烹煮瓷器的人好像失去了知觉。屋旁的菜地似乎隐隐有人喁喁私语。

——我给你吃泥鳅！

——我要给你来个泥鳅拱豆腐！

小聿续上第三句，这叫"改良土壤"。小聿笑了。

伙房里的这个人一切都仿佛没有听到。他睁着一双梦幻般的眼睛，一任锅里的开水沸腾。他不知烧了多少柴，不知烧了多少小聿从沟畔砍来的干枯的青藤。热气全部从没盖锅盖的锅里跑了。他就这样煮瓷器。青藤燃烧的瓷器发出了一阵阵很有节奏的叮儿当儿的敲击声。

这是最后的表达。

这也是小聿最后一次谛听。

他听出瓷器像他儿子一样纯洁、嫩白、光滑。

小聿忽然怀念起那个滴落的午夜，它就那样匆匆地过去了，永远地过去；在那个夜里，他听见了自然的和声……现在已然逝去，不复重现。

现在他离开了房子，他放下沉睡如泥的儿子和儿子的弹弓。他走向黑水河。他带着不可盛水的空钩。盛水之物弃之一边，盛水之物在什么也不盛的时候便盛它自己。

瓷器在他身后清洁。瓷器在他身后的沸水中轻歌曼舞。瓷器在他身后叮当叮当叮当。瓷器脱离了俗物的负载（一个空出了器中之物的瓷器最后剩下的便是沸水的施洗）——瓷器从内部的吟唱，终于化作了瓷器的狂欢。

风来了。

风正在头顶布云。

一切声音静止，虫鸣静止。

一滴升腾到空中的水即将化作午夜的雷霆。

小聿久久地孤立无援地默立在黑水河畔。……第一滴雨是那样冰凉，他绝望地看了看周围的世界，所有的光亮都熄灭，那曾经勾勒出了天界与冥界的微光也熄灭……还有什么可留恋的。没有！一切都空了。不如死掉！死了干净。在死中，我可以得到一种力量。只有在不断地簇拥过来的死的根须中，获得新生。

——楚人是幸福的，也是精明的，他们把音乐带到土里，豁免了尘世的所有不洁，从而获得了一种干净。他们头枕着乐器，一任头顶风云，一任人类战争的风云、朝代的更替、世纪的流水。他们潇洒地穿着崭新的丝绸，簇拥着积淀很深的皇天后土，沉沉地睡去。

天国的钟声敲响了。

天国的钟声一遍又一遍地敲响了，它催促并召唤着超脱凡俗的亡灵。

　　天父与地母正悄悄地为这远行的儿子筹备着一场规模空前的特殊葬礼。风，正搬运着一块块笨重的道具般的乌云。夜沉沉黑魆魆，一切静悄悄的，什么也看不见，也不能被看见。天幕现在没有拉开，幕后的内容没有显现。一切都不能看见，一切都莫名其妙；一切都在渐变，变异，一切的变都仿佛没有什么在变……没有什么在变的渐变和变异是吓人的。一切都隐去，吞声的抽泣隐去，令人头疼的鸟雀隐去……从黑暗到黑暗之后又是什么……

　　突然一道闪电（仿佛源自历史黄色的页丛），突然一阵浓黑的狂风，突然一个霹雳（仿佛响自地狱）……最初的这阵狂风摄走了悬索桥的一块桥板，这块桥板第一时间飘到一个人的跟前。这人就是小聿。这块桥板将渡他于苦难之门、地狱之门，抵达纯洁、宁静、温馨之境（那里一定被另一种光源统摄和照亮，奇幻无比）。

　　无根的风暴突如其来狂怒地吹翻了所有的桥板，揭开了"琴盖"。暗哑了十几个世纪，悬索桥的沉默终于在一声惊雷中化作了午夜时分的千古绝响。所有的桥板突然兴奋，在空中狂欢，很久很久地狂欢。沉睡的黑水河奔泻、乖张、咆哮，终于荡涤了几千年的沉垢，由潺湲之水苏醒成齐天狂暴，一泻千里……

　　小聿为自己流下了最后一滴泪水，突然他像黑箭一样，射进了冰凉的狂涛。

　　暴雨下了整整一夜。

　　第二天，当太阳映红了雨后的世界，梦沉沉的茛地人醒来，一贯近视或熟视无睹的茛地人，终于发现了生活的阙如，从而发现了悬索桥。生活是从阙如一刻开始被发现的，悬索桥也一样。正是因为阙如，人们发现了一直没有被发现的悬索桥。其实刚刚开门的茛地人就隐约感到了某种非同寻常，感觉昨夜的黑水河可能发生了千古以来从未发生过的"惊奇"。此刻两岸的目光惶恐，无法对接。呜咽的黑水河承载着永远无法承受的河面上空空空的疼痛，一片乌央。他们从小喝桥下的水，看水上的桥，走桥上的路，听桥板一块一块踏得咯咯咯地响，习惯了；习惯了桥、岸、水、人浑然天成。可现在不行了，桥出问题了。——不可能呀，在他们出世之前，就存在着桥，从他们爷爷的爷爷的爷爷那里就流传着桥的传说。它怎么会突然绷断呢？不可思议！！太不可思议了！！！

怎么会绷断……

所有的思考都不服气，所有的不服气，都汇成了脚下的思考。服气不服气，走上去，空的，这就是现实。

后来，人们发现了一只硕大的黑蜘蛛。有人说，雷公要打的就是这个孽障。

后来，人们开始清理打捞桥板，人们按照原样，按照悬索桥先古序列铺排桥板，结果无论怎么排，都排不到一个足数，缺一块。就缺一块！一块的地方空荡荡的。人们找遍了所有的地方，一无所获。

——哎，丢了，丢了丢了，那块桥板丢失了。

后来，有人说，小聿死了！

天父和地母说，死了。

一只鸟儿说，没有死！

[1]瓦的一种，薄如纸片，纯手工制作，小窑烧制，江南民间盛行。

舍伍德·安德森，（1876—1941年），在美国文学史上占有重要地位，因为他是第一个试图创立不同于欧洲文学传统的美国短篇小说形式的美国作家，他使文学地位不如长篇小说的短篇小说这一文学形式广受关注，且对美国的中长篇小说产生了深远影响；他是最早关注美国人的内心世界，尤其是普通美国人的内心世界，并重视揭示美国人内心世界的美国作家。舍伍德·安德森受到海明威、福克纳、塞林格等人的推崇，被誉为美国现代文学之父。

新英格兰人

舍伍德·安德森

李琬　译

　　她叫埃尔西·利安德。她的童年是在她父亲的位于佛蒙特的农场度过的。利安德家已经有好几代人都住在这同一个农场上，都娶了瘦瘦的女人，所以埃尔西也是瘦瘦的。农场坐落在山麓的阴影中，地力并不肥厚。上面好几代的利安德家人生了许多儿子，但女儿很少。儿子们向西开拓，或者去了纽约；女儿们则待在家中，她们脑子里的所思所想，也正像任何一个看着父亲邻居家的儿子们一个个去了西部的新英格兰女人那样。

　　她父亲的房子是一座木框架的白色小屋，当你从后门走出去，经过小小的谷仓和鸡舍，你会踏上一条沿着山坡向上攀爬的小路，然后走进一片果园。那些果树十分老迈，生了许多粗粝的木瘤。果园后面的地方就是下坡，地上露出一片光秃秃的石头。

　　果园中有块灰色的大石头在地上高高耸立，埃尔西靠在石头上，脚下就是被毁坏过的山麓，这时她能看见尽管还有一段距离但轮廓清晰的几座大山，而在她自己和这些大山之间是许多小块的田地，每一块都被整齐堆砌的石头墙环绕着。遍地都是石头。那些巨大、沉重、难以被抬动的石头就从田地中裸露出来。这些田地就像一个个杯子，里面充满翠绿的液体，秋天变灰，冬天变白。那些遥远但又显得近在咫尺的山体，就像一个个巨人，他们准备随时伸手端起杯子，把那些翠绿液体一饮而尽。

埃尔西有三个哥哥，但他们都走了。有两个去西部跟他们的叔叔一起生活，她最大的哥哥在纽约结婚并发迹。在他小时候和少年时代，他们的父亲辛劳地工作，紧巴巴地生活，但这位纽约的儿子后来开始寄钱回家了，他们的处境也就好了起来。父亲仍围绕着谷仓、田地干活，但他不再担心未来了。埃尔西的母亲上午打理家务，下午就坐在她小客厅里的摇椅上，一边用钩针编织桌布和椅子被罩，一边想念着儿子们。她是个沉默寡言的女人，格外瘦削，特别是有一双瘦骨嶙峋的手。她并没有放松地陷进摇椅，而是忽然坐下又忽然站起，当她做编织时，她的背就像军队教官一样笔直。

母亲很少和女儿交谈。有时候到了下午，当女儿又上山去果园后面那块属于她的大石头旁边，她父亲会从谷仓里出来拦住她。他把手搭在她肩上问她要去哪儿。"去石头边。"她说，她父亲就笑了。他的笑声就像生锈的谷仓大门合页发出的嘎吱声，他搭在她肩上的那只手和她自己的手以及她母亲的手一样瘦削。父亲摇着头走回谷仓。"她和她妈妈一样，她自己就像块石头。"他想。在从他们的房子通向果园的那条路最开头有一丛茂密的月桂树。这位新英格兰农民从谷仓走出来，望着他女儿沿路走远，但她消失在了树丛后面。他的视线越过房子，望向远处的田地和山野。他衰老疲倦的身体肌肉几乎难以察觉地紧绷起来。他久久地沉默地站着，但由于过往的漫长经验告诉他多思无益，他又走回谷仓，忙着修理一个修理过很多次的农具。

利安德家那位去了纽约的大儿子是一个男孩的父亲，那小男孩瘦削、敏感，长得很像埃尔西。这儿子在二十三岁时死了，过了些年，他父亲也死了，把他的财富留给了新英格兰农场上的老人。那两个到西部去的利安德家的儿子和同样是农民的叔父生活在一起，直到成年。更小的那个威尔后来在铁路上工作，他死在一个冬天的早上。那是寒冷的下雪天，他在一趟货车上做列车长，当那趟车离开得梅因，他开始在车厢上方跑了起来。忽然他脚滑了一下，一命呜呼。他就是这么死的。

在最新的这代人里，只有埃尔西和她从未见过的哥哥汤姆还活着。她父母有两年时间都在说要去西部找汤姆，直到他们最终做出决定。然后他们俩又花了一年转让农场，做各种准备。在这期间，对于未来人生中将要发生的变化，埃尔西没有多想。

坐火车向西旅行让埃尔西挣脱了以往的自我。尽管对生活抱着疏离的态度，她还是感到兴奋。在卧铺车厢，她母亲还是在座位上坐得又直又僵，她父亲在过道里来来回回地踱步。夜里，当火车穿过大大小小的城镇，爬上山坡又进入森林密布的山谷，女儿一直没睡，她脸颊绯红，细细的手指不停地在床单上抓来抓去。早上她起来穿好衣服，就整天坐着看外面那种新鲜的土地。火车又走了一天，她又度过了一个睡不着的晚上，他们来到了一片平坦的土地，每一块田地都像她老家的农场那么大。一个个城镇连绵不断地出现和消失。这地方和她见过的一切都如此不同，她自己也开始觉得自己和以往不同了。在她从出生到现在居住的那个山谷，一切都披着一层终结的色彩。什么都无法改变。一小块一小块的田被锁在大地上。它们在自己的位置上固定不动，被古老的石墙围住。这些田地和俯瞰着它们的高山一样，就像过去的岁月那样无法更易。她觉得它们从来都如此，未来也会一直如此。

和母亲一样，埃尔西在车厢座椅上坐着，后背像军队教官那样笔直。火车迅疾地穿过俄亥俄和印第安纳。她那双和她母亲一样的纤瘦的手紧紧并拢交叠在一起。如果有人无意中经过车厢，恐怕会以为这两个女人都戴上了手铐绑在了座位上。夜晚再次到来，她又一次钻进床铺。她又失眠了，瘦削的脸颊泛起红晕，但这时她冒出了新的想法。她的双手不再握在一起，也不再抓床单了。夜里她有两次伸懒腰、打哈欠，这些动作都是她以前从未做过的。火车在大草原地带停了一会儿，她所在的车厢车轮出了些毛病，列车工人带着点燃的火把过来修理。一阵响亮的震动和喧哗。等火车再次前进，她想离开床铺，在车厢过道里跑来跑去。她忽然想到，那些修理车轮的男人就是从新土地上冒出来的新人，他们带着坚硬的铁锤砸开了她牢房的大门。他们永远地摧毁了她为自己人生所设定的轨道。

火车仍在向西开去，埃尔西为这个念头而振奋。她渴望永远沿着一条直线走入未知世界。在她幻想中，自己不是在火车上，而是变成了一只有翅膀的动物，在空中翱翔。多年来她时时静坐在新英格兰农场的石头旁边，这让她养成了大声自言自语的习惯。她尖细的嗓音打破了笼罩在卧车车厢里的沉默，她同样醒着的父母忽然坐了起来开始倾听。

汤姆·利安德是利安德家新一代人里唯一活着的男性代表，他四十岁，四肢瘦长但有发福趋势。二十岁时他娶了一个邻近农户家的女儿，当他妻子继承了财产，她就和汤姆搬到了艾奥瓦的苹果口城。汤姆在那儿开了家杂货店。生意蒸蒸日上，汤姆的婚姻也很美满。当他的哥哥在纽约去世，而他的父母和妹妹都决定来西部时，汤姆已经是一个女儿和四个儿子的父亲了。

在小镇北边的平原上有着广袤的连绵不绝的田野，田野中坐落着一栋完工了一半的砖头房子，它属于一位名叫罗素的富裕农民，他打算把这栋房子建造成村里最奢华的地方，但当它快要建好时，他发现自己已经没钱了，还背上了沉重的债务。农场包括几百英亩的玉米地被分成了三块卖给了别人。但没人想要那座庞大的未完工的砖房。它年复一年空空荡荡地矗立着，它的窗户盯着快要蔓延到屋门口的田野。

汤姆买下罗素的房子，有两个动机。在他看来，在新英格兰，利安德家的人都是十分体面出众的人。他对他父亲在佛蒙特山谷的房子记忆十分朦胧，但向他妻子提起来的时候，他总是非常确定。"我们都是高贵的人，利安德姓的人，"他说着，摆正了肩膀，"我们住在一座很大的房子里。我们家都是有地位的人呢。"

汤姆还有个动机，他很希望父母在新地方有家的感觉。他本身并不是一个充满干劲的人，虽然他是个成功的杂货店老板，但他的成功很大程度上要归功于他妻子的旺盛精力。她没有在家务事上投入太多，她的孩子们也像小动物那样自己照顾自己，但只要是关于商店的事务，她总是拿主意的人。

汤姆感到，让他父亲成为罗素宅邸的主人，会让他自己在邻居们眼中成为重要人物。"我可告诉你吧，他们就习惯住大房子，"他对妻子说，"我说了，我家的人都喜欢上档次的生活。"

面对荒芜灰色的艾奥瓦田野，埃尔西在火车上内心溢满的欣喜消退了，但火车之旅在她身上造成的影响却持续了好几个月。在那座宽敞的砖房里，她的生活差不多就像以前在新英格兰的小房子里一样。利安德一家人占用了一楼的三四间屋子。几周以后，货车运来了家具，汤姆又用自己商店的一驾马车把它们从城里拉了回来。先前那个倒霉的农民留下了许多本打算用来做马厩的木板，木板高高地叠在一起，堆满了三四英亩地。汤姆派人把那些木板拉走，埃尔西的父亲准备开辟一座花园。他们是四月搬过来的，刚在房子里安顿好，他们就开始在附近的空地上犁地栽种了。这家人的女儿又恢复了她根深蒂固的习惯。新家附近没有被磨损了的石墙围起来的老迈果树。她目之所及，向东西南北四面延展开去的田地全都是用铁丝围起来的，田地刚刚犁开的时候，这些篱笆就像黑暗大地上的蜘蛛网。

　　然而还有这座房子。它就像海中露出水面的岛屿。奇怪的是，尽管这房子修建还不到十年，却已经很老了。它毫无必要的宽敞展现了人们体内的某种古老冲动。埃尔西能感觉到。房子东面有扇门通向楼梯，上去就是总是锁着的二楼。门前有两三级台阶。埃尔西会坐在最上面的一级台阶上，背靠着门，安安静静地望着远方。田野几乎就在她脚边开始，一直绵延下去，仿佛没有尽头。这些田地就像海水。人们耕地，种植，高大的马匹连续不断地穿过草地。一个年轻男人架着六匹马的马车直接朝她走来。她被迷住了。这些马低垂着头向她靠近，它们有着像巨人那样的胸膛。轻柔的春风拂过田野，就像是在海上。这些马也像踏在海床上，它们的胸膛能够推开面前的海水。它们正在让海水一点点从海盆中漫溢出来。那位驾马车的年轻男子也像是巨人。

　　埃尔西在最上面的台阶上坐着，把身体紧紧地靠在关闭的门前。她能听见父亲在房子后面的花园里干活。他正在用耙子把一团团干草从地上清理干净，以便接着把地铲好，用来建造花园。他总是在狭小逼仄的地方工作，总是做重复的事情。在这片广袤的空间里，他却用很小的工具干活，用无限的精力做着微小的事情，种植小棵小棵的蔬菜。她的母亲会坐在房子里用钩针编织一些小小的椅子背罩。埃尔西自己也很瘦小，她紧紧地贴着房门，希望不被人看到。唯有那种将她身心占据、还无法发展成一种思想的感觉，是庞大的。

　　六匹马在围栏前面转弯，但外侧的一匹马被缰绳缠住了。马车夫大声咒骂。接着他转过头来，看着这位苍白的新英格兰人，嘴里又骂了一句，接着调转马头，往远处去了。他正在耕种的土地有两百亩。埃尔西没等他再回来。她走进房子，在房间里坐下，抱着手臂。她觉得这房子就像海边上的一艘船，巨人在海床上来来回回地走着。

五月来临，然后是六月。在广大的田野上，人们一直在忙碌。埃尔西已经有些习惯了视野里有那个曾来到房门台阶前的年轻人。有时，他架着马车来到铁丝围栏前面，就对她点头笑笑。

八月，天气很热，艾奥瓦田野里的玉米不停生长，直到玉米秆像小树那么高。玉米地变成了丛林。播种玉米的季节已经过去，玉米之间的田垄上杂草丛生。那个驾驶着巨人般马匹的男人已经消失。静默笼罩着无边无际的田地。

那是埃尔西在西部度过的第一个夏天，当收获季节到来，她被新鲜的铁路之旅唤醒了一半的心，此时再次觉醒了。她觉得自己不是那个古板瘦削、把背挺得像教官一样的女人，而是像某种崭新的东西，和她搬过来居住的这片陌生土地一样新奇。有一阵子她不明白这是怎么回事。地里的玉米已经长得那么高了，她没法看见更远的地方。这些玉米像是一堵墙，而他父亲的房子所在的那一小块赤裸的土地则像是被狱墙包围的屋子。有一会儿她感到沮丧，本想着来西部就是来到开阔宽广的天地，却发现自己被围困得更加紧严了。

她忽然涌起一股冲动。她站起来往下走了几级台阶，然后坐下来，几乎贴近地平面。

她很快就感到轻松。她的视线不能高过玉米地，但能从下面穿过。玉米长着又长又宽的叶子，相邻行列里的叶子交织在一起。这些行列像是狭长的隧道，伸向无限。黑色的土地上长出杂草，形成一层碧绿柔软的毯子。光线从上空洒落。玉米地美得如此神秘。它们是通向生命的温暖通道。她从台阶上站起来，小心翼翼地走到将她和田地隔开的铁丝围栏前面，把手从围栏中伸出去，抓住一根玉米秆。她摸到了强壮新鲜的茎秆，紧紧地握住了一会儿，不知为何，过了一会儿她觉得有点害怕。她飞快地跑回台阶坐下来，用双手捂住脸。她的身体颤抖着。她想象自己从围栏中爬出去，在田野中的一个通道里漫步。想到这种尝试，她既着迷又害怕。她很快就站起来走进房子。

　　八月的一个星期六晚上，埃尔西发现自己怎么也睡不着。比以往更加清晰的念头涌入她的头脑。那是一个宁静而闷热的夜晚，她的床靠着窗子。她的房间是这家人在房子二楼占用的唯一的房间。午夜时分，一缕微风从南面吹来，当她坐在床上，她视线下方的玉米穗子在月光下看着就像被轻风吹起微澜的海面。

　　玉米地里翻滚着一阵低语，呢喃着的思绪和记忆在她脑中苏醒。又长又宽、柔韧多汁的叶子在八月强劲的暑热中渐渐变得干燥，每当风拂过玉米地，叶子就彼此摩挲起来。远处传来一声呼喊，像是有一千重声音泛起。她把这些声响想象成孩子们的声音。他们不像她哥哥汤姆的那些孩子，那些吵闹粗野的小兽；却像是截然不同的东西，是一些小巧的、长着大眼睛和纤细灵活双手的小家伙。他们一个接一个钻进她怀里。她为这种幻想弄得如此兴奋，以至于坐了起来，把枕头紧紧地抱在胸前。她眼前浮现出她侄子①的形象，那个苍白敏感的年轻的利安德，他和他父亲一起在纽约生活，在二十三岁死去。仿佛这个年轻人忽然走进房间。她丢下了枕头，坐着等待，焦灼地期待着。

　　年轻的哈里·利安德曾在他去世前一年的夏末来到新英格兰农场拜访他的亲戚。他在那儿住了一个月，几乎每天下午都和埃尔西一同坐在果园后面那个大石头旁。有天下午，当他们都沉默了许久，他开始说话了。"我想去西部生活，"他说，"我想去西部生活。我想变得坚强，变成一个真正的男人。"他重复道。他眼里泛起了泪花。

---

① 原文为"cousin"，但前文提及的二十三岁死去的男孩应该是埃尔西最大的哥哥的孩子，也就是她的侄子。在当时的英语里，"cousin"也有笼统地指称亲戚的意思。

他们起身回到屋子，埃尔西默默地走在年轻人身旁。这个时刻，是她一生中值得铭记的一刻。对某种她以前从未知晓之物的奇异、颤抖着的热情将她占据，他们沉默地穿过果园，但当他们走到月桂树丛边，年轻人停了下来，转脸望着她。"我想让你吻我。"他急切地说，又朝她迈近了一步。

一种翻滚着的不确定感笼罩了埃尔西的心，这种感觉也传染给了哈里。他做出这样突兀而且出乎意料的请求之后，又凑得离她那么近，以至于她的脸颊能感受到他的呼吸，他自己的脸也变得绯红，他握着她的手，但他的手在颤抖。"哎，我希望我是坚强的。我多么希望我是坚强的啊。"他迟疑地说着，又转身走开了，沿着那条小路走回了他们的屋子。

在这座像岛屿一样置身于玉米地海洋中的新房子里，哈里·利安德的声音仿佛又一次出现了，它压过了埃尔西想象中从田野里传来的孩子们的声音。埃尔西下了床，在窗户透进来的暗淡光线中来回踱步。她的身体颤抖得厉害。"我想让你吻我。"那声音又出现了。为了制止这声音，也为了制止她自己内心的回答，她在床边跪下，再次把枕头抱起来压住了脸。

每个星期天，汤姆·利安德和他的妻子与家人都来看他的父母。这家人大约早上十点出现。当马车驶出罗素房子旁边的那条路，汤姆就大喊起来。道路和房子之间隔着一块田，当马车从玉米地的狭长空隙中穿过，从房子那儿是没法看见的。当汤姆喊着打招呼后，他的女儿，一个十六岁的高个儿女孩就从马车上跳下来。五个孩子全都从玉米地里快步前进，来到房子前面。早晨安静的空气里响起了一连串粗野的叫喊。

杂货店老板从店里带来了食物。给马解开缰绳拉进一座棚屋后，他和妻子就开始把大包小包搬进房子里。四个利安德家的男孩和他们的姐姐一起隐没在附近的田地里了。三只狗随马车一路从城里跑到乡下，此时也跟在孩子们身旁。往往有两三个孩子，偶尔也有个年轻人从邻近的农场过来凑热闹。埃尔西的嫂子挥挥手就把他们都赶走了。她又挥了挥手，让埃尔西也站到了一边。火生了起来，整个房子都飘散着饭食的香味。埃尔西走到房子侧门的台阶上坐下了。格外宁静的玉米地回荡着喧哗和狗吠。

汤姆·利安德最大的孩子伊丽莎白就像她母亲一样精力旺盛。她瘦瘦高高的，和他父亲家族的女人一样，但又体格强健、充满活力。她暗地里很想做一位淑女，但只要她做出尝试，她的父母就带头和弟弟们一起嘲笑她。"别装模作样啦。"他们说。当她只是和弟弟们，顶多还有附近农场的男孩们一起在乡下玩，她自己就变成了个男孩子。她和男孩们一起推挤着穿过田野，跟在狗后面捉兔子。有时邻近农场某个年轻男人会和孩子们一起过来。这时她就不知该如何自处了。她想优雅地在玉米地田垄中漫步，却害怕弟弟们笑话她，结果在绝望中她表现得比男孩们还要更粗野吵闹。她大声号叫呼喊，恣肆狂奔，裙子都被铁丝刮破了，是追着狗翻越围栏时弄的。当狗抓住并杀死兔子，她就一下子冲过来，把兔子从狗那里夺过来。死去的小动物淌着血，滴到她裙子上。她把兔子在头顶晃了晃，叫了起来。

埃尔西看见过的那个整个夏天都在地里干活的年轻农民，被这个从城里来的女孩迷住了。每当星期天早上杂货店老板一家出现时，他也过来了，但没走到房子那儿。当男孩和狗群在地里奔窜，他就加入他们。他很有自知之明，不想让男孩们知道他为何而来，当他和伊丽莎白单独在一起的时候，不免觉得有些尴尬。他们沉默地并肩走了一会儿。他们身周环绕着丛林般宽阔的玉米地，男孩们和狗在里面跑来跑去。年轻人想说些什么，但当他努力措辞时，却舌头发硬，嘴唇又热又干。"呃，"他说，"你和我，让我们——"

他还是说不出话来。伊丽莎白转身离开，追上弟弟们。这一天剩下的时间里，他都没法让她从弟弟身边走远了。当他过去和他们一起玩，她就变成团体中最吵闹的那个。她已陷入一阵奔跑腾挪的狂热，头发披散在背后，衣服也刮破了，脸上手上都是抓痕和血迹，她带着弟弟们一刻不停地追兔子。

八月，埃尔西·利安德度过无眠夜之后的那个星期天炎热而多云。早上她觉得自己有点生病的迹象，当城里的客人们来到，她又悄悄坐在侧门前的台阶上了。孩子们跑进田地。她涌起一股难以抑制的冲动，想要和他们一起奔跑，大叫，在田垄上疯玩。她站起来，走到房子背面。父亲在花园里忙碌，把蔬菜之间的杂草拔掉。她能听见嫂子在房子里四处走动。在房子前面的门廊上她哥哥汤姆和母亲一起睡着了。埃尔西走回了台阶，接着又起身走到玉米地和围栏相接的边缘。她笨拙地爬了出去，踏上一列玉米旁边的小径。她伸出手碰了碰坚实的茎秆，然后害怕地跪下来，跪在覆盖着土地的杂草上。她就这么待了很久很久，听着远处孩子们嬉闹的喧响。

一个小时过去了。已经是吃饭的时间，嫂子走到后门门口喊他们回来。远处传来应答的高喊，孩子们跑着穿过玉米地，他们翻过围栏，大吵大嚷地跑过她父亲的花园。埃尔西也站了起来，她打算不引人注意地翻围栏回来，这时却听见玉米地里一阵窸窣声。少女伊丽莎白·利安德钻了出来，走在她身旁的是几个月前在埃尔西脚下这块地种下玉米的那位庄稼汉。她看见这两个人沿着玉米的行列缓缓走来。他们之间有了默契。那男人从玉米茎秆的空隙中伸出手来，摸了摸女孩的手，她娇憨地笑着跑开了，迅速翻过了围栏。她手里还拎着被狗咬死的兔子瘫软无力的身躯。

那个农民小伙子走开了。当伊丽莎白走进房子，埃尔西也翻过围栏。她的侄女站在厨房里，拎着死兔子的一条腿。另一条腿被狗给扯掉了。她一看见这位新英格兰女人——她好像在用冷漠严厉的目光注视着自己——就有些羞愧地赶紧进了正屋。她把兔子扔在客厅桌子上，跑出了房间。桌上铺着埃尔西母亲做的白色钩针编织桌布，兔子的血染污了上面精美的花朵图案。

利安德家所有在世成员聚在桌前吃周日晚餐，这个过程贯穿着沉重窒闷的缄默。晚餐结束，汤姆和他的妻子去洗盘子，然后陪老人一起坐在门廊上。这时他们都睡着了。埃尔西回到了侧门前的台阶上，但没等再度踏入玉米地的渴望压倒她，她就站起来回到了室内。

这个三十五岁的女人轻手轻脚地在大房子里走动，就像个受惊的孩子。客厅桌上那只死兔子已变得冰冷僵硬。白色桌布上的血都干了。她走上楼去，但没去她自己的房间。这房子上面有许多房间，其中有一些窗户上都没装玻璃。这些窗户被钉上了木板，狭长的光线就从这些木板的缝隙里钻进来。

埃尔西踮着脚尖走上自己房间旁边的楼梯，推开其他房间的门走了进去。地板上罩着一层厚厚的尘土。在安静的环境中她能清楚听见前廊上在椅子里睡着的哥哥正打鼾。大概是很远的地方传来孩子们尖厉的叫声。接着叫声变轻了，就像是前一天晚上那种还未出生的孩子们从田野里对她发出的呼喊。

她脑中浮现出她母亲紧张而沉默的形象，母亲在前廊上坐在儿子身边，等待这一天在黑夜中结束。这个画面令她感到如鲠在喉。她渴望着什么东西但是不知道那究竟是什么。她被自己的心绪吓着了。在房子后部，一间没开窗子的房间里，窗户上的木板裂开了，一只鸟飞了进来，结果被囚禁在了屋子里。

女人的出现让鸟受了惊吓。它狂躁地四处飞动，灰尘随着它剧烈拍打的翅膀在空气中飞舞。埃尔西一动不动地站着，一样惊吓，不是因为这只鸟的存在，而是因为生命的迹象。她和这鸟一样是个囚徒，这个念头牢牢占据了她的思想。她想到外面去，去她的侄女伊丽莎白和那个年轻农民在玉米地里漫步的地方，可她又像房间里这只鸟一样——被囚禁了。她不安地走来走去。鸟在房间里飞来飞去。它停在裂开的木板下面的窗台上。她盯着那只鸟惊恐的眼睛，而它也直直地盯着她。然后那鸟就飞走了，飞出了窗户。埃尔西转身离开，急忙跑下楼梯，跑进外面的院子。她翻过铁丝围栏，弓着身子跑进玉米地里的一条隧道。

埃尔西跑进无边无际的玉米地，心中只有一种渴望。她想离开她现在的生活，闯进更甜蜜的、她觉得一定是隐藏在田野某处的生活。她跑了很久以后，来到一片铁丝围栏前面，然后爬了过去。她的头发散开了，披在肩上，脸也红扑扑的，这时看起来就像个少女。当她爬过围栏时，裙子撕开了一个口子。有一个片刻，她小小的乳房都露了出来，她慌忙地用手抓住裙子，捏住裂口的两侧。她能听见远处男孩们的声音和狗吠。夏季的暴风雨已经酝酿好几天了，这时乌云开始铺满整个天空。她慌张地往前跑，不时停下来听听那些声音然后继续前进，干燥的玉米叶尖摩擦着她的肩膀，一层纤细金黄的细屑从玉米穗上倾泻而下，落在她头发上。一阵噼啪声伴随着她往前跑动的步伐。那些颗粒在她的头顶形成了一个金色王冠。她听见头顶天空响起低低的轰鸣声，就像大狗发出的沉闷呜呜。

她脑子里不停地想着，她终于勇敢地跑进了她永远无法逃出的玉米地。剧烈的疼痛流过她的身体。此时她不得不停下来，坐在地上休息。她闭上眼睛思索了很久。她的裙子也被尘土弄得脏兮兮的。玉米地下的小虫子从它们的窝穴里出来，爬到她腿上。

出于说不清的愿望，这个疲倦的女人一下子倒下去，闭着眼睛静静躺着。她不再惊惶，这些隧道就像温暖而拥挤的房间。痛苦从她身上流走了。她睁开眼睛，透过玉米宽大的叶子看见了一小块一小块黑暗而暴怒的天空。她不想被天色惊扰，于是再次闭上了眼。她纤细的手不再抓着裙子上那道裂口，小小的乳房暴露了出来，胸部痉挛一般地起伏着。她把手抬起来放到脑袋上方静静躺着。

埃尔西觉得她仿佛就这么安静地懒懒地在玉米下面躺了几个小时。她内心深处感到有什么事要发生了，那种让她摆脱自己，让她和自己的过去以及她家人的过去都分隔开来的事情。她的意识还很不清晰。她静静躺着，等待着，正如她还是个小女孩时，在佛蒙特农场的果园石头旁边曾经等待了许多的年月一样。上方天空传出深沉的咕咕嘟嘟的声响，但似乎这天空和她所熟悉的一切都异常遥远了，不再和她有关。

在漫长的静默之后，埃尔西觉得自己已经像做梦一样脱离了自己的躯壳，这时她听见一个男人大喊。"哎嗨，哎嗨，哎嗨！"那人喊道。在一阵静默后是应答的声音，人们身体穿过玉米地时发出的哗哗响声，还有孩子们兴高采烈的交谈。一条狗从田垄跑过来，站在她身旁。它冷冷的鼻子碰了碰她的脸，她坐了起来。狗又跑了。利安德家的男孩们走了过去。她看见他们赤裸的腿在玉米地通道中时隐时现。她哥哥看到雷雨很快就来，有些担心，想早点带家人回城里去。他在房子那边大喊着，孩子们就从田地里回答他。

埃尔西坐在地上，双手紧握在一起，奇怪地感到一股失望。她站起来，慢慢跟随孩子们行进的方向往前走。她爬过一座围栏，裙子又破了一个口子。她一条腿的长筒袜也滑了下来，堆在鞋子上。高高的尖细的杂草划破了她裸露的腿，皮肤上留下一道道红印，但她根本不觉得疼。

这个忧心忡忡的女人跟着孩子们走到她能看到父亲房子的地方，又停下来坐在了地上。震耳欲聋的雷声再次响起，汤姆·利安德再次发出呼喊，这一次声音里带着愠怒。他用响亮的、富有男子气概的声调喊出伊丽莎白的名字，这名字像雷声一样在玉米地的孔道中翻滚回荡。

接着，伊丽莎白和那个年轻农民一起出现了。他们在离埃尔西不远处停下来，男人把女孩搂进怀中。她一听见他们俩走近，就趴在了地上，身子弯折成她可以偷偷看见他们但不被人发现的姿势。当那两人嘴唇相碰，她紧绷的手握住了一根玉米秆。她把嘴唇埋进尘土。等他们继续前行她才抬起头，嘴唇上沾着一层粉尘。

又一阵很长的静默笼罩田野。她幻想中那些低语的田野上未出生的孩子们的呢喃，此时变成了四处涌动的叫声。风越来越猛烈了。玉米秆弯折、倾倒下来。伊丽莎白心事重重地离开了田地，翻过围栏站在父亲面前。"你去哪儿了？干什么去了？"他质问道，"你不觉得我们该回去了吗？"

当伊丽莎白向房子里走去，埃尔西跟在后面，像一只小动物那样手脚并用地爬行着。她爬到围栏前面就坐了起来，手捂着脸。她身体里的某些东西也在弯折，扭结，就像此时被风吹弯的玉米秆。她坐着时没去看那栋房子，再次睁开眼睛，她依然能看到那些神秘狭长的通道。

他哥哥和妻子带着孩子们一起离开了。埃尔西转过头去，看见他们的马小跑着离开父亲房子后面的院子。埃尔西离开后，这座矗立在玉米地里的乡间屋宅被大风侵袭着，看起来简直是世界上最荒凉的地方。

她母亲从后门走出来，跑到侧门台阶旁边，她知道女儿喜欢坐在那个地方。发现埃尔西不在，她警觉地叫了起来。埃尔西没想要回答。那个老妇人的声音好像和自己没什么关系。那纤细的声音很快就被风声和玉米地的哗啦声吞没了。埃尔西望着房子，看着母亲紧张地在房子周围跑来跑去然后走回室内。房子后门砰的一声关上了。

酝酿许久的风暴终于咆哮着来临了。迅猛丰沛的雨水倾倒在玉米地里。大团大团的雨水泼洒在这女人身上。积蓄在她体内多年的风暴也因此得到宣泄，她喉中发出悲伤的呜咽。她把自己整个儿抛给这悲伤的风暴，但那不只是悲伤。泪水涌出她的双眼，在她脸上的尘土中留下一道道沟痕。在暴雨偶尔的间歇，她抬起头努力倾听，用她被缠结的、打湿的头发盖住的双耳捕捉，穿过那些打在玉米田房子泥土地板上千万颗雨点的声音，是她母亲和父亲在利安德家的房子里，用尖细的声音一遍一遍地喊她。

视觉 Vision///

祁媛，1986年生人。2014年毕业于中国美术学院，获硕士学位，同年开始小说创作。小说散见于《收获》《人民文学》《当代》《十月》等刊物，先后获第三届"紫金·人民文学之星"短篇小说奖，第四届郁达夫中篇小说提名奖，第15届华语文学传媒大奖"年度最具潜力新人奖"提名，"第二届茅盾文学新人奖"等奖项。出版中短篇小说集两部，长篇小说一部。

荒岛里的“威尔森”

祁媛

我学画画是偶然的决定。

那时是高二的暑假，无所事事的一个夏天，虽然马上升高三，要考大学，可我依然迟迟无法进入状态，也就是说我的心很闲散，完全没有任何紧张的心情，对于未来，我更是从来没有考虑过，一切都很茫然。

那天我约了班上一个要好的女生一起逛街，天气很炎热，我们躲在树荫下舔冰棍，她突然对我说起她高三以后的宏伟打算，说家里都替她安排妥当——去省里的另一座城市读护士学校，三年毕业以后就可以当护士。她的话搞得我措手不及，顿时感到落单了。眼看着好朋友就有自己的人生了，那么我自己呢？她也问了我一句，你呢？

我的脑子是空白的，我突然想到自己以前很喜欢在作业本上画小人，当时也不知道怎么回事就脱口而出，我去学画画吧。

我是个缺乏执行能力的人，想得多，做得少，主要是懒吧，学画画这个念头多半随口说说的，原本随之就会烟消云散了，可不知怎么的，那个随口说的话，后来居然成了现实。高三开学以后，我的那个好朋友非常认真地跑过来问我学画画的事怎么样了，她的那认真样儿弄得我感到有点惭愧，觉得自己对自己的事还没有一个旁观的人那么认真，于是我也就认真起来了。

一个星期后，我真的找了学校的一个美术老师学起了画画，当我坐在画架前用笔画鸡蛋的时候，一时恍若如梦。由于我完全没有基本功，连个鸡蛋圆都画不好，所以，每次我都坐在那个画室最后的角落里，加上我沉默内向的性格，以至于我两个月以后换了另一个画室，都没有人发觉。

老师也并不看好我能考上什么好学校，我猜在他眼里，我可能是一个少见的无法灌入学院派技法的人，所以他对我基本放弃，随我去，我想我在他眼里，也就是一份学费吧。不管怎样，我竟默默坚持画下来了，我时刻牢记那句流行的名言：凡事皆有可能。后来的事实也证明我的努力并没白费。我居然考入中国美院，一晃十来年。十年不算短，我甚至可以说，这十年几乎就是我的整个青春了。我那昔日旧友也上了不同的大学，时隔多年我们又见过一次，发现彼此都改变了，她已怀孕，挺着大肚子，我们都不知道说什么好，就拥抱了一下。

美院的几年，我大概也是在老师的那种"此人不可救药"的眼光下苗壮成长的，我心里想：既然我已考进来，只要不犯大错，我想怎么画就怎么画，你管得着呢！所以，我的这些年心里还是踏实的，但回到画本身，难免有点寂寞，我和学院派差别太大了，所以我也就理所当然地成了学校的"边缘人物"，就像处在一个荒岛里，不同的是这个荒岛是人群里的"孤岛"和都市里的荒岛而已。我画里的场景，我笔下的人物，也都像是另一个世界的人，套句行话，就是"超现实"里的现实里来的人，我的画是超现实主义的画，有点像电影《荒岛余生》里的"威尔森"，我始终认定，在那部电影里，塑造最成功的角色是那个在整个电影里没说过一句话的"威尔森",所谓"未着一字,尽得风流",不仅如此,而且还富于神秘感和精神性,我画里的人物,虽然"光怪陆离",形态也非传统,但我觉得他们也具有某种特有的精神性。他们不会说话,但有生命,他们听我的牢骚,为我解闷,替我排忧,但我心里也清楚,"威尔森"其实是我心里的另一个自己,我在自己与自己对话。

"自己与自己对话",我觉得这是当代艺术里的一个特点,当代艺术不再迷惑与主客体的关系,不再模糊暧昧,而是明确地表明只有主体,也就是画家、艺术家自己才是艺术的内核,并由此区分出艺术家之间的不同来。但即便如此,即便知道艺术是"自己与自己对话",我又无法说对自己了如指掌、一览无余。说实话,在开始画的时候,我并太不清楚在眼前的纸上将会发生什么事,将会出现什么情节,什么人物动物,什么形象,一切都是未知,每一笔,每一个念头,都好像出自机缘和偶然性,也正是如此,我的画的制作过程,才会充满意外,这令我快乐。

想到电影《荒岛余生》里的男主角,孤独地在荒岛上生存了四年之后所面临的选择:一、继续在岛上待着,等待可能路过的船只和掠过的飞机,希望虽然依旧渺茫,但还算安稳;二、制作木筏主动出海,寻找生机,主角最终选择了后者。但他心里同时也清楚,更大的可能性是死在海上,可是他宁愿选择冒险,也不愿意一成不变地在岛上苟活,宁愿在不确定中捕捉机会,也不愿在平稳中等死。

我想艺术也一样,它不能是退守的,苟活的,并为这种退守苟活寻找漂亮的借口。它必须要冒险,只有在冒险中,人的活力才会得到激发,人的感官才会敏锐,精神才会健康吧。

无语的"威尔森"最后漂流和消失在大海里了,等待它的是更多的未知。

失眠，36cm×24cm，纸本综合，2020

失眠，36cm×24cm，纸本综合，2020

失眠，36cm×24cm，纸本综合，2020

仲夏，45cm×43cm，纸本综合，2020

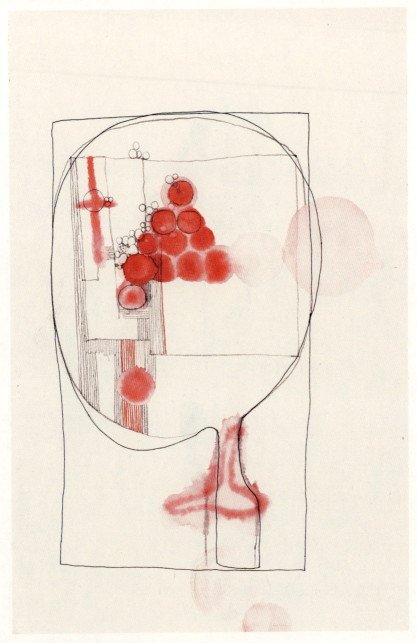

仲夏，45cm×43cm，纸本综合，2020

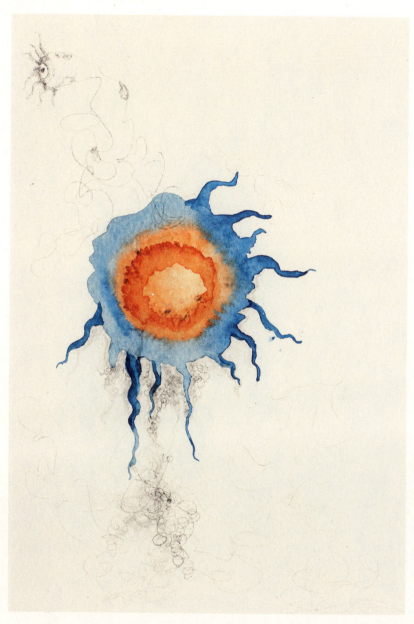

仲夏，45cm×43cm，纸本综合，2020

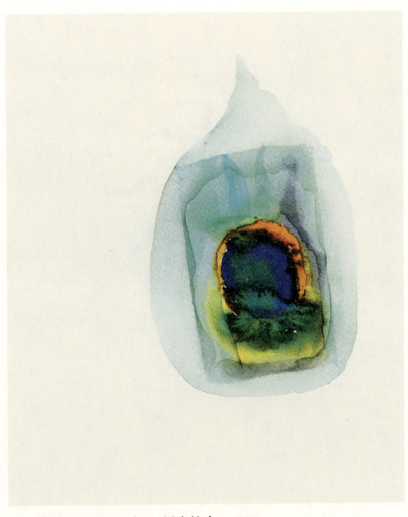

仲夏，45cm×43cm，纸本综合，2020

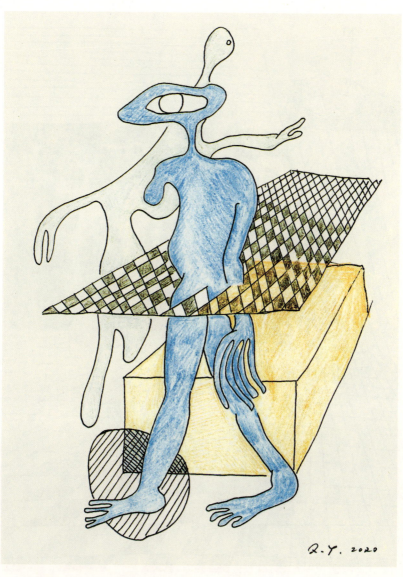

自白，36cm×24cm，纸本综合，2020

自白，36cm×24cm，纸本综合，2020

自白，36cm×24cm，纸本综合，2020

自白，36cm×24cm，纸本综合，2020

散文 Prose///

唐朝晖，作家，出版人。出生于20世纪70年代，湖南湘乡人，现居北京。曾任《青年文学》杂志执行主编。出版有《一个人的工厂》《折扇》《百炼成钢》《梦语者》《通灵者》《心灵物语》等图书。

等一个人

一、空

桥是哪年断的？

有人说九十年代，有人说七十年代就断了，有人说更早。母亲说：桥修好过，但很快，又断了。

一个拱掉在河里。

桥断了，水也浅了，草多了起来。

那是在南方。你有父母，有同学，有亲人，相互走动得很频繁。你就是他们千百个孩子中的一个。他们看见其他孩子的时候，也就看见了你；他们无视其他孩子的时候，也无视于你。你知道自己是个野性具足的孩子，是一个与众不同的孩子，至于，你到底有多大的能耐，你自己也不知道。你只相信遇到任何问题，你都可以依靠自己的能量去实现所有想法，去改变落在你身上的所有现实。一种植物落在很多人的身体上，会变成很多种色彩，而对于你，不会多出一种颜色来。

你混迹在孩子们中间，拥出教室，混在操场的孩子堆里，散在出了校门五百米的各条分岔路上。只有你独自走在路上，才能感受到自己那活跃的心智。才能与无数个本来非凡的你对话，你也在期待着自己——到底能做些什么不一样的事情。

七年前，你就知道自己会有出走的一天。所有的学习中，所有生活中的独处，你在唤醒自己的各项能力，各种奇特的本领分列在你的身体里，一个个你，一个个帮助者，随时听候你的一个意念。

学校、生产队的晒谷场、田埂，都能激发你延伸的想象力，你爬上高压水泥电线杆，从这个斜度爬上去，从那个斜度滑下来，或者直接顺电线杆往上爬到横档铁杆上，电流发丝般的震波里，绵细如流，声音在风声中震颤，传到你手心，光天化日之下，种田人远远地在山脚下叱责你，声音尖细，里面有爱，凶神恶煞是装出来的，你爬上了几十米高的高压电线杆。

激发你直觉的力量，原本随处皆是，现遍寻不见，竟成神秘之力。

那就在夜晚里去发现。你选择了某些晚上，爬上后面的山，在坟地里发呆，想找到一些东西。坐在草丛里，远处的山在夜色里像一座座大坟墓，兀立四周，随时都会冒出一个黑色的能力球体，向着你的方向，把你吸引过去。

夜中的大鸟，藏在树林的枝丫上，发出声声怪叫，它一定在说话，在表达，黑是它们的天空，夜是它们的大地。白天，它们把声音藏在夜晚的穴洞里。夜晚，打开树枝做的门。

你熟悉每一只夜鸟，叫声右边的锐角下有一个圆润的点，直角形成的刺，在声音的最后面，不会伤害到你靠近的身体，你大胆地去抚摸它们。声音与池塘里的菱角，随一个个水泡，沉浸在淤泥里。声音蛰伏于枯了的树枝里，选择夜晚的一个时辰，慢慢地弯腰，往下，断了，树叶落在地上。这些都是你熟悉的，都是夜鸟的声音。

你把各种声音，编织在一根折不断的草叶上，拧成三股力，一端插在坟墓跪板的下方，一端，你用声音，断断续续地把你带进梦里，有时候你忘了脱衣，就在梦里爬到夜鸟的家，说一些话。

梦中的你，懂得更多。在梦的树丛里，夜鸟变化着各种形状。

每一个梦都在它原来的地方，只要覆盖着的树叶，被夜鸟的翅膀轻轻扇起来，那个梦，就会换一个面孔，出现在你面前。

至于夜鸟，任意时刻的任意空间里，你都能取出来一杯水，一只只地唤出它们。它们的名字由一只只暗色的虫子驮着，零零散散地穿过微光的峡谷。

你与那场大雪一样

夜色拍响河边的栏杆

爱，不能出来

被流水洗涤得很干净的样子

每天夜里

你向深情的水鞠躬致敬

二、色

你感觉到了另一种存在，你想看见他，与他坐在一起，给他一个热烈的拥抱。

你走在大山脚下，在河岸上，与河流一起随山势起伏，听着水声，和风过树林的声音，你清晰地感受到另一个人在你胸口那重重的急促的呼吸声，他也在等你。你带着他的视线和期许穿越秦岭隧道群，山峰舒展、重叠，这也是你寻找的象征。

你坚信在高处，在青藏高原，那里是遇见对方的地方。

这次出行，秦岭给了你命脉中一个开着花散发着浓郁气息的心之花，致使很多年之后你的每一次经过和驻扎都切实体会到秦岭的悲壮。

你曾经住在秦岭的一个茅棚里，苦行僧般地过着日子，身体停止了奔腾，心在找一个安放的地方。

现在，你明确地知道，只有找到一个人，哪怕是见到，那一刻你才可能得救。

穿越山峰，穿越你残败的身体，你经历无数山水和人家。

秦岭，它那道烙痕深扎进你的灵魂里，你喊出来，大叫一声，喊着自己的名字，但树木安静，之外，一切声响都是无知的渺小。你敬畏的藤蔓盘绕着山体，触角进入泥土，成为根。卖弄的时间、践踏它者的草木和虫蚁在一点点被自省的镜子照见，而自我消融。

你爬上秦岭的一座山，植物的声息在湖色中，水色蔓延。你听到尘崩裂掉落的声音。你躺下来，感受每一粒石子所经受过的以往：听种种动物奔跑的声音；一只鸟弄响一枝树叶；鸟的翅膀触碰着，眼神可爱；石子的硬轻轻地扎着你的背部，大山的各个层面暗涌出植物的形状。

一根线，轻轻地放在岭与岭之间，横向穿越，态度野蛮。路小心翼翼地靠近大山。在性灵和浑厚的群山里，路是山的一部分。胆大妄为的是疯狂的车，一次次轧进秦岭的内部。

深藏在山里的茅舍和村庄被一条路突然看见，像位年轻的女孩，突然有陌生人站在茅屋前，要她出来打个招呼，她更多的是羞涩，她拿来山里的雾，把那些遮体的树叶攀来几枝，象征性地把屋挡一挡，依靠那些山的犄角笑意盈盈地把村子里的小路藏起来，继续过着曾经的生活，只是偶尔多了些车轮的摩擦声。

——张家冲、裴家湾、百家坝、郭家山、田湾、唐家屋、朱家垭，村庄和山岭的名字在秦岭的群山中接连显现。这些地方有着各自的平静如水和悲苦交集的生活。历史的岩石埋进分化成土的山里，露出的部分，青苔爬上去，落满了山谷里的树叶。

这些隐约的突然醒来的村子，与你的家乡相似。房子世世代地被树林融在群山里，几千年的山里人，踏着石头和草叶形成浅浅的路，顺山势、溪流，绕石头转个小圈，避开小土包，小路依旧浅浅地，如秦岭百峰，浓浓浅近。

你走在秦岭的这条公路线，比起山里人的路，粗俗了很多，也时刻担心着被大山抹掉。时间在这里浓聚得太多太紧，不用回忆，那些走失的牛、鸟，自然的轮回，不动声色地都在这里。

横穿秦岭的路，是一根钢针，带着无休无止的线，穿山过岭。大山巨大的身躯习惯性地不理会这种急功近利的伤害，好在这条路上还有一点点敬畏的心情在规划者、劳动者，甚至是献身者那里被表达，路穿越——一个拱、旁边的护栏、斜的小坡、弧形的隧道，没有过多地影响到枝繁叶茂的山岭。

汽车在隧道里轰鸣，速度是自我的认知，大山的包容依旧大气磅礴，土石和树林一起把声音化解为村民的一个眼神……

秦岭之后

还是岭

山色浅近

寻找，已经开始。在哪里可以遇见？以什么形式遇上？你放弃想象。你曾经梦到过：一座山的路口；垭口的旁边，成千上万飘动的经幡；湖的沙地上；半山腰的寺院，提脚入门的刹那，看见你的影子……

你需要的只是感受另一双手，体会泪流出来的感动。任何一种结果，不会造成不安，你学习一面镜子：来则映，去不留。

一年的强迫式训导，你学习反思身上的陋习，撕去身体里的习性。邪恶涌出，你能看到自己的冲动。

你在恢复觉知的力量，恢复性情中的感受力。境中的梦，浮出蜃楼，你轻淡如烟地走出雾的困境，护守赤子之心的直觉生长出空灵的喜悦。

你奔向西藏高原。

四十年来的物化生活，隔绝了世界与世界的交流。

路、山体、河流，仰面而躺，听林声兽嚎。你侧身而卧，看山水蔓延。你过秦岭，到汉中。熟悉的气息，你从容而行。

那些引导你于光明处的立场——那不立文字，而被立文字；那不可言说，而言说的情境；那不动，而动；无为，而为的训导。你感激地一次次地回到自己的心里，才有了这次奔赴之约。

城市的灯光在点亮和熄灭，与风吹过山谷一样，光铺在路上，影响不了石头里的纹路，改变不了流水的方向。

无数次的转弯、迂回，寻找你的神迹。迎大渡河而上，逆流的道路，河水发出不同的声音，山顶挂满云彩，树叶绿了又黄，黄了又落，庭院建了又拆，拆了又建，街道毁了又成形。

多年以来，你差点忘记了相遇的约定。

你曾经爬上灵山，顶峰上那群失落于雨雾中高大的马群，梦幻般真切地出现在你面前，呼啸的风和阵阵寒意，雨雾浓郁地飘满你的整个视野。北京的灵山山顶，云雾中洞开一线天光，短暂到你来不及跪地哀怜，一切恢复到曾经的循环中。

曾经，你也随崇圣千寻塔，苍山洱海的孤岛，还有飘散于庭院岁月里的夜舟，一件件实物，轻灵如水，开在石头的花里，微微地提醒你的约定。

有些约定被万千种庸人平事销毁，有些能再次明明了了地现身于广袤之地。

你不断地往西而行，不断地攀高，你第一次，进入另一个世界，但你如此熟悉，如同回家：早晨柏枝的香味，每次与阿佳相视的微笑，你的心都快碎了，你到的是一个什么样的地方啊？她们身着厚而长的袍子，看着你微笑，手掌向上，置于自己的面前，掌心里，是赤裸的真诚和邀请。

雪，落在栅栏外面

雪，落在栅栏里面

一场没有化妆的大雪

覆盖着

死而复生的你

一场不会被融化的雪

落在你不想重生的身体里

三、空

你的行为受到天启的保护和引导，谁也不能明了你会以何种方式奔赴相约的高地。

青藏高原，哪里是你的相约之地？时间的重重迷障，老天爷反复提醒你记忆里的皱褶。流过山川的河流，性情亦有变化，混淆了你的心性。变化的是山川？是河流？还是你自己？

终年不化的雪山，提前融化，露出千年的尊荣；铁灰色的顶，蓝宝石的胸膛，寸草不生的沙砾，坚固的物质，被白云裹了又裹，脚下的草丛和树林，像上世纪的少女，羞涩地打量着突然到来的世界。

曾经的事物，现在含糊地记得这些词，如梦中的山羊，跳跃着下山，来到你的面前：央金、卓玛、花儿、雪、普暮、阿佳、石头、邦锦梅朵……

时间太久了，沙石风化为沙漠，堆积在河两岸，绿树、青草爬上河床，点燃城堡里夜晚的灯。狂风吹过千年的大地，记忆消磨着石头下的花朵，碎碎地，撒满山坡，看不到尽头。

那边的山，这边的河流。走到跟前，才看见浅浅的河水是如何受到石头的热烈欢迎，其他的声音都没有了，你根本不会相信这么浅的河水，声音竟然会淹没一切群山和所有事物。

一个小女孩从白塔后面的屋子里走出来，朝着你的方向。

你在哪里？

在高原。

你离那河边的断桥已相距千里。

你挤在汽车里，你必须有这么一段经历。父亲说，每个人都在案，自己记录、自己走，但一切不是你自己，但你所有经历的都记录在案。

你在父亲自传里发现的这段文字。近二十年以来，每天下午，父亲坐在屋子的最东头，靠近山的地方，用斧子、钢锯、砍刀、螺纹钢钎把一根根干柴锯断、劈开，如书本一样整整齐齐地垒在屋檐下，等冬天到来，再生出红红的火。一年里，父亲大部分时间都在劈柴。

父亲的柴火和他的文字，构成两个点，你看到了国人昨天和今天的样子，两个点把你的线连在一起。

现在，你的线头冒出了父亲所给予的点，走上了更远的线路。

汽车里嘈杂的声音进不了你的心体，扰乱不了你的眼神，你的静，如色染丛林，你之所见，皆为静。十三年来，心外构件：一个角、一块方形镜子、不规则的三角形、细碎的玻璃片，在白天的角落里，在夜晚不留情的暗影里，掉于尘土中，纷纷飞飞，烟消云散。

你收到了约定的信息，你在出发的车上了。

车上座位很少，大部分是站着的人，车上堆满了包。大部分的拉链都坏了，带子胡乱地捆绑着，丢在车上，敞着，张开嘴，打着哈欠，里面的东西你都熟悉，但你叫不出名字。无论你多么努力地学习，阅读课上，你连看图说话都拿不到分，你看到那些图，有很多想说的话，但写不出来，你进到图画里，与里面的动物跳过小河，不是为了逃命，是为了远离人们的戏弄。图画里那些追赶的人，在你的记忆里留下过一道道波纹。

车上的人，操各种口音，你听得懂每一个字，甚至是每一个音的高度、尺度。

车里的声音很大，你的听觉绕过他们，在远处的树林里停下来，你听到了单个单个的字，靠字来体味对话者们所表叙的内容。字是一块块石头，硬突突地没有含义。很快，你放弃这个游戏，你打开所有的音域，切断所有的句式，把整个车里近三十组对话者的单个音节如小石子般堆满整个车厢，你想到玛尼堆。闭上眼睛，你想起你要等的那个人，你们有多少年没见了？你想，应该是四十年没在一起了！

"或者更久。"

"应该更久。"

你终于可以告别这里，是永久的告别吗？

你最大的愿望就是遇上。你想到各种结果。即便相向而行，即便在同一条路上也没认出那个人。你依旧会兴奋的，你不像其他人——终生都没有记起和收到相约的信号，没有一次赴约的动作。

你丧失了相认的能力？对此，你没有太大的把握。相认是两个人的目光都必须确认，把手伸向手，身体伸向身体，心向对方敞开。你确信可以见到他。但你喷涌而出的激烈如果得不到应和，天光就将消失于虚空，相认就会擦肩而过。他正以物质的方式混迹在约定的人流中。

魔影重重地给出诸多道路，你分辨不出哪些是真实的，哪些是被虚妄改头换面的。时间和空间在群山里，被来来回回地篡改。你同意梦的说法：一切本来就是这样。

必须依靠心体的力量抹掉雾影，辨认你的真实。

物质和幻影在你的身体之外，以相似的方式出现。

你停下来，看着河水。

你抓住本来具足的心境。

你选择过一条船。船到河心，船体竟一点点在消失，咆哮的河水成为谷地，把残船破体推向水峰，又涌回浪谷。你不断地警醒自己，才护守住了那可怜的心性，才有一块木板浮着你，没有消失，你在水中，船早已四分五裂，不知所向。

河中有嚎叫声，如人类快感般地呻吟。你醒着，脚下的木板浮着你经历过的爱恨离别。残木在远处发出空洞的歌声，你很奇怪地想到一只小鹿回头的画面，她见到了人性的悲怜。人们正在修建苦难的大门，度母生悲，身体破裂，两滴泪水，一滴落入蓝天成蓝度母，一滴落入白云成白度母。想着这故事，你醒着。

木板把你漂向一条等待的路，你要去那条路上。

四、色

过康巴折多山口，海拔4298米。之后，你在盘旋中有了飘飞的感觉，事物一层层地松动。群山之上，你为什么流泪！远去的人，那声声呼喊，不是你发出的。千百、上亿年的石头在等待什么！它们的春天没有到来，它们也在等待一个应和者！

你离大自然太久，近人事太深，你欣悦地听着硬壳松动的声音，虽然痛，从蓝得发光的云朵里直直铺泻下来的是美妙的阳光。

下山途中，你把车慢慢地开出大路，停在一堆石头的旁边，你希望任何一点声响都不允许来到另一个世界。

往河滩里走了不到一百米，你蹲下来，想大声地哭——你不仅身体积攒了层层污垢，连看人的眼神都沾满了恶习，心灵里也是雾霾重重，而你竟然曾经一次次地高喊着对万物的敬重。

站在石头中间，对你的身体有过的痛恨，现在，你身体送到这里，接受审判和自我忏悔。

几块金黄色的石头散落在草丛里，水流向更大的声音里。

风过草地

石头过河

都是有声音的，断断续续的节奏。因为这些声音，你的兴奋，如电流划过你的皮肤。顺着微笑的水流向草原，往里面走，大大小小的红色石头，被草簇拥着，被水清洗着，再往下，四周没水了，没了石头，每一堆牛粪上长满了草，开满了白色的邦锦梅朵。你爬上一个小坡，清澈的水声，碰在石头上，开出一朵朵瞬间就败的小花，河底全是石头，水花零落，生出满心欢喜。更多的浪花从石头的嘴里吐出来。这些初生儿，刚从雪山融化而来。

雪没了，水流动起来。

欢欣鼓舞的水，是雪死亡之后的另一种生命体。千百年的积雪在成为水之前，雪是否有过惧怕？是否担心融化后的死亡会黑至彻底？担心告别高原的山顶，而流离失所？甚至不忍融化，而久久地凝固在那些寒的冷中。

这么多水，一下涌到你面前，这哪是死亡啊，这比生还更加活泼。白色的水，大海般咆哮着冲向你要去的方向。

——河两岸的山石、村庄、孩子，马鹿美丽地在远处饮水。

每个念起灭的刹那，和光同尘的威力如怒江之水拥挤于群山中，它们欢呼着告别每一座巍峨峻岭，与露出河床的每一块石头的棱角激扬起深切的拥抱。水匆匆忙忙地与河里的枯木、沙石热情告别，似乎一秒钟之后，河水就会融入蓝天大海之中。

前面有施工的黄土在染化它们，有一堆堆发臭的垃圾丢进它们的身体里……

——多少年了！

——多少河水在不断地欢呼告别！

——多少年，河水一直在这！

告别与流速，瞬间与永远，构成一个不可思不可议的命题，每个方向都让人迷失茫然。

你担心自己如怒江峡谷中的河水，稍不留神就淹没于尘土之中。如性之欲那不可赦免的尊容，名正言顺地在你的身体里筑造起豪华的宫殿，竖起畅通无阻的大旗，长长的利剑刺进永远也躲避不了的身体里，怂恿着身体横冲直撞，不顾礼仪情义。

尘光中有一种尘，按序并被命名，各环节按部就班；

尘光中有一种光，在没有觉知的情况让你遁光而去。光，远远地照在隧道的出口和入口，它们并不远，让你见到希望。

五、空

住在藏民的老屋里，语言如风马旗飘扬在高原的低处，你敬畏和欢喜这些天真纯至的笑容。

你经过了无数个垭口，两边的高山滑向谷地。你与河水一起窄窄地通行，你平等如一地对待每处风景、每棵植物。

从山脚往上，数十道拐口，爬上长长的山坡，至海拔四千米、五千米以上。

从峡谷的河流，到浓郁的树林，在神迹流速的路上，你不曾停留。流速是你的呼吸，流线穿行，唤醒你自己，回忆起城市里的变异之物，显得有些陌生。

景色启动天机的漫漫长路，流动在天空里的声音，惊醒花间的昆虫，动作细微，唤起你延误的心灵。

沙砾的花丛里，跪地而无求，只是聆听和感受天空的高远。

阳光下，雪呈现出一万年以前的那一个个梦。藏民的歌声，是无数美丽姑娘发簪的摇动，是孩子们的跳跃，是赞颂的天籁之音，你闻到了婴儿的天香。

这些会消失吗？——因为消失，你才寻找。

在高原的人，永远受到雪山、圣湖的护守。车行于水，而不被淹；车行于尘雾，而清晰亮洁。三十天以来，你始终在做一件事情：亲吻每一座大山的垭口，和长长的坡度，体味上和下的意义，左和右的形式，达成一个目的：一点点熟悉高原的味道，学会真实的平等，学会尊重他者的手势。一切于现在的你，是亲人般的握手。

　　高地的湖水，任何时刻都在你的周围如空气，舒展如光，照亮每一个细微的动作，照亮她们身边的植物和天空里的飞鸟。

　　每座村庄，都依于神山之下，如山上的岩石。有些村庄生长在湖的肩膀上，日夜聆听水的教诲，享用夜间的暗色之乐，看着日光流满湖水里群山，觉知目光中雪水的恩惠。

　　大雪覆盖，是神山最庄严、美丽的表情，不可侵犯，任何的伤害会以数百倍的代价让其偿还。神圣之山所尊的，是身心的最本质的最高准则。

　　318国道盘旋往西，低矮的树木遮不住铁灰色的流汁般顺山势滑落。近处的路，如剥皮的野兽，四脚朝天地在纯蓝的天空之下，形成鲜明对比，路边不断地冒出破败的房子，窗户空洞地张开嘴向着道路喊叫着什么，大大小小的石头堆积散落在路旁，每一块石头都是一声叹息，停在那里，看着它们自己。

　　阳光从身后的峡谷里白晃晃地照下来，浮起千万灰尘。这里与成都相距八百公里，你依旧在被紧紧地追逐。

　　河水浑浊不堪，它的奔腾，你看到了狂躁的沉重，河水想甩开身体上的混合物。启蒙时代理性和科学从禁锢的监狱里发出嫩嫩的芽、披着宗教的神性泛滥于天下、将回家的孩子淹没在经卷和思索的铁链里，科学的蓝光照亮整个天地，不能反射的将被判决，人们追逐蓝色，以蓝为至尊荣誉。长袍者照旧以王者圣哲的姿势高坐于虚设的椅子之上，以神的名义以心的力量而不允许被任何人怀疑。

　　你受益于这两者，亦深受两者之害——另一个你，因此而无法与你相认。

　　你只有盘旋往上，在上面，蓝天才蓝，白云才更加的白。

　　剪子弯海拔4659米，经幡相互牵拉起一个共同的符号，东边山坡上经幡形成的一幅幅线条画，是位天才画家的作品，每一根线都聪慧灵气，感染着每个人。在风的吹拂下，念头组成神秘的字符，唤醒你的野兽般的奢望。

静静地坐在垭口，风对你的到来，表示出轻松的友好，老朋友般进了家门，自己搬条凳子，找个有阳光的地方，找个舒适的姿势坐下来看看山，听听云过山谷的声音，看看颜色如何对应你心底之湖的色泽。她们在你周遭变幻出一个问句，一个个形象，你去掉所有的思考，云飘过山，一点点的凌乱。

你展开心境，让一个人从从容容地走进来，坐在你的山顶，看山听风，而没有思考。

你祈愿那个人也坐在这里。

卡子拉山，海拔4718米。群山浮出云的海洋，云托举着群山，四周边际上下，云如水，日如河。群山遍布着七彩的光芒，高原显得不再高大，一道道山岭不听从风的号角，而举行另外的一次集结，漫向高原之上的谷地。

她们边走边说，风从你身体里穿过，透明的物质链接着大自然的气息。低低的灌木选择一些有水停驻的地方，顺山势蔓延的流式，美丽动人。

你曾经在这里安家居住？你曾经如这里的一块石头，深藏起无数的秘密？植物和动物，还有哪些物质能够懂得你的语言？你成为群山里一粒只看而不思考的石子。

你站着，苍穹远在云之外，因为凝聚，云不再幻化成各种形象来干扰你。植物冒出碎碎的色泽。

你的亲人们在离开你，还是你在离开她们？

你大声地叫喊一些人的名字，她们一个个地立在过去的山梁里，她们一个个背身而去，一个个迎向你的错觉。

你说，悲伤的河流正漫过群山。

那你到底需要什么？你在抗拒什么？在祈求什么？又在被什么需要着？

有一种声音，是文字的出发源，你只能借助这种声音，去想去的地方，用他的声音，告诉你自己，你来了，你在唤醒一个上午的昏沉……

一线阳光射下来，落在你面前。

你的救助之神……没有任何人知道你是如何的迫切想念，你的想念懦弱如河流的清澈，如冰川的洁净，而你此刻依旧浑浊。

你奔涌而下，群山高歌，下到山底，这是一片干涸的海底，万物均已腐烂为尘，沙石满地，青草繁衍。偶尔两块被翻出来的大石头，它们惊讶地望着没有同类的世界。

你依旧平静地听着时间在身体上的改变，草地的生灭就是你罪孽的进程。

走进草地，你从未这样惧怕伤害到它们脆弱的直觉。你把影子拉过来，嫩黄的草薄如蝉翼，越往里，你用泪水看见你趴下身子，亲吻细小的植物，这才是你，浅浅的草香、汁液，湿润着你的记忆。

一匹棕色与白色相间的马，带你来到小溪边，它跃动的弧线是你梦想飞翔的起点。马没有动，它在听，它知道你来了，马轻轻地跑向远方的房子，跑向另一匹马，它的奔跑带来远处一匹小马的靠近。远处的跑动，清晰可见。白云、雪峰、群山、草地，奔跑的马，地平线随你而移动，像一条路，像海的平面。

河，流在草地的深处

你向前方行礼，低头于天，俯身于草原，远处的阳光划出一条线，金黄地落在草地上。云影下，骏马成为远处草原的剪影。你的视线里冒出一匹白色骏马，一匹、两匹、三匹。

马奔跑起来。你听到了雪的呼吸——水的流动。

理塘与巴塘之间，有两个海，名姊妹海，亲如一湖。她们亲昵地停下来，蓝天把水掩映得碧纯无瑕。

姊妹海里的水，与雪山话别，语速缓慢，情景感人。此次分离，将无再聚的机缘，奔腾了几千公里，迂回了无数坎坷淤泥之后，化身为雨，凝聚为雪，也难在此再次相聚。姊妹海里的雪水，纯净地回旋在山谷的两个湖里，让群山的影子再一次完全地映照进水的身体里。

湖水深含山岭雪峰，亲吻着山的身体，吻着吻着，流出了碧蓝碧蓝的泪。从入口到出口，每一个临山处，湖底的每一块山石，雪水都在吻别故友亲人。水奔腾而下，以高原群山的秉性，你只是经过和给予，只有不断的重生。

第一个湖，第二个湖，你一一经过，如姊妹。

你与藏族人一样，在水经过的地方，用大小不一的石头，垒起祈福的心愿，为尘光中幸福的人、奔跑的人，为水、牦牛，你垒起一个，你无念地垒起第二个。王菲的声音隐约飘来，你抚摸到了她悲欣交集流泪的感受。

湖水，如如不动；湖水，奔腾不息……

你背过身去，带着姊妹海里的雪水，继续上路，唤醒梦境。

金沙江。

你双手如翅，向上舒展，不是为飞翔。慢慢地，你睁开眼睛。

你老家的房子，被周围的八座山近近地护佑着，一个八卦图。老屋后面的自留山，从你出生之前到以后，这是你的根。

小时候，你与小伙伴们在山上伏击来偷柴的妇女。东边的山是另一个生产队的，呈一个小小的C形，护出一个池塘的路来，这是进入家的主要道路。

三岁的那年冬天，你的铁环掉进池塘，挂在黑粒子灌木上，你俯身去钩，你自己掉了下去，那天是你母亲过生日，家里来了很多亲戚。妈妈在池塘的码头上洗菜，她发现水里浮着她熟悉的衣服，几秒钟后，她反应过来是你掉进了池塘里。

你醒来，很多人围成一个圈，正在老屋的厨房里用稻草烧着一堆火，你被棉被包着。老房子很低，低到你和哥哥站在小板凳上就可以扯屋檐上的稻草。

老屋正东偏南方向，是一个S形的水库，两座山形成的空间通道，从旷野里误打误撞进来的风，进入了八座山中间的空地。一切来的、去的通道，都不是直线。

正南方向横趴着一只温存的巨兽山，头低额于水库边，憨厚的小前爪和庞大的后爪之间的空地是你家和两位堂兄家的菜地。这是只善良的少年兽，小时候，你和同伴可以在五分钟内从小兽的山头跑到隆起的屁股上，之前的山上，寸草不生，一棵树都没有，全部是黄土沟壑。现在，小兽身上长满了毛发，山上几乎寸步难行，树木根据小兽身体的起伏而起伏，爪子那里没有树，是灌木，嫩黄色的毛发尖尖，点点微微，接近山的湖滩，草木因浓密而显深绿。小兽的主要山体全是浓密的树木，越发显得小兽的可爱。它的后半身对面是生产队的中心地带。

小兽后面的一座山，正南偏东，你们就叫它对面山。山和田责任到人之后，你家在那里也分到两块。

读小学，你和哥哥两人各用自行车从乡政府拖回数十公斤树苗，经过一个上坡，车后座树苗太重，车龙头翘了起来，你小小的身体拼命地去按。你和大你一岁的哥哥还有父母，在那座山上挖了很多坑，足有小半人深，种下的树，现在在你老屋的位置清晰可见。

对面山的下面是生产队的田，近一百亩，一字竖排，一层层地从你老屋前开始，慢慢转向西南更远的地方，曲折起伏，贯穿整个生产队。

老屋南边，最远处是浓绿的山峰。

回到老屋最近处，一只由南向西的虫子山，在房屋的地坪里，能看见虫子的头和上半身，头接近田，虫子的头部，哥哥六年前在那里盖了座新房子，白色的，像虫子的一个器官。这也是你唯一能够见到的一户人家，其他，能见的就是山，和山空出来的田，田与山之间有细小的路串起来。

西北边的田是一个早禾通生产队，从水库的最尾巴处开始，一亩或几分地为一丘，往西边而去，弯曲了百余亩，再连接另一生产队，再数百亩，连续到山外的省道开阔处。新鲜的风雨，人缘气流都由此来去。这是老屋的呼吸通道。

西边，一座山细长地伸过来一点点，退后于老屋的视线，也退后于虫子山，尾巴轻轻地摆向老屋后面，连着自留山。

老屋下方是池塘，池塘下边，有往两个方向去的农田，另一个方向就是水库，这里自然形成一片空地，老屋的地形教会了你退、守和含蓄的道理，教你学会观看以及感受的两种方式，不让你沉沦于感官而不自知。

八座大山和其余山丘的安静精神，照耀着你来到西藏。

身体微微向前，这是礼仪，是你对山川大地的感激，你的身体里流淌着山水的神意，你感激它们让你充满了无限的能力，发散出来的光，源于山。

巴塘至芒康，川藏交会处的金沙江。

黄色的沙河，泛着金色，浑浊！安静！

水流到平静处，阳光贴着河面，一河的白光。河底的光斑，水色柔和。两边的山刚强而妩媚，粗犷的大线条去了哪里？天空的剪影温柔地拂过山的硬度，大山吸收着金沙江的流响。你慢慢地张开双手，透明的泪水为离别而流，河水呜咽，你动作无声，伸向天空，阳光在瞳仁里亲吻泪水，不愿意再睁开眼睛——过去的光影在今天的水印里继续、白色的石头正试探地接近河水。你一点点地步入河流中，阳光炙热，河水清凉，石子惊叫地打着滑，声音是那么尖细。家里的八座大山在看着你，你看着家乡。想念那个走出家门的孩子。

　　你来了，为了一个约定，双手舒展斜斜地问天，离开大地，向河流、群山发问。缄默而问，澎湃而问。

　　另一个人，也用家乡和西藏的河水对比痛苦的模样吗？

　　那个到了西藏的你，带着层层枷锁，你听到了铁链的声音，那么青烟般的是是非非。

　　你不知道自己下一站会出现在哪里。

　　金沙江，唱着花儿，阳光绽放。

六、色

　　歌者素雅，双手合掌而歌。你尘垢太深，只能依靠她的声音，顺怒江而行，山水同色显得更加浑浊。山上见不到一棵树。怒江，含怒于河底，崩塌的石头散落于路面，到处都是石子。

　　因为生存？成就了你的性格，牺牲掉的是你敏锐的直接感受，四十年，时间之长，环境之劣，绝望笼罩着整个地区，你在歌者的面容中对这次寻找的另一层面有了更多的理解。创造，等待才有可能，如期相认才有可能。你默念着歌者的名字。

　　到山顶，峡谷没有了，河流没有了，弯道没有了，小动物如草，从地底的一个洞里露出头，四处张望，然后放心地走出洞口，摇晃着放松警惕的身体，一有响动，它就以最快的速度消失。

　　你像石头那般坐在戈壁滩，云的影子落在山上，看着小动物们从这个洞出来，从另外一个洞里进去，每个洞都连在一起。

　　在一个路口你转错了方向，离开318国道走了五十多公里。你见到了长长的飞机跑道，这是世界上海拔最高的机场。

　　从康山村入然乌湖。一点点进入，群山敞开，是为了向你展示一座山的壮美。两边的山滑向中间，低下身子，伸出手臂，牵手，亮出巨大的空地，在距你很近的地方呼吸着这一湖的水，你看到了绵延的群峰，这是雪山家族的一次旅行。

感谢高地亮出了一湖的雪山。洗涤你的罪恶和恶习。

屈原投河！船山隐于枯寂！陈天华在日本投海！

你感知到了大地的震颤，圣贤们在文字里，思维和精神的双重绝症，如何相对一百多年的混乱失真和暴毙，他们又能何为？

警笛长鸣，铁的时代，碾压的不是痛，而是绝望的无知！

湖水，用它的柔，激起你对女性的回忆。从母亲到你的女人，到女儿，你享受其爱，享用其苦。你的绝望，声色生香，乃至无老死尽。

一块石头被水围着，你跃上去。如果你要等的那个人，能够同时在这石头上，你一定可以看见光，你相信坐在水做的石头里，背对沙滩，能乘舟向山而去。

五个小时，你绕过沼泽的一角，踩着石子，到了对面，顺雪水数百年冲出的山的褶皱，在村民走的路上，在人罕地稀的地方，你才能见到要寻找的那个人。

慢慢接近山的凹处，慢慢接近山顶——全部是雪，这是多少年以前的雪！之前，你见过这些雪吗？

越往上，山有些滑，石子发出细碎的声音，只有靠近湖水的地方才有植物，之外，山下的几个小石头窝窝里，有几簇绿色。其余，全部是灰色的硬朗的石头。

你相信自己曾经与植物、动物一样，拥有与天地相通的灵气。

气喘了，体会到身体的整体性，放慢脚步，希望与艾略特一样在城市里听到街道的呼吸，听到楼房的外面，猫的尾巴，擦着死寂的玻璃窗。你想听到雪崩的声音淹没自己的身体，或者针扎的痛……

然乌的白塔，在湖边，带着康山村的房屋、村民、在草甸子上啃草的牛群、木板的栅栏、五株树木、一地的零星草丛，白塔领着，顶礼雪山、湖水。饱满的阳光作为见证者。

你把石头垒成墙

把油菜种在湖边

十座雪山

守护一个康沙村

风吹来一些神

和你一起站在牛粪墙边

请求你坐在湖边

风化的石头粉末流迹

你从远方来到远方

那些自然生发的姿态，敬畏，一切本当如此。植物的根，伸进土里；大雪冰冻是为了给石头防寒，是为了秘密地隐藏起一条已经昭示于世的道路。每一粒沙石其实都不是一个秘密！每一物件其实都不是一件圣物！石头山河湖泊都不再只是进出的路！

夜晚的灯不灭，天空呼吸着所有。

你进到一个院子里，通道的一个小点被藏民高高地立在院子前面，如航海中大船的旗帜，亦如拉响的汽笛。

他们带着孩子，孩子长大，带着下一代。他们低头进入的空间，四根木柱上用几块窄木板固定，其中一根木柱高出另外两根，顶端削尖竖立向天。另一根更高的木柱上，一捆升腾起烟雾的柏枝，香气进入另一时空。

漫山遍野的、碎的石头，苍老的树林慌慌张张地听着水的流声。

五十块石头，二百块石头，更多的石头，垒在宽阔的石头地面上，张望着远方，它们的神意已经开始行动，进入前面的树林，去想去的地方，做想做的事。

石头堆，有些如人，就坐在那里，双眼微闭。有些像捡起来的一句话，护卫一种精神，谦卑地坐在旁边。

千百万石头的战士军团，浩浩荡荡地在这里集结、出发。连接到山上的雪，它们日夜交流、探讨，然后付之行动。细碎愉快的声音穿过变态的结构体。

大片的雪冲下山，把整座山都盖住了，呼喊声销声匿迹，只有沉默的石头在冰山下喘息。站在米堆雪山前。遗憾之美置身于这树林的后面。人应该绕开一些人，事应该绕开一些事，绕开一些自命不凡者，绕开一些制造道的人。

钟表的树林

掉了分针的表盘

抽象的脸

扭曲着

倒在树林里

各种各样的时间纠缠在一起

千年的古树老得走不动了，就倒在石头的上面，给人切去了最不重要的部位，根留在这里，达利的钟表与这些树达成了可怕的一致，每一个时间记录着不同的罪行，或者美德。关于人类所为的，关于天地所为的。树的钟表都记录了作案的时间和地点，每一件事情，都记录得明明了了：抢劫者、诳语者、欺人者、冒犯者……

一个老人曾经在这里守着自己青年时期的一个梦，梦的主人已是垂暮之年，他去了，梦留了下来，飘荡着，构成了你约见里的元素。你不是孤独的，有人也在苦苦地寻找。物质之外，有更重要的东西；你不为孤寂而来，生命的常态是一种独自的告白。

晚上八点，西藏波密的阳光还恋在山的上面，远处的山顶照耀得金碧辉煌。高大的树林葱葱郁郁，白色的花朵簇拥着绿色，近处浓密的苍翠，远处雪山上余晖照亮白雪，露出的石头，硬朗地成为森林的背景。

位于波密城外的一座森林里，你支起三脚架。一位藏族小青年，十六七岁的模样，骑辆自行车，在你周围绕了三个圈，他下了车，绕着你的照相机看。他从来的方向走了，两三分钟后，他后面紧跟了三位同龄的少年，脸黑黑的，他们想在照相机里看见自己。

同样的一滴水

同样的一片雪花

树木倒在尼洋河里

河谷里树木成林

七、空

多少次跋山涉水，又见过多少高阔无边的蓝天白云，夜晚和白天的更替，三十天、五十天，你经历着。站在下午温和的阳光里，目光无所住而住，身无所形而有形。

一座山峰，为漫步云端而微微伸出身体，往平原的田地里走出了几步，天空就制止了这大胆的想法。

人类就在这走出去的山顶给出了一座城堡。

一堵墙，在山的最前端，靠近平地的最上面。墙肆无忌惮地呼吸着土地的气息，懒洋洋的，酣睡初醒的样子。

你向上攀爬，山下蚊虫乱飞，因为旅游而产生的马粪遍地皆是。

一点点，你醒在一个梦里，你看见了多年前的一个梦。那个梦，翻了一个身，从城市的一个角落里，听到你的召唤，来到高原，与你站在一起。你带着梦，往上走。

这里是雍布拉康。

思念的泪水是时间里最美的一朵花，你歌唱的梦是有声音的，你低吟着雍布拉康，不是四个字，是一首歌的节奏。梦和声于你：雍……布…拉…………康。不只是一个名字，不只是一座城堡，是一个家，一个远古的诗意的居所。

梦弥漫了整个你所能视、能闻、能触、能觉的一切，舒缓的水流声，宽阔的河流铺满河床，蓝天静影于水，水流、云凝已不可见。你看见了雪山高傲地护守雍布拉康，给你的少年涂上一层层幻象，城堡下是悬崖、大片平地，再远点，是对岸的高山。你与周身所有山的距离在缩短。

梦的城堡醒在你的速度里。

在阳光的照耀下，你来到夜晚，石头的凳子，石头的栏杆，铺着石头的路，靠着夜的左肩，你沉默在夜色的留恋里。城堡，没有了色彩。

又到了秋天，晨光中的城堡，长长的白色托举起喇嘛红的屋顶，向着天空述说人的卑微和向上之心。喇嘛红，召唤回迷失恍惚的孩童。下定的决心，缘于这召天唤地的白色和红色，流动在你身体的意识里，任环境光影变化而岿然不动。

一个下雪的冬天，下午，你站在同一角度，大雪从山顶流下来，白色的雪飘满你的世界，全部是温暖的线状记忆，染成金色的声音，你的双手在消失。

现在，是夜色中的雍布拉康。

光亮出黑夜的背景，城堡高耸，聆听从黑暗的天空里传来的声音，灯光如虫子亮在深夜的群山里。母亲的房间有灯，是黑夜的信号。与雪屋道声晚安，所有的安详替代了痛苦的心灵。那是一位尊荣的母亲，让城堡之船稳稳地停靠在港口的最前面。

群山流动，就是为了在此的一次托举。雍布拉康耸立于雅砻河东岸扎西次日山顶最高处。

母亲说，河流须要护守，群山须要爱慕。

战斗的、温和的雍布拉康，夜风望着山下的人们，你低低地说出一些单个的词：雍布拉康、山南、乃东、扎西次日。

你在西藏这座最早的宫殿里，在神的居所，王的栖息地，在山之南——等一个人。

雍布拉康，成为你寻找的一个重要印记，城堡将带你登上前面的群山，向着蓝色的线条，山之脉，行进。光告诉你每一个落脚点的具体位置，光为你的时间勾勒出抒发情感的气派。

你的直线构成了神殿的质地。

城堡下生长季节赐予的谷物，风不语，水不答。经幡从最近的山顶，轰然而至，落在城堡上，绕宫殿数圈，你也将离去，经幡飘向更远的地方，链接一个又一个的梦。夕阳落在石板的台阶上。你在徒步与骑车之间选择的是后者。

你不选择与同伴上路，这么多年，你没有过始终在一起的同伴。

灯光，幽暗的神秘。

你混迹于骑车进藏的队伍中，你与他们的装备完全一样，颜色、帽子、眼镜、口罩、衣服、自行车、后座耷拉在车架两边的包裹、水杯，没一点与众不同，你与他们一样，就是为了坚持一个不同的自己。你与每个人保持距离，你们点头，问候对方，笑一笑，给扬起的灰尘做一个答复。

施工带来的坎坷，你们立起身子，速度慢下来，你总是感叹养路工人的辛苦。

你看到的所有劳动者，都想到的是你自己。你把手推小翻斗车停在路旁，铲满大半车土，再丢几块石头在上面，你弯腰、低头，双手握紧，腰部一用力，推着车子往前面塌方的地方走。

你骑了二十多天的自行车。

印象最深的是那些军车，长长的车队，你从未所见，从这一座山蔓延到了另一座山，甚至更远的山。几百辆车，几乎就是一辆车的复制，从车的颜色、装备，到速度和行走的方式，等同于是一个司机在驾驶一辆车。车间距一样；车让人的方式：打转向灯，与行人保持很远的距离；其余社会车辆准备超车，军车在可以超车的路况下，打右转向灯，如前面路况不允许，有车，或有人，不可以超车的情况下，军车会打左转向灯警示后面的车——不要超车。

你把车骑到旁边的石子路上，坐在干净的沙地里，看鸟飞过天空，看蓝天在上面出奇地蓝着，你没有看见过这么蓝的天。

为何相约之地是西藏？还要用九十天的时间？

有几辆军车里的战士向你打招呼，你以搞笑和认真的方式，一个激灵站起来，扶正自行车，站在车旁，给军车敬礼。

你不断地混入一些新的自行车队里。中午，阳光足够多到可致人昏沉，全身晒得疼。你转身，看到了一张清澈的脸庞，纯美如圣湖里的一块玉石，你正下山，左转弯，你的速度远远地快于那个女孩，经过她身边时，你双手不自觉地刹了点车，你喜欢灰尘染身，而心清澈的她。你看见了口罩后面微微的笑意，善良顿时天女散花般溢满高原，你的幸福高过山谷里的飞鹰。你松开刹车，用一只手敬礼，远远地，把美留给路上的朝拜者们。

晚上七点，你还在路上，你没有到达村镇和有人的地方，风突然把天空刮得一阵惨白……

八、色

你在珠峰流出了忏悔的泪水，向山峰而流，向河而流，向人潮而流……

靠近珠峰大本营的一条路，有人给它取了个临时的名字"搓衣板路"——把搓衣板铺满一百多公里的山路，让所有的人和车在上面行走。

车在珠峰大本营停下来，你震惊于中国人的智慧，一个巨大的骗局设在珠峰的下面。几个凶神恶煞的司机，恨不得冲出车门抢劫游客的钱财。一路的圣迹，一路藏民的淳朴在珠峰下的金钱面前受到巨大冲击，钱的烟雾熏黑了这些司机。他们一车车地把游客拉来，用眼神和手势，强奸金钱。

你站在珠峰大本营帐篷围成的广场里，如一个远方归来的破落游子回到了家里，脚步蹒跚，一步步走向珠峰的方向，你看到了珠峰的眼泪，流在大山之中。你听见了呜咽之声。

你的四肢不再充满力量，疲软的筋骨，拖着受累的灵魂，离开人群，在寒风中，你爬上去，顺着大山的伤疤，正前方就是你梦中的珠峰，大雪覆盖，雄伟和圣洁没有了，只有哭泣。你转身，满面泪水地看着四处流淌的河水，石头碎了，从群山的肢体里崩裂下来，你们疼吗？到处是哭泣的石头，强暴的现场，遍地皆是。

原计划，你想在这夜深之时，远远地陪一陪黑夜里的最高峰，或许会迎来另一个人，在帐篷里，能对影言欢，你们会拥抱在珠峰的山之北。而现在，你不能在此停息，多一秒钟都不可以，你的精神在呕吐，你在被梦魇。

另一个人也许正在来的路上，也许在等待黑夜的来临，也许早已转身而去……你连夜离开，这是你终生都不会忘记的一次夜行。

一百多公里的搓衣板路，不断地想把车甩出路基，成为路旁的一堆石头，整个车子近于散架地噼噼啪啪地乱响。晚上十点，搓衣板路走完了，你还得翻越一座大山，土路被各种大车压出两道梁，必须把车轮开在梁上，才可以盘旋往上。有一种被遗弃在高原的感觉，绝望的情绪与黑夜一样浓郁，彻底的黑夜。

晚上十二点，你还在大山上盘旋。

岩石能回忆寸草不生的力量，它们宁愿跌落山谷，粉末为尘，也不与狈为奸。

你从山的这边，上到山的另一边，从冰川到峡谷。你时刻感觉到一种紧迫的东西在四周出现，具体是什么——是气息？是目光的凝视？是追随？那种欲说无语的表达？你都感觉到了，但真切的遇见和身心的体验，找不到具体的对象。

具体是什么？你的失落在高原浮动如云。

从高原，你去了另一个国度，让陌生来接近那个你寻不见了的人。环境、思路、语言和交流，都在变化。

你闯进另一个国度——尼泊尔。

雪山，环形相拥成兄弟姊妹。云朵说，大地本来清净，无须护守，只需各自安静，各安其心。

村子在雪山的群涌下，云带随意缠峰绕腰。在接近樟木镇的群山里环山而下，走在云雾之中。百千条细长的瀑布从山林中跃出，挂在对面山林上，砸向山谷，树木的葱郁衬托出瀑布的白。水轰鸣，如山林开口说话。瀑布悬挂，白色争鸣。

你的每一次前进，都是缓慢的，你融在水雾的告别里。

聂拉木的山、水、雾、云、林、石迎接你的无数条瀑布落在头顶，细小而调皮，一路风景，像在迎娶自己最尊贵的公主。

下午，你在边境小镇樟木镇住下来。几个小时的暴雨，一直在下。你住第三层，服务员是位藏族小女孩，十五岁，女孩对旅店的事情，甚至价格，一概不知，你与老板电话里谈好价，坐在大平台上，长桌一张，椅子数把，奶茶的热水壶三四个，还有啤酒数瓶泡在水桶里。女主人种了百多盆鲜花。花改变着旧房的妆容，屋外的大雨，瀑布挂满屋檐，花香环绕在阳台里，花瓣开得太大，每一盆都生机勃勃，想急切地与我说话，没一片黄叶，有些香味飘进来被雨雾沾湿。

暴雨冲洗着这个脏兮兮、闹哄哄的边陲小镇，似乎想冲毁掉这座小城，雨水倾盆而注。老鼠从这扇门蹿到另一扇门，肥硕的身子，像一只只宠物狗。

楼下糕点店的男老板四十来岁，说这里的季节，下雨几乎不会有停的时候，他是湖南人，十多岁就出了家门，三十年来，他在温州、广州、深圳、拉萨、樟木镇，不断迁徙，哪里适合他的糕点店，他就在哪里开始生活。他还在北京丰台区开过小店。他如鸟，但你在他的身上没有看见流浪和飘动的感觉。哪里，他都可以驻足安身，住下来，他就在那里。

　　而眼前的云雾引得你深入一场又一场孤独的剧目中，深陷于脱离的状态，飘向事物的起始或终点处，痛觉于自身，如烟随旋涡落进洞底，没想到拔出来，低落的情绪从反方向里出来。

　　"这股力，莫非，通向一个人？"

　　凝视让你不想脱身，潮水漫上来，你光着头，顶着哭泣的声音，冒雨进入尼泊尔境，沿一种气息而来。让自己深陷于陌生的声音之地，来纯净你污浊的声、气、血、神。你的离开和进入都是一场生动的蜕变。

　　仅一河之隔，桥的中间，一边是中国战士，一边是尼泊尔战士，桥正中，那一根小小的线就是界。

　　——你的界在哪呢？

　　你上了尼泊尔的车，你的头开始剧痛，眼睛不能睁开，无法看一切景，一切人，只有昏眩，身体的阵痛耗费着体内的气力，精神气在一呼一吸间减弱，身体濒于绝境，呕吐出三天前的水。不是晕车，你明白，是有东西向你索求。

　　一路颠簸，一路阵痛……

　　你躺在了一位尼泊尔大婶开的家庭酒店里。

　　尼泊尔，加德满都。

　　游荡到不想再离开，不想去任何地方，也不想看雨水打湿落叶……

　　第二天，你身体复苏，从一个又一个梦中醒来，醒在一个又一个的梦中。

　　你醒来，三层小楼、一小平房，两栋房子，暗红色院墙，构成的小院，鲜花、绿叶，巧妙地密植在院子的各个角落。植物们微笑的心脏，美丽地摇曳在你愉悦的心神里，你把自己的精灵，安放在这些植物上，夜色带着风抚摸尖尖的叶片儿。

　　院子最深的角落里，有一桌一椅，植物密密地围在你的旁边，有些枝叶斜身趴伏在椅子的靠背上，闻闻人的体息。

加德满都的街道仅供两辆车勉强通行，摩托车、人力三轮车拥挤着人群，店铺林立两边，善意溢出每个人的表情。

坐在街边，看人，看自己的每一个动作和念想。你旁边的那个男人，坐在修鞋的箱子上，用劳动的针线换取十尼币。不断地有路人与这位男子打着招呼，这些人都住附近，更多的是各个年龄段的女性，他像这里的一位将军，从那些人的眼神里，你看到了人们对他的尊重。这位男子，脸型不大，方正，与当地人相比，胡须不算太多，脸显现出劳动者健康的浅黑。身着便于工作的短装，他的工作区由一个机器的木箱子和一个袋子构成，身后是胡同，比这小街更小。他在丁字路角，目光平和。散发出的气息里，判断这是一个没有干过坏事的人，一个善良的人。你即刻想到后一句话：一个脱离了低级趣味的人。

两个小时过去了，你只看到这位修鞋的男人，仅仅给一位骑摩托车来的女孩的鞋子踩了几排线。

你面前突然出现一张纸，纸上画了一个你，画画的人是位乞丐，他坐在你对面很久了，原来在为你作画，他把画给你，向你索钱，你给了他二十尼币，他继续要，你不理会他，他继续要，并且试图做出无理的纠缠。那修鞋的男人，侧过脸，对他不屑而恶狠狠地说了几句当地话，乞丐灰溜溜地走了。

你谢谢这位修鞋人，不是因为他帮了你。

对面还有一家卖面具的店，老板是个高大的男人，不协调地用细小的木棍从黑漆漆的店铺里挑出一个个小小的面具，挂在临街一堵旧了的土墙上，空空的，呆滞的窗户，那高大的男人把一张张面具填上去，墙一点点生动起来，围绕着窗户挂满了——佛像的慈悲、金刚的怒气、鬼的怨恨、神的威德、魅的乖张。整堵墙成了一个独特的世界，如果从墙边走过，也不会有这么强的感触，但当你看着一张张面具是如何爬满墙体的，而之前又那么的惨败。土石消失，面具们神情富足地面向街道的人流。

尼泊尔的神像在人群中,神像点燃了居民的神光。神像被安在路边,看着神像的样子,神像看着你的模样。

加德满都里的寺庙大到雄伟的宫殿,小到置放于路边的神龛,每一步,都落在神意的灯光里,莫非这么多年,你就是在这些光的照耀下,从高尾坝的深山乡村到小县城湘乡,从省城长沙到的北京!

陌生善良的脸孔,走向你。

在一个小烟摊前停下来。小女孩,十三岁,长发,利索地把烟递给顾客,零散的钱整整齐齐地收好,大部分顾客只买一两根烟,都是当地百姓在买。你要了五包烟,不远处观望的警察友好地走过来,与你说话。好像是女孩的哥哥,也走了过来,友好地站在街边的小树旁,你喜欢这个小女孩,散发着纯真原始之力的孩子,她打动了你心里最脆弱的那根神经。

古旧的街道,建筑都不高,时代的脏浸染着每一粒灰尘,但这脏是干净和适合于人生存的。这里像你小时候生活过的小城镇,脏得很生活化,这里不像首都,像个美好的黄昏小镇,落在高原的身边,像旱海里的一条鱼,呼吸着灰尘的花朵。

凌晨,你从加德满都出发,朝珠峰方向,往上攀爬。开车的司机像名战士,扬起街道的黄尘,扎进山路的水和泥巴里。往上,你听到了山体深处暗涌的张力,阵阵扑来,吸在你身上。

樟木镇的雨水腐蚀了你车子的颜色,山中的矿石微粒悄悄地改变着水的性质。你把速度拿回到自己手中,往上,开车,道路有些微微的摇晃,脚下的土地,软软的,如踩云间,大地不再强硬,其实是你的身体有了轻微的高原反应。

依山势再次折回,奔赴命中的结点,一个声音果断地告诉你,你的河水会在这里改道,你的水质会在石头的重压下增加和减少水的成分。

要过河了，河水汹涌，碎石如泥，河床更加宽了。曾经的桥三天前被水冲走，新桥正在临时架设中，河两边有高大的急救车随时候命，随时搭救被淹没的车辆。有人说，凌晨五点左右，因为工程车还没上班，有一辆试图强行过河的车子，被水冲走了，已无踪迹。你看到河心有一辆车扎在河水中，司机逃到了岸上。

入水，你的手你的身体收到了河水和沙石的信息，你被它们簇拥着一点点往下推送，你微微地转动方向盘，一点点，你想以半圆抛物线的角度到达河对岸，车如船，被水亲吻着，车子咬不住流动的沙，轻轻地浮起来，往下移动，你无所惧，水漫上引擎盖，你轻轻地踩着油门，匀速地切过涨水的河流，到了对岸。天色已近黄昏。

九、空

坐在拉萨的一个院子里，天空低垂着翅膀。屋檐向下，又突突往上，想离你而去的模样，还是想引你去看些什么！

一把撑开的太阳伞、一张竹藤椅、一个空的烟灰缸、一支笔、一张纸。

对面餐厅里，一位中年男人与小孩在玩着推手的游戏，成年人的狡猾和孩子的坚持不懈表现得有些滑稽。服务员偶尔进出，高高地举起点菜牌，把不远处长桌子上的杯子、茶壶都收走了。

另一个角落里，坐着一个男人，瘦高个，坐在围椅里，望着院子的大门，他没有打扰到你。

欲望，这奇怪的东西一直缠绕在你的身体上，你从一块铁的跷跷板，险步走上另一端，中间的悬空，下面的铁流，还有尘土弥漫，你看不清身边任何人，在欲望的通道里浑浊前行，身体被肢解，欲望的旗帜，大声喧哗，而心灵近于窒息。许多次，你想去照顾那个需要你的妹妹，而一切无法顾及。

你满足着罗刹女另一面的得逞。欲望之水，漫过你的身体，洪水之后，街道沉没于泥土残渣，瘟疫蔓延。

你出走，面对移动的沙山，以为自己是孤绝而行，在人群的碰撞中染血结茧。独坐在黑夜里，看各种魔、兽、精灵、妖、怪混迹于夜的水潮，欲望慢慢显现，如黑唐唐卡的金边线条，浅浅地浮出黑色的背景。

你在绝望的美好中开花、出走、流浪。身无所系。

一次次，你生逢绝境，凭一小粒星光，渡险滩，爬上河岸，那无边无际的风雨和寒冷中，你是如何上岸的？你百思不得其解。

这么多年，直到一百天之前，你才知道，有一个人与你有一个约定。

在高原。你不得不寻找、等待。

色拉寺，长长的坡上，白色的房子，陌生的空间，像你儿时的家，房子错落，你不能进入。听着出家人的对话、争辩，你熟悉这些人的部分生活，这位像你一位朋友，那位有胡子的是另一位朋友，你一一辨认。争辩的内容——关于生，和死的阶段、死的冥界、死的引导。

你还是站在很远的地方。你没有感受到那个人的声息、体息，更没有战栗的拥抱。即使轻轻的一个拥抱，你也不再孤独于世。

拉萨往南，你去了一个寺院。没过河之前，提前右转，沿河岸而行，这里没有路，让风吹着，天空空着，站在路旁，像位云游的僧人，光着头，寻找前世的袈裟。

沿河岸走，右边的河床中，远远地可以看见一线河水浅浅地向前流动。绿色的树木慢慢地向山边靠拢。风化的山石从山顶蔓延下来，一点点淹没河床。很多年以前，大地就是这副模样了，光秃秃地面向天空！前面出现一片沙漠，你无法相信自己的眼睛，一个沙丘，一个沙坡，一个流沙形成的凹形谷地，你往沙丘里扑上去，沙丘，形成绵绵之势。小股水流，从一个夹缝中流出一条小河来，把路给淹没了。

一个人，来到高地，跪在某尊佛前，等你跪下，等你站起来。等你跪下，等你站起来。最后一次，同时站起来，牵住你的手。

诗歌 Poetry///

露易丝·格吕克（Louise Glück），美国
当代女诗人。1943年4月22日生于纽约一
个匈牙利犹太裔移民家庭。年轻时曾因厌
食症辍学，受过多年精神治疗。1961年
高中毕业。1963—1968年，在哥伦比亚
大学旁听。1968年出版处女作诗集《初
生子》，带有后自白派色彩。1975年出
版诗集《沼泽地上的房屋》。1985年出
版诗集《阿喀琉斯的胜利》，同年获美国
国家书评界奖。1990年出版诗集《阿勒
山》。1992年出版诗集《野鸢尾》，次
年获普利策诗歌奖。2003年，当选美国桂
冠人。2006年出版诗集《阿弗尔诺》。
2012年出版诗选集《诗1962—2012》。
2014年，获得国家图书奖。2020年10
月，因为"她的确切无误的诗的声音，带
着不加雕饰的美，使个体存在具有了普遍
性"获得诺贝尔文学奖。

致秋天：露易丝·格吕克诗选

露易丝·格吕克   王家新   译

初生子

几周过去了。我搁置下它们，

它们都一样，像去了皮的汤罐……

豌豆在锅里变酸。我看着一截孤零的葱

像奥菲莉亚一样漂浮，上面沾满油脂：

你无精打采，用勺子心不在焉。

现在怎么了？想念我的关心吗？你的院子成熟了

向着玫瑰病房，像一年前，当值班的尼姑

把我转身推向过道……

你不能看。我看见

转换的爱，你的儿子，

在玻璃下流口水，饿了……

我们吃得很好。

今天我的屠夫转动他训练有素的刀

切小牛肉，你的最爱。我付出我的生命。

——译自FIRSTBORN (1968)

感恩

每个房间里，都环绕一个从耶鲁来的无名南方男孩，

在那里我妹妹边哼着费里尼主题

边打电话

当我们其余的人继续收拾她丢弃的靴子

或坐下来喝点什么时。外面，气温降低，一只流浪猫

在我们的车道上徜徉

翻找废物，抓挠着一只桶。

那里再无其他声响。

然而，一次次，为准备那顿丰盛的抚慰的大餐

靠近炉膛边上。我的母亲

她手里是一串烤肉扦。

我看着她堆叠起的皮肤

好像她在想念她年轻的时候，当一点点洋葱

和雪雾笼罩着分叉的死亡。

——译自FIRSTBORN (1968)

水腹蛇的国度

鱼骨头在哈特拉斯角①溅起的波浪里行走。

---

① 注：哈特拉斯角，位于美国东岸中部，这一带海流复杂、风暴频起，历史上曾有数千艘船舰在此沉没。

那里还有其他迹象

死亡吸引我们，从水里，寻求我们

从陆地：松林中

一条直行的水蝮蛇盘绕在青苔上

饲养在污染的空气里。

出生，而不是死亡，是更艰难的丧失。

我知道。我也在那里蜕下了皮。

——译自 *FIRSTBORN* (1968)

东方三贤哲①

朝向世界尽头，穿过赤裸的

冬日初始，他们再次启程。

有多少个冬天我们看到了这事发生，

观看这同样的标志显现，当他们经过

城镇沿途跃进而他们的金色

铭刻在荒漠之上，而还

携带着我们的安谧，这些

身为贤哲之士，在这约定之时前来察看

他们愿看到的：屋顶，马厩

闪耀在黑暗里，什么都没有改变。

——译自 *THE HOUSE ON MARSHLAND* (1975)

---

① 注：东方三贤哲，据《新约·马太福音》，耶稣降生后，有三贤哲自东方来朝拜。美国诗人罗伯特·哈斯认为格吕克这首诗是对叶芝的名诗《东方三贤哲》的一个回应："'这同样的标志'一定是伯利恒之星。诗中的'我们'，为观看东方三贤哲经过的普通民众，话音中似乎还带着一丝嘲讽。至少，这句跨行的'这些 / 身为贤哲之士'，让你想弄明白他们到底有多么智慧。不过我喜欢它，在这个平凡而神秘的世界上——'屋顶，马厩 / 闪耀在黑暗里'——让镇上的民众拥有了他们的安详。"

感激

不要以为我不感激你对我的

小小的善意。

我喜欢小小的善意。

实际上我确实喜欢它们甚于

重大的善意，那种总是在盯着你的

貌似在地毯上的大动物，

直到你的整个生命减少

再减少，却还一次次在早上醒来

狭窄如象牙，灿烂的阳光照着。

——译自THE HOUSE ON MARSHLAND (1975)

山茶花

树木正在开花

在山丘上。

它们承受着

繁茂的孤独的花簇，

山茶花，

就像当你走向我

错误地

带着这样的花，

这些从细树枝上

折下的花。

雨停了。阳光

透过树叶闪动。

但是死亡

也有它自己的花，

它被称为

传染，红色

或白色，山茶花的

颜色——

你站在那里，

你的双手满是花朵。

我怎能不接受

既然它们是礼物？

    ——译自 *THE HOUSE ON MARSHLAND* (1975)

致秋天
   ——给基思·阿尔索斯

晨曦在荆棘丛中颤抖；发芽的雪花莲上

沾满的露珠像小处女一样，杜鹃花灌木丛

绽出最初的叶子，又是春天。

柳树等待着复苏，海岸线

覆上一层淡淡的绿色绒毛，期盼着

成型。只有我

不去合作，不去早早地

盛开。我不再年轻。这又有

什么？夏天已临近，而在漫长的

秋季的哀落日子里我将开始

我中期的伟大诗歌。

    ——译自 *THE HOUSE ON MARSHLAND* (1975)

忧怨的相似

我出生在公牛的月份，

繁重的月份，

或降低的破坏性头部的月份，

或有意失明的月份。所以我知道，在那一小块

草丛的阴影外，那固执的，不抬头的，

依然感觉到被拒绝的世界。它是

一个竞技场，一口尘井。而你们这些观看他的人

在死亡的面前低头，你们知道什么

是承诺？如果公牛活着

稍加报复，得到满足

在天空中，像你们一样，他总是在移动，

不是出自自身意愿而穿过黑暗的田野

像是沙砾紧沾着车轮，像是光亮的运送。

          ——译自 *THE TRIUMPH OF ACHILLES* (1985)

流放

他没有装作

成为他们中的一个。他们没有要求

一位诗人，一位代言人。他看见

狗的心脏，寄生虫

嚅动的嘴唇——

他自己更宁愿

在小公寓里倾听，

就像一个人在博物馆检查自己的相机一样，

通过沉默表达他的承诺：

没有其他的流放。

其余的就是自负。在血腥的街道上，

这个我，冒名顶替者——

他曾在那里，执迷于革命，

在他自己的城市，

每天爬木头楼梯

那不是一条路

却是必要的重复

二十年来

不以诗来写下

他的见闻：也没有错失

伟大的成就。在他的心中

不可能有不等同的抗议

他的选择带着他们的监禁

而且他不允许

接受被污染的礼物。

　　　　——译自 *THE TRIUMPH OF ACHILLES* (1985)

乐园

我在一个村子里长大：现在

它几乎是一座城市。

人们来自城市，想要

一些简单的东西，一些

对孩子们更好的东西。

清新的空气；附近

一个小养马场。

所有的街道

以心上人或女娃娃的名字命名。

我们的房子是灰色的，这类住所

你买来用以成家。

我母亲仍然住在那里，独自一人。

当她寂寞时，她看电视。

村子里房屋彼此靠近，

老树枯死了或是被砍伐。

在某些方面，我父亲的

终了，也是这样。我们以他的名字

称呼一块石头。

现在，他的头顶上青草闪烁，

在春天，当积雪融化。

然后紫丁香盛开，沉甸甸的，像葡萄串一样。

他们总是说我

就像我父亲，像他表现的那样

蔑视感情。

而她们是感性的，

我的妹妹和我的母亲。

愈来愈频繁地

我妹妹从城里回来

除草，整理花园。我的母亲

让她接管：她就是这样的人

谁在乎，就让谁来忙乎。

在她看来，这就像是乡村了——

修剪过的草坪，彩色花带。

她不知道它曾经是什么。

但我知道。像亚当一样，

我是长子。

相信我，你永远不会治愈，

你永远不会忘记你一边的痛苦，

这被带走一些东西的地方

让你成为另一个人。

——译自ARARAT (1990)

故乡①

院子里曾有一棵苹果树——

这本来是在

四十年前——背后，

只有草地。番红花

飘拂在潮湿的草丛里。

我站在那扇窗前：

四月下旬。春天

绽放在邻居的院子里。

多少次，真的，那棵树

就在我的生日开花，

恰好在那一天，不早

也不晚？恒定之物

抗住了

流逝变易，意象演化

取代了

无情大地。什么

是我知道的，对这个地方，

几十年来树的角色

---

① 注：该诗原题为 Nostos，主要是指文学的传统主题"归乡"，尤其是指向奥德修斯自特洛伊之战后的归乡。

被盆景代替，喧声

从户外网球场上

升起。高草的气味，新刈的。

正如对一位抒情诗人的期待。

我们只看过世界一次，在童年之时，

剩下的只是回忆。

——译自 MEADOWLANDS (1996)

卡斯蒂利亚①

橙子花随风吹过卡斯蒂利亚

孩子们在乞讨硬币

我遇见了我爱的人，在一棵橙树下

或者是一棵金合欢树

难道他不是我爱的人？

我读到这个，然后我梦到这个：

醒来可以带回发生在我这里的事吗？

圣米格尔的钟声

在远处回荡

他的头发在金黄泛白的阴影中

我梦到了这个，

这是否意味着它就没有发生？

它必须在这世界上发生才真实吗？

---

① 注：卡斯蒂利亚（西班牙语：Castilla，英语：Castile），主要位于伊比利亚半岛西部，为西班牙历史上卡斯蒂利亚古老王国的所在地。

我梦想着一切，这个故事
便成了我的故事：

他躺在我的身边，
我的手轻擦过他肩膀的皮肤

中午，然后是傍晚：
远处，一列火车的声音

但并非在此世：
在这个世界上，一件事情最终、绝对地发生，
心灵也无法扭转它。

卡斯蒂利亚：修女们成双地穿过黑暗花园。
在圣天使的城墙外
孩子们在乞讨硬币

当我醒来时我在哭
那就没有现实吗？

我在一棵橙树下遇见了我爱的人：
我已经忘了
这只是事实，而非推断——
在某个地方，孩子们在叫喊，乞讨硬币

我梦想着一切，我给出我自己
完全地，不断地

而那列火车把我们载回

先去马德里

然后到巴斯克地区

——译自 VITA NOVA (1999)

寓言①

然后我向下低头并看到

我进入的世界，那将是我的家。

我转向我的同座，我问：我们在哪里？

他回答：Nirvana。

我再次说：但是这样的光不会让我们平静。

——译自 THE SEVEN AGES (2001)

---

① 注：该诗为诗人 2001 年出版的诗集《七个时期》的最后一首。全诗为客机夜间下降时的问话情景，同排邻座的回答应是内华达，却发音为（或听起来是）涅槃。

横行胭脂，本名张新艳。陕西省文学院第二、第三届签约作家，中国诗歌学会理事，中国作家协会会员，鲁迅文学院新时代诗歌高研班学员。曾在《人民文学》《诗刊》《花城》《北京文学》《小说月报》《星星》《山花》《青年文学》《光明日报》《天涯》《作品》《野草》《飞天》等百余家刊物发表诗歌、散文、小说、评论两百万字，参加过诗刊社第25届青春诗会以及"一带一路世界诗歌周"等文学活动，曾获中国年度先锋诗歌奖、第三届柳青文学奖、西安市骨干艺术家奖、陕西省优秀签约作家奖、陕西青年诗人奖等奖励。诗集《这一刻美而坚韧》入选"21世纪文学之星丛书"。

横行胭脂的诗

横行胭脂

银杏树

我的大地感如此糟糕

在春天，叫不出众多花树的名称使我神经疼

为此我觉得冬天的结束是遗憾的

冬天，那些银杏树披着寒冷的月光

我记得我拍打银杏树，并抚摸掉下来的白雪

从一棵树到另一棵，再到另一棵

我几乎奔跑完一座原野

满手冰凉的燃烧，诚如"彗星那搏动的玫瑰"

真是愧疚——我时常对寂寞的事物情有独钟

迷恋窄小的光阴

喜欢压紧声带，赞美狭隘性：

"那宽阔的不能给予的，

那狭隘的成全了。"
狭隘的冬日，银杏树在时间的坠落中上升
银杏树的颧骨、白雪与银色的月光
……我的视线充满了金石味
注："彗星那搏动的玫瑰"是谢默斯·希尼的句子。

辋川记

经过华胥镇，经过蓝关镇，往辋川方向而去
想象大石堪岩之中，隐士们俱在喝酒
裴秀才迪喝得最欢实，崔兴宗次之
辋川别墅的主人王维，则为客人们频频斟酒
王维丧妻后，三十年孤居一室，还没解决婚姻问题
这个老家伙，恐已被植物里勾兑的诗情迷住
茶铛，药臼，经案，绳床，焚香，禅诵
辋川的名角，使这里成为一脉风水
成为优秀的地理
具备了储存一个诗人的能力
九月，松筠未遇初霜
但秋雨不曾袒护老时光
辋水声声，青苔隔年的身子
仿若时间的外遇，牵惹起多心之人一缕伤感
大雨中，几个同行者决心打道回府
我的夙愿也半途而废
回程依然见依山的农舍，松林覆盖的山坡
依然见青山辽阔，四面舞台
可是人生疲倦，古意俱无
几个同车者都在抱怨此行不当

后用打盹来表示对这一路无趣时光的抛弃和鄙视

而不识趣的雨还在下。地理框住的雨水

隔几天又被收到天上去

化作缭绕终南山的云雾……

我不忍心告诉王右丞，在诗歌的途中

我也是这样畏畏缩缩，知难而返

我偷偷掏出本子，写下几个句子

那些汉字，已经摆脱象形图画的痕迹

在前进的颠簸中，成为枯燥的符号的脸孔

我们总是要到大海边去的

我熟悉这盐，这河岸小镇

我熟悉你所有的倦怠

我终日对你絮絮叨叨

你终日不发一言

这里只有两个季节，秋天和冬天

只有两个居民，我和你

你嫌枯燥，我知道你嫌枯燥

"我们的盐已经很少了"

"到了明年，我们得迁徙到大海边去"

"我的眼睛已经不能分解一种叫泪水的物质"

你成了聋子和哑巴之后

只用目光注视河面

河面那么窄，甚至行不了一只小筏子

过往与暮色一层层加深

昨夜，一场雨之后，又下了三场雨。

我依然向你描述着我的困境

不要怪我喋喋不休

你不能理解妇女们更年期的潮湿

"火总是生起来就灭了。星星又减少了几颗。盐也不多了。"

我们总是要到大海边去的

我们将拥有一位邻居

"每天夜里哗哗洗衣的邻居，打破了下水管道后半夜的寂静。

一件衣服洗三遍。"

我们将拥有一公顷以上的海水

"那是盐。"

当我们离开这河岸小镇以后

我希望你的耳朵恢复一点，哪怕一点点

至于你的哑，已年深日久

那已是我们共同失踪的一部分

植物标本

那是去年，银杏树在过它古老的秋天

悬铃木的筋骨，也在秋阳的金羽下发光

北方原野上的乌鸦整日沉睡

天空干净得像被擦拭过的屋宇

人们在原野上牵着白云走来走去

我们(我和你)戴着手套走向苍茫的山脉

因为每年都要采集植物标本，完成史记

去年秋天也不例外

太阳倾散在我们身上的光线，长如翎翅

这个季节，北方干燥而野烈

我们身后有三座博物馆

我们只去过前两座

一座苍老古旧，打着瞌睡

另一座怀抱一只滴答作响的时钟

祖父的咳嗽声总是让银杏树和悬铃木颤抖

祖父的遗产将来会存放在第一座博物馆里

母亲提醒我们，父亲正在为我们修建第三座博物馆

等父亲修好，父亲就变成了祖父，我们也升任成父母

去年秋天，我们还很年轻，我们刚刚相爱

钓鳟鱼

我曾把一个老妇人看成一条有鳟鱼的小溪，最后只能求她原谅我。

"抱歉，"我说，"我还以为你是一条有鳟鱼的小溪。"
——理查德·布劳提根《在美国钓鳟鱼》

哪里都有鳟鱼的。现在我相信到处都有。

不须要去美国钓鳟鱼，也不须要去菜市场买鳟鱼，

也不须要去月亮上。

在心里，七千米以下，有鳟鱼。

甚至不需要垂钓，鳟鱼会自动游来。

我是一条有鳟鱼的小溪，七千米深。

月圆之夜，鳟鱼肥美而忧伤。

秋风夜凉，鳟鱼肥美而忧伤。

一条穿粗布裙子的小溪，早已被你遗忘。

在溪水的镜子里，鳟鱼年轻，衰老，但不死亡。

我是一条有鳟鱼的小溪，你会钓到鳟鱼的纪念碑——

那种永恒的鱼，你把它叫作石头？

可它明明，带着心跳，自尊，和心碎。

郊野令

并非由于城市的地图上耸立着利刃和刀片

我才写到郊野。而是因为郊野本身，是长安主题的一部分

郊野和城市互为兄弟。长安之郊，断崖草木，遥拥峥嵘

树木百年，成精。长安百年，人皆须发染霜

庄子说：上如标枝，民如野鹿

意即君王有如高处的树枝，人民有如自在的野鹿

庄子的郊野意浓烈而理想

而实际是，很多时代民如隶。就连杜甫还算不得当时代的草根

都客死于西南之旅，不知魂魄可曾回到长安

郊野大象，苍辽无际，以北是深刻的麦田

麦田上空，乌鸦确立了它们的位置——

"我站在我的位置上，一生不曾诋毁你"

"而我所有的热爱，都是为了改变艰苦的命运"

"而我有过的人格分裂，在异乡得到了宽恕"

……大地的镜子透视着时间的界面

我不写出来的那部分，已经被无名者珍藏

一艘船

一边载着盐巴和淡水
另一边载着从采石场采来的石头
压得船身倾斜
越过星辉
这一艘船，要去哪里？
去年的那些水手，回不来了
伙计们变成新的

那时候我活泼，欢快，年轻
站在岸上，对一群水手唱歌
我深爱江水，和广阔的未来
深爱你们——
粗糙的额头及双手
我只要你们眼中的灯塔
只要你们把左手按在胸口
用右手向我挥别

丁香在雨中落了
暴雨在宽阔的江面
伙计们变成了新的
他们还不懂那被爱情撕裂的岁月
与一把小提琴构成的安抚

所有的今天都是昨天
所有的盐巴、淡水、石头
都忍住了颠簸

李浩，诗人，1984年6月
生，河南省息县人。曾获
宇龙诗歌奖（2008）、北
大未名诗歌奖（2007）、
杜克大学雅歌文艺奖等奖
项。出版诗集《奇迹》《穿
山甲，共和国》《还乡》
（Powrót do domu，波兰文诗
集，2018）等。现居北京。

李浩的诗

李浩

少女葬礼

你让我的爱，慰藉哭泣的母亲。
你让我的爱，目睹光的影子，

像一条云蛇那样，缓缓吞下
喉咙里的青石。那无法治愈的，

你的血液，仿佛荒野的石碑上
湿淋淋的地名。穿过晨烟的光芒，

使我眼前的月季花，在灌木中，
被血癌遗忘——那宽大睡衣的，

那黑夜的，祖母绿的吞噬能力，
驱使我穷尽白色墓地上的花蕊。

嘘神之旅

大海之上，你不再拥有自己。
全部的我，在和宇宙对视。

日月星辰先后，没入海域。
空中溢出的葡萄汁，在沙滩上，

如同太阳里的彩虹，这计划外的行程，
横贯赤水。夜晚我从梦中无花果树上的海雾里听到吴姬天门山

长右嘶鸣承云之歌
在长空里如同玻璃瓶口中撕碎的俄耳浦斯

统一场域之舞

我们被带入幽灵的灯和火中。
花朵和花朵，绽放在手掌上，
时间逐渐扩大，未来越来越少。

它们被昏暗中的树记忆：
我们被包裹在自身的洞穴里，
沉默污染着我们的血液。

轰然倒塌的秋天，砸向树冠之时，

（那些九月的孩子，身体很轻。）
你房屋里的门窗，没有颤抖，

你早上的冬日之光，结出回响。
灰尘飘起，落在镜子上，我依然沉重，
脚步太近提不起行人的命运。

白日

他在街上行走，剩余的黄昏，如同漂在河上的一块腐肉。
他看看他那，仅有的世界，这人世上，唯独没有怜悯。
他张开手掌，许多恶变的石块，都在往他的生命里扩散，
如同那些繁殖的虾蟹。他描绘着，树上光芒轻盈的九月。
高高的天空啊，命运啃着，他的内心。金皮蛇和螃蟹，
站在人头上，筑起的、高高的围墙，将他与他的世界，
悄然隔开。高高的稗草啊你俯下身，串起河流中的鱼群。

邯北新城

风中飘荡的钢灰、塑料袋、煤屑，和空中的雪片，同时侵入那
路边摊上，来往的行人，和冒着热气的羊汤里。

公交车驶过雾霾中的核电厂和新工地。城乡接合部废弃的农田
上：盛行经济开发区。大街小巷，马路和商场，

疯狂地向男男女女，施展着梦幻中的性具。天空下，匆忙奔走
的奇异鸟，他的后脑勺，以及秃顶，

正在上升着紫火，和钢构魅影。街角的少女，如同子宫里，濒死的光明。

斯坦纳博士，将车停在杜刘固时，化工厂里的

烟囱和阴沟，汇集的黑蛇、枯草、毒气、幽灵，在天地之间，首尾相继。

公交车、金虫病、缺水，不绝于耳。

深山何处钟

高山上幽冥的黄钟大吕拨开我与苍天之间的食甚和界石：

空中的圣曲，处于雄鹿之心。
山谷里随坟冢与清风而来的浩大地气，息于泰山之体。

挂在内室墙上的梅花鹿首，睁大一群眼珠，在红色的灯光中，
娴熟地褪去底裤，辨识猎手。

我穿过炮火上的红海，在昭明中，等候圣洗的河南游魂，
好像广阔的平原上祭天的器皿，
盛放着新人的夕阳、祝祷、繁星，与砌墓的身影。

远行的旅人，吞隐远程和岩石的黑暗，但喉咙中的燕子、河流、星空磨坊和闪电，
以及暴风雪中的山峦，从河道的断桥上跃入洛水。

路雅婷，诗人。著有诗集
《祝你太太好》。

路雅婷的诗

路雅婷

弗里德堡陨石坑

隔着一张纸
我们站立或走动
一天中的影子
总有重叠的时候
你的脚步声很好听
气味很好闻
你的猫
不断向上跳跃
我等一颗小行星
在纸上坠落

夜里没人跟我抢秋千

荡完秋千回来

9号楼3单元101的灯

已经黑了

靠近窗口的两把椅子

面对面待着

没说完的话往外淌

蔓延到脚边

回头看我的秋千

还没静止下来

1936年9月7日，袋狼灭绝

宇宙间所有的力量都在促使我

喜欢不起来你

恐龙时代

我是美颌龙

你是什么龙我都喜欢不起来

我希望你的右手有所迟疑

你在胸前画完十字

伸过手

也给我画

十字钉在我的左肩

右肩

额头和连接两个乳房的

膻中穴上

我继续给龙凤木浇水

楼上的夫妻

又把晚饭烧糊了

我不能再仰头

示意给你

这里只有猴面包树

独自在这个岛上

住了五年

今天头一次

有船遇难

船跟我的岛一样大

人是我的九千倍

17秒下沉

半夜又飘上来几个

都还有点儿活

明天先吃哪个呢

我连夜砍猴面包树

罂粟

披上披肩

披上三小时前

给你盖过肚子的披肩

送你到电梯

大罂粟花

在我的背后旋转

我的脊椎

跟随你下行

成为你的素材

试验品

半杯皇冠伏特加

和一小块

坏掉的心肝

雅婷不能与你相爱

爱你的子女

爱你子女的子女

爱你亲手编织的橙色毛衣

爱你曾写下爱的那支笔

爱你的朋友

爱一杯早晨的咖啡

爱此刻烤箱里

三十七块半熟椰蓉小方

爱艺术，音乐，诗

爱这桌被簇拥的

美味佳肴

你邀请雅婷

坐在对角线上的钢琴旁

为你边边角角的所爱之物

演奏拉赫马尼诺夫

吮吸完六根指头上的奶油

她会让一切见鬼去

晚上在食指和中指间夹着

两种烟轮换着抽
早晨是骄子
中午是黄金叶
晚上在食指和中指间夹着
你看见
并验证了
骄子的燃烧速度
是黄金叶的两倍

姐妹

两个月前
她自己粘的自己
那个国际长途
让她走了神
骶骨尖没粘牢
拉扯后的
她的左半边
被胶水掀走一层
天平翘起
0.1毫克

许浩然，90后，毕业于云南大学，现为乡村特岗教师。

许浩然的诗

县城

黄昏的光线像一块锈铁

插在桥和你的四楼

很多年没有人从这个高度

看过那座一公里郊外的桥

你的护栏先于你生锈

桥的护栏先于你长出荒草

某一瞬间，光为桥镀上金漆

然后再拆掉

像你不挣钱的工作

每天都像偶然，你站在阳台上

像时间的烂泥中抽出的一截新藕

几乎同时，一个少年的孤单

无非一辆银铛的自行车

轻快地穿过乱搭的晾衣绳

你为一个男人永恒的遗忘工作

一直活在某一天

雨水，霉味，皮肤的咸

少年活了很多年，仍能闻到

铁生锈时有血的腥味和热气

去菜市场

这里符合我的消费和审美

姐妹发廊的招牌下卖些豆腐、水饺和冻虾

绿吊扇在发廊昏睡的镜中飞行

生鲜店洗过尸体的水

试图冲走黄昏光线里的锈迹

一旁的猫害羞且自卑，还没有成为宠物

一堆堆塑料和不锈钢的容器

簇拥着半只喂奶的乳房

我开始发烫，我想用钱换她的塑料

"不锈钢持久一些，洗一洗就像新的一样"

"塑料会褪色，仿佛被时间反复折磨过"

我想象这样的对话，可今天我只是去买一种红油火锅料

铁匠铺制作一些农耕冷兵器

铁匠的肉越来越接近生铁，他在塑造自己

他要再造一个自己？

多实在的生活啊，"你干什么就能成为什么"

同样的话曾在明星商人对年轻学生的演讲节目里听过

三轮车上的橘子多像我爱这个世界时

被阳光捏烂的心

不挣钱，卖肉也不能挣钱

"过剩的都是泡沫"艺术家说

成千上万的鸡蛋排列着

像读书时艺术史课本靠近末页位置的作品照片

当时我立志要成为那样的艺术家

无聊，厌世，又充满解释世界与人性的热情

现在的我越活越贫乏，下班买菜

走出菜市场满身腥味

影子

在农村，我见过很多影子一样的人

消失了十年突然出现在村里

接着又消失了

我侧身穿过村里所有的巷道

总有些幽暗的窗口不敢靠近

傻子死了很多年

他不会再抢一次你的弹珠

村里第一个涂口红的女人至今

没再见到她被打死于狱中的男人

这些影子以剧烈消失的方式存在过

上吊的，投井的，先让孩子喝农药的

每天换上干净衣服从村头走到村尾

从未出村一步，见人便打招呼，"去哪里！"

从见到他那天起，从未与村里人说过一个字

每天赶着驴车种地，驴死了

一个人为驴办葬礼

第二天死于炭盆中毒

人们第一次推开他的门

屋里除了一张床

堆满了这么多年种的谷子

和数不清的老鼠

小学校

在一群乘凉的老人中间她是年轻的

单手抱娃，空出的一只手

跟着一群嬢嬢练习一首新歌的舞蹈动作

看样子她不喜欢那首歌

只是臀部和右臂微微摆动着

我喜欢什么？除了没有孩子

我太像她了

她和我一样不知道如何生活

她在跳舞，我看她跳舞

她们的每一个动作都未完成

不是不够就是太过，总之不在点上

可有几秒钟我爱上这种业余

并为这为之努力却终于失败的遗憾着迷

废弃的小学校

锈栏杆缠着喇叭花

围墙上刻着名字、爱和咒语

咒语是唯一没有打叉的
被终于长大的蔷薇掩盖
很多次她拍夕阳里的蔷薇
传给同时活在世界另一端的某人
小时候我们一起翻围墙，分食散烟
那些在围墙下骚扰过她的男生
都去了一个叫广东的地方
她也去过广东，又匆匆回来
手臂上多出了一颗烟头也烫不掉的心形
还有一个从远方赶着回故乡出生的男婴

年假

憋了很久
他开始练习用身体和自然交流
像个农民放弃多余的一切
放弃言说
试图回到能区分杂草与庄稼
但叫不出名字的日子
在春天深处喜悦
是春光搅碎的一锅清粥
蝴蝶和花瓣零星地漂浮着
他感官迷乱
五官常常找不到位置

在一份工作与一份工作的间隙
焦虑的蝴蝶逐渐清晰
他开始区别万物像个诗人

在意事物的名字

越具体越好

越破碎越好

能抓住的每一个事物

都像失散已久的自我

孤零零地站在日常的对面

但春天是

草色遥看近却无

怎样的姿态与身份

都不合时宜

不如再买票进城

把人生废弃在流水线和出租房

把日子荒废在街上

反正余生像负债一样多

临走他对着镜子

照旧把眉毛修成两撇燕尾

像每次面试的当天

他倚着拖箱在公路边拦车

对面的河岸上新起了猪圈

河面上

尸体与菜叶零星地漂浮着

新年

躺在白天

躺在被春梦吵醒的失落中

躺在新年

躺在扫完尘的旧房子里

像一件旧家具

被另一些旧家具围着

只有玻璃像新的

透过玻璃外面的正午也像是新的

今天得上街买漆

给玻璃外面的防盗钢筋镀色

买一种接近锈色的漆

这样会接近时间本身

春天要来了

有人开始期待

植物和气候从原来的位置向春天靠近

从经验中，从记忆里

没有新意，新像一种遗忘

旧衣柜健忘的镜中我在生锈

在走形，进入年轮寂静的历史

镜中没有历史，"镜中永远是此刻"

此刻，万物僵持不下

我听见事物纷纷发出自己的声音

修补先天的裂缝

鲜活但聒噪

只有镜子是清澈的

它为事物安上了转身的门

　　　　"镜中永远是此刻"——引自北岛《时间的玫瑰》